Michael Rusch
Das Hochhaus
Band 1

AF284802

Michael Rusch

Das Hochhaus

Band 1

In den Stollen

Roman

Bibliografische Information der Deutschen Nationalbibliothek: Die Deutsche Nationalbibliothek verzeichnet diese Publikation in der Deutschen Nationalbibliografie; detaillierte bibliografische Daten sind im Internet über dnb.dnb.de abrufbar.

© 2022 Michael Rusch
2. Auflage
Lektor: Hauke Peters
Covergestaltung: Michael Rusch
Coverbild: Michael Rusch
Printed in Germany
ISBN: 9783751989121
Herstellung und Verlag: BoD – Books on Demand, Norderstedt

Für

Hauke Peters

Der Autor

Michael Rusch, 1959 in Rostock geboren, ist von Beruf Rettungsassistent und lebte von 2013 bis 2017 in Hamburg, wo die ersten Bände der Fantasy-Reihe Die Legende von Wasgo entstanden. Seitdem lebt er in Lutterbek, in der Nähe der Stadt Kiel. Nachdem er zwischenzeitlich das Schreiben aufgegeben hatte, stellte er fest, dass es beim Verarbeiten von Schicksalsschlägen hilft. So entstand Ein falsches Leben, das zunächst im Selfmade-Verlag Lulu veröffentlicht wurde.

Danach wandte sich Rusch der Fantasy zu. Die ewige Nacht aus der Reihe Die Legende von Wasgo erschien im Januar 2014. Im September 2014 folgte der 2. Band mit dem Titel Luzifers Krieg. Es folgten am 1. Dezember 2015 und am 1. Januar 2017 die Bände 3 und 4 mit den Titeln Angriff aus dem Himmel und Bossus' Rache. Der letzte Band Wasgos Großvater erschien am 01.03.2018.

Nachdem Rusch Ein falsches Leben überarbeitet hatte, veröffentlichte er diesen Roman in zwei Bänden nochmals im Juli 2014 mit dem AAVAA Verlag.

Am 28. Februar 2015 veröffentlichte Rusch seinen Roman Die drei Freunde in seinem Verlag Die Blindschleiche. Im Sommer 2019 entschloss er sich aus gesundheitlichen Gründen den Verlag aufzulösen und diesen Roman zu überarbeiten, den er mit BoD im Jahr 2020 neu veröffentlichte.

Auch Die Legende von Wasgo und Ein falsches Leben überarbeitete Rusch nochmals. Die Legende von Wasgo erschien in 2 Bänden mit BoD. Band 1 wurde am 1.01.2020 veröffentlicht und enthält die ersten drei und Band 2 die beiden letzten der ehemaligen 5 Bände. Ein falsches Leben erschien in einem Band unter dem neuen Titel Das Leben des Andreas Schneider ebenso im Jahr 2020.

Seinen ersten Horror-Roman Das Hochhaus veröffentlichte Rusch im Dezember 2020 und seinen dystopischen Roman Der Wegbereiter im Juli 2021. Zurzeit arbeitet Rusch am 2. Band seines Romans Das Hochhaus.

Inhalt

Prolog

Warum, zum Teufel, war er durch die Tür des Kellers und danach die Treppe herunter gegangen? Wer hatte ihm denn diese doofe Idee in sein Gehirn eingepflanzt? War er denn so ein blöder Idiot? Das waren die Gedanken, die ihn während seiner Flucht quälten, wenn er überhaupt dabei denken konnte. Wäre er mal lieber zu Hause geblieben. Die Treppe hatte ihn direkt ins Verderben geführt. Wie sollte er hier bloß wieder heil herauskommen, fragte er sich in panischer Angst. Was hatte er sich dabei gedacht, dieser elenden Treppe und den vielen Gängen zu folgen, die sich ihr anschlossen? Nichts, einfach gar nichts! Wie es bei ihm so oft der Fall war, war er einfach nur seiner Neugierde gefolgt.

Und jetzt steckte er so richtig in der Scheiße! Plötzlich stand er einem angsteinflößenden Tier gegenüber und war vor diesem davongelaufen! Nein, das war kein Tier, sondern ein Monster. Er war davon überzeugt, dass es nicht von dieser Welt war. Nur die Umrisse dieses Ungetüms, das ihm furchtbare Angst machte, erkannte er. Es war groß und unförmig. Gefährliche grunzähnliche Laute hatte es ausgestoßen. Panik befiel ihn, als er sich dem Ungeheuer gegenüber fand. Wo war er bloß hingeraten? Das war eine von vielen Fragen, die er sich in seiner Verzweiflung stellte. In eine Unterwelt? Die Angst nagte an seinen Eingeweiden. Er rannte einen weiteren Gang entlang. Das monströse Tier verfolgte ihn. Dabei verursachte es kratzende und schabende Geräusche. Sein Grunzen, das es hin und wieder ausstieß, flößte ihm eine entsetzliche Angst ein. Doch jetzt befiel ihn eine tiefe Verzweiflung, denn er stellte fest, dass er nicht mehr wusste, wo er sich befand. Diesen Gang kannte er nicht. Das gefährliche Grunzen hinter ihm wurde lauter! Nur noch mit gewaltiger Willensanstrengung gelang es ihm, die Panik niederzuringen, die sein Denken und Handeln zu lähmen drohte. Doch was war das? Dort, etwas weiter vorn, tauchte ein erneuter Gang in den Lichtkegel seiner Taschenlampe. Vielleicht sollte er dem folgen?

Egal, er musste auf jeden Fall diesem Monster entkommen. Scheiße, der Schweiß lief ihm von der Stirn in die Augen, die davon zu brennen begannen. Auch das noch, gerade jetzt. Angstvoll blinzelte er die scharfe Körperflüssigkeit weg, aber es funktionierte nicht so, wie er sich das erhoffte. Hektisch wischte er sich mit der linken Hand die Augen aus, die aber trotzdem noch brannten. Die Stabtaschenlampe in seiner Rechten hielt zum Glück durch, deshalb konnte er noch sehen, wohin er lief. Doch das Brennen in den Augen ließ nicht nach. Umständlich zog er, während er dem nächsten Gang entgegenlief, ein Taschentuch aus der Hose und wischte sich damit erneut die Augen aus. Endlich hörte das unangenehme Brennen in ihnen auf. Aber seine Angst blieb. Sie saß ihm sprichwörtlich im Nacken. Stoßweise holte er Luft, wobei sich sein Brustkorb hektisch hob und senkte. Es war hier unten so kalt, dass er im Schein der Taschenlampe seinen kondensierenden Atem sehen konnte, der jedes Mal, wenn er die Luft aus seinen Lungen stieß, wie eine Fahne davon wehte. Aber seine Verzweiflung und die panikartige Angst wehten nicht mit fort.

Er erkannte, dass die Balken, die dieses unterirdische Labyrinth zusammenhielten, schon sehr vom Zahn der Zeit zernagt waren. Wenn eines von diesen morschen Dingern nachgab, musste hier alles einstürzen. Dann war er unrettbar verloren. Der Zustand der Stützbalken sorgte nicht dafür, dass er sich wohler fühlte. Die Verzweiflung nahm ihn in ihren Besitz.

Endlich erreichte er einen weiteren Gang, der scheinbar im Lichtkegel seiner Lampe hin- und herschwankte. Was war das nun eigentlich, ein Gang oder ein Stollen, fragte er sich. Scheißegal, für solche Gedankenspiele hatte er jetzt keine Zeit. Er musste zusehen, dass er weiterkam, und lief in den Stollen hinein. Dabei richtete er den Lichtstrahl seiner Taschenlampe nach vorn und sah, dass keine Hindernisse ihm den Weg versperrten. Jetzt hoffte er, dem Ungeheuer zu entkommen. Seine Beine wurden schneller, tatsächlich wurden die ihn verfolgenden Grunzlaute leiser. Erleichtert atmete er auf und lief Meter um Meter um sein Leben.

Wie sollte er hier wieder herauskommen? Das fragte er sich bestimmt schon zum tausendsten Male. Er musste den Weg finden, der ihn nach oben in den Keller des Hauses zurückführte. Durfte er sich noch Hoffnungen machen, seine Eltern und Geschwister wiederzusehen? Nie mehr wollte er dann hierher zurückkehren. Das Monster schien seine Verfolgung aufgegeben zu haben.

Jetzt erreichte er eine Kreuzung. Blitzschnell überlegte er, wo er entlanglaufen sollte. Welcher Gang würde ihn von dem Monster noch weiter fortbringen? Dieses Ding hatte ihn nicht mehr verfolgt, seit er rechts in den Gang geschlüpft war. Es musste also hinter ihm geradeaus dem anderen Gang gefolgt sein und sich so von ihm auf seiner linken Seite entfernen. Das glaubte er wenigstens. Deshalb nahm er wieder den rechten Stollen und folgte ihm. Er lauschte und hörte nichts weiter als seine eigenen Geräusche, die er beim Laufen verursachte. Die Kräfte begannen, ihn zu verlassen und er wurde langsamer. Er wollte nur einen Moment verschnaufen. Wieder etwas zu Kräften kommen. Sein Atem ging stoßweise und mit jedem Stoß ließ auch seine Verzweiflung und Angst etwas nach. Der Lichtstrahl seiner Taschenlampe wurde schwächer. Daraus schlussfolgerte er, dass er sich beeilen musste, in einen Stollen zu kommen, der ihm bekannt war. Unbedingt wollte er hier herauskommen. Das musste ihm gelingen. Die Angst und Verzweiflung, das spürte er, befiel ihn schon wieder. Bevor er sich in vollkommener Finsternis befand, musste er weiter.

Er lief Meter um Meter. Ein Windhauch streifte sein Gesicht. Dabei dachte er sich nichts, er war ihm sogar willkommen, weil er ihm das Gesicht kühlte. Wo Wind war, musste auch eine Öffnung sein, wodurch der Luftzug entstand. Das glaubte er jedenfalls. Er musste weiter. Er musste den Menschen erzählen, was hier unten geschah, dass sich hier ein Monster aufhielt. Vielleicht war es dafür verantwortlich, dass sich im Haus so viel Ungeziefer befand und dort immer wieder einen Schaden anrichtete. Nur der Müllschlucker alleine konnte dafür die Ursache nicht sein. Obwohl auch der natürlich einiges Ungeziefer anlockte.

Die Batterien in seiner Taschenlampe ließen nach. Der Lichtstrahl wurde schon merklich dunkler. Einige Schritte vor ihm erkannte er auf seiner rechten Seite in der Wand eine Öffnung. War das etwa ein Loch? Ein Loch mitten in einer Wand? Ob das die Ursache für den leichten Wind war? Er schöpfte noch einmal Hoffnung. Schaffte er es doch noch nach oben in den Keller? Vorhin glaubte er nicht mehr daran, als ihn das Monster verfolgte und der Abstand sich zwischen ihnen verringerte. Es erschien ihm, dass er diesem furchtbaren Ding entkam. Hatte er es tatsächlich geschafft?

Endlich erreichte er das Loch in der Wand. Doch was er sah, raubte ihm den Verstand. Er konnte kaum atmen, die Luft stank nach Verwesung. Hinter diesem Loch, das konnte er im schwachen Licht seiner Taschenlampe erkennen, befand sich ein Raum mit mehreren Skeletten. Mit menschlichen Skeletten. Dann bewegte er seine Taschenlampe zur rechten Seite hin und sah halbverweste Leichen, denen einige Körperteile fehlten, der einen ein Bein, der anderen das Fleisch an der Hüfte, oder noch einer anderen ein Arm ...

„War das hier etwa ein Friedhof oder gar eine tierische oder monströse Speisekammer", dachte er, als schlagartig erneut eine panikerfüllte Hoffnungslosigkeit mit ihren metaphorischen kalten Klauen in sein wild pochendes Herz schlug.

Augenblicklich brach ihm aus jeder Pore seines Körpers der Schweiß aus. Übelkeit überfiel ihn. Und jetzt erschien im Kegel des schwachen Lichtes seiner Taschenlampe das Monster. Es saß oder lag in einer Ecke und war durch die Dunkelheit seinem Blick entzogen, bis er es selbst ins Licht brachte. Es war schwarz. Ehe er reagieren konnte, spürte er einen scharfen Schmerz in seiner Brust. Dann wurde es dunkel.

Abfallschächte

Früher entsorgten die Bewohner von Hochhäusern den anfallenden Hausmüll über Abfallschächte oder Müllschlucker, wie sie im Volksmund heißen. In einigen Bundesländern Deutschlands ist es heute noch so. Damit wollte man den Menschen die Müllentsorgung ihres Haushaltes erleichtern. Denn oft verbringen die Bewohner, gerade wenn sie im 12., 15. oder gar 18. Stockwerk wohnen und keinen Abfallschacht nutzen können, viel Zeit damit, ihre Abfälle zu den dafür vorgesehenen Tonnen oder Containern zu bringen, die meist irgendwo in der Nähe ihres Hochhauses hinter einem Bretterverschlag stehen.

So praktisch ein Abfallschacht für die Bewohner der oberen Etagen eines Hochhauses auch sein mag, bringt er für sie nicht nur angenehme Seiten mit sich. In Zeiten des Recyclings erfüllen sie die Anforderungen einer modernen Müllentsorgung nicht mehr. Eine Mülltrennung ist nicht möglich. Außerdem entwickeln sich mit zunehmender Zeit starke unangenehme Gerüche, die sich im Haus ausbreiten. **Ungeziefer wird angelockt.** Außerdem entsteht durch den nicht getrennten Müll in den Containern dieser Schächte eine erhöhte Brandgefahr. Deshalb ist heute in sieben Bundesländern Deutschlands die Nutzung von Abfallschächten gesetzlich verboten.

In Hamburg jedoch sind sie immer noch erlaubt. Und das ist der Grund, warum es am Hans-Duncker-Platz einen Hochhausblock gibt, in dem bis zum heutigen Tag in jedem dieser Gebäude immer noch die existierenden Müllschlucker entsprechend ihrer Bestimmung genutzt werden. Diese Häuser waren in den Siebzigerjahren des letzten Jahrhunderts erbaut worden, und die Wohnungsgesellschaft sah keinen Grund, diese Schächte zu schließen.

Besonders im Haus 23 wird man von sehr üblen Gerüchen empfangen. Dort war der Schädlingsbekämpfer ein regelmäßiger Gast, von dem man **beinahe** glauben konnte, dass er von der Wohnungsgesellschaft als Mitarbeiter fest angestellt sei. Immer wieder wurde er aktiv und machte Ratten, Insekten, Spinnentiere und anderes Ungeziefer unschädlich.

Man hörte, dass in diesem Haus erst vor kurzem jemand von Ungeziefer angegriffen worden sei. Es sollte sogar schon einen Toten gegeben haben. Aber ob das der Wahrheit entsprach, wusste niemand. Auf jeden Fall hielten sich darüber in seinem Stadtteil hartnäckige Gerüchte. Und dort wurde das Haus des Hans-Duncker-Platzes mit der Nummer 23 auch „das Hochhaus des Todes" oder „das Hochhaus des Schreckens" genannt.

An einem heißen und sonnigen Wochenende im Sommer des Jahres 2017 wollte ein junger Mann mit seiner Frau in dieses Haus einziehen. Von **seinem buchstäblich anrüchigen Ruf hatte** das junge Paar nichts erfahren. Wie auch, noch wohnte es in einem anderen Stadtteil. Aber nicht mehr lange, **und dann** sollte ihr ruhiges Leben der Vergangenheit angehören.

Der Einsatz des Notarztes

Doktor Smollenko war ein niedergelassener Arzt, jung und gut aussehend. Er galt als Frauentyp, war groß und schlank, hatte dunkle Haare und braune Augen. Schon als Jugendlicher hatte er sehr viel Wert auf seinen Körper gelegt. Das Motto seiner Eltern – „In einem gesunden Körper steckt ein gesunder Geist" – hatte er sich schon als Kind zu Eigen gemacht. Wenn es seine Zeit zuließ, trainierte er noch heute täglich eine Stunde im Fitnessstudio, welches sich neben seinem Haus befand. Das Haus, das ihm gehörte, enthielt seine Praxis und eine große Vier-Zimmer-Wohnung mit Bad, Küche, Garage und Werkstatt. Freilich konnte er sein tägliches Training nur deshalb absolvieren, weil er praktisch keinen Anfahrtsweg zum Fitnessstudio hatte, denn seine Patienten beanspruchten ihn mehr, als ihm lieb sein konnte. Jedoch hatte sich der stadtbekannte Internist, der sich zum Kardiologen spezialisiert hatte, bisher täglich diese eine Stunde, zum Leidwesen seiner Frau, für die Ertüchtigung seines Körpers reserviert, um seine muskulöse Gestalt zu erhalten. Doktor Smollenko war kein Narzisst, aber morgens, wenn er nach dem Duschen vor dem großen Spiegel seines Bades stand und sich abtrocknete, betrachtete er gern sein Abbild und war mit seiner Figur zufrieden. Kräftige Arme und Beine, eine gewölbte Brust und ein flacher Bauch, schmale Hüften und breite Schultern konnte er dabei sehen. Er wusste, dass er ein schönes Gesicht besaß, das kräftige schulterlange Haare umgab. Trotz seiner äußerlichen Vorzüge blieb er stets ein einfacher Mensch und guter Arzt, der für seine Patienten alles gab.

Ein anstrengender Tag lag hinter ihm, aber trotzdem hatte er seine Arbeit noch lange nicht beendet. Ein langer kassenärztlicher Notdienst stand ihm bevor. Als Kardiologe mit einem guten Ruf - und deshalb auch einer vollen Praxis –

empfand er diesen Dienst nicht immer als angenehm. Abends und nachts war er als Arzt im Auftrag der Krankenkassen zwölf Stunden unterwegs. Von einem Rettungssanitäter, der gleichzeitig als sein Gehilfe arbeitete, wurde er in dieser Zeit mindestens elf Stunden kreuz und quer durch den ganzen Stadtbezirk von einem Patienten zum nächsten gefahren. Und das in beinahe jedem Dienst, den er einmal im Monat, manchmal auch öfter, ableisten musste. Doktor Smollenko konnte sich gut vorstellen, die Zeit mit seiner Familie zu verbringen, aber auch zum Schlafen zu nutzen. Denn der kassenärztliche Notdienst begann abends um 19 Uhr und endete am nächsten Morgen um sieben Uhr. An Schlaf war in dieser Zeit kaum zu denken. Trotzdem versah Doktor Smollenko diesen Dienst relativ gerne, manchmal etwas mehr und manchmal auch etwas weniger. Die Menschen, zu denen er fuhr, waren zwar oft ernsthaft erkrankt, aber trotzdem brauchte er sich nur um deren akute Leiden zu kümmern. Die Weiterbehandlung erfolgte durch den Hausarzt. Den anschließenden bürokratischen Kleinkram brauchte er nicht zu beachten, wie er es in seiner Praxis tun musste. Die Abrechnung und die Statistiken wurden von den angestellten Schwestern des kassenärztlichen Notdienstes erledigt.

Notfälle erlebte der junge Internist in diesem Fahrdienst nur selten, eine Grippe oder auch einen Asthmaanfall erkannte er sofort, sie waren für ihn offensichtlich, und stellten sich in der Therapie meist nicht kompliziert dar wie eine Herzkrankheit.

Meist konnte er den Patienten, die ihn am späten Abend oder in der Nacht riefen, schnell helfen, nur selten war es erforderlich, dass er jemanden in ein Krankenhaus einweisen musste. Doch manchmal musste er dafür einen Rettungswagen oder gar Notarzt zur Hilfe rufen.

Der 35-jährige Arzt fuhr auf den Parkplatz des Ärztehauses und suchte sich eine freie Parkbucht. Obwohl es schon nach 18 Uhr war, fand er nur sehr schwer einen Parkplatz für seinen silberfarbenen Volvo.

Doktor Smollenko betrat das Ärztehaus, ging an der Pforte vorbei, in der ein älterer Mann saß und ihn höflich grüßte. Der junge Arzt blieb stehen und betrieb mit dem Pförtner etwas Smalltalk. Danach suchte er das Dienstzimmer auf, welches er sich mit dem Rettungssanitäter teilen musste, mit dem er seinen Dienst gemeinsam versah. Falls sie sich für einige Minuten, selten auch für einige Stunden, hinlegen konnten, weil es ausnahmsweise nichts zu tun gab, stand hier auch eine Schlafgelegenheit bereit.

Unmittelbar neben der Tür des Zimmers, das für das fahrende Personal reserviert war, stand ein junger Mann in der Uniform des Rettungsdienstes, der wie die jüngere Ausgabe des Doktors wirkte. Der Arzt war von ihm fasziniert, denn er hatte nicht damit gerechnet, hier sein 19-jähriges Ebenbild anzutreffen.

„Du wartest wohl darauf, dass dich jemand hier reinlässt?", fragte der Doktor den jungen Mann. Dieser bestätigte seine Frage, die bereits eine Feststellung war.

„Mein Name ist Smollenko, dann fahren wir beide in dieser Nacht zusammen!" Der Ältere reichte dem Jüngeren seine rechte Hand zum Gruß.

Der junge Mann ergriff die ihm dargebotene Hand und machte einen angedeuteten Diener. „Guten Abend, Herr Doktor, ich bin Mathias."

„Du bist wohl neu hier?"

„Ja, ich habe heute meinen ersten Tag."

Doktor Smollenko zeigte ihm, wo er den Zimmerschlüssel abholen konnte, wenn er als Erster zum Dienst erschien, damit er nicht auf dem Flur stehen und warten musste, bis der Arzt kam. Währenddessen erfuhr er, dass Mathias ein taufrischer Rettungssanitäter war, der erst vor drei Tagen seine Ausbildung beendet hatte und beim kassenärztlichen Notdienst erste Erfahrungen sammeln wollte, um später im Rettungsdienst seine Tätigkeit optimal ausüben zu können. Er hoffte, dass er hier von den verschiedenen Ärzten etwas lernen und somit seine Kenntnisse in der Notfallmedizin vervollkommnen konnte.

Doktor Smollenko, gefiel die Einstellung des jungen Mannes. „Ich glaube, wir werden uns bestimmt ab und an hier sehen, und wenn du möchtest, frage mir Löcher in den Bauch. Keine falsche Scheu, dumme Fragen gibt es nicht, nur dumme Antworten."

„Das ist sehr nett von Ihnen, danke schön. Gerne werde ich Ihr Angebot annehmen. Ich hoffe, dass Sie morgen früh nicht als Schweizer Käse nach Hause gehen", meinte Mathias. Die Männer lachten über diesen Witz.

Nachdem der Arzt seinem neuen Gehilfen alles erzählt hatte, was dieser für seinen ersten Dienst wissen musste, gingen sie zu den für sie zuständigen Schwestern. Mit einem freudigen Hallo wurde der Arzt von ihnen begrüßt, auch Mathias bekam von den drei anwesenden Schwestern die Hand gereicht, die ihn freundlich Willkommen hießen.

„Aufträge sind für Sie noch nicht eingegangen", teilte ihnen eine große, robuste Schwester mit langen blonden Haaren mit. Mathias erfuhr, dass sie für den fahrenden Arzt und seinem Rettungssanitäter verantwortlich war und nach einigen Witzchen und Neckereien zwischen den Schwestern und dem Kardiologen gingen Doktor Smollenko und Mathias in ihren Aufenthaltsbereich zurück.

Mathias staunte, weil sie beide ein eigenes Zimmer hatten, in dem sie sich ausruhen konnten. „Wenn wir über einen längeren Zeitraum keine Patienteneinsätze bekommen, können wir hier sogar schlafen. Doch das sind die absoluten Ausnahmen", erzählte der Arzt.

Die Zimmer waren funktional eingerichtet. Jeweils vor dem Fenster stand ein Schreibtisch mit einem gemütlichen Chefsessel davor, an einer Wand befand sich ein Holzbett mit einer flauschigen, weichen Decke drauf. Ein Kleiderschrank und eine kleine Schrankwand vervollkommneten die Einrichtung. Der Fußboden war mit einem Teppichboden bedeckt.

Doktor Smollenko zog sich um, die Jeans tauschte er gegen eine weiße Leinenhose, das T-Shirt gegen ein weißes Hemd und darüber zog er sich einen weißen Kittel an. Sogar die Schuhe, die er jetzt trug, waren von weißer Farbe.

Mathias hatte Kaffee gekocht. Der Doktor erklärte dem jungen Rettungssanitäter ausführlich seine Aufgaben. „Dir ist bekannt, dass du den Arzt, mit dem du gerade Dienst hast, zu den Patienten fährst. Am Einsatzort musst du flexibel sein. Jeder Arzt oder jede Ärztin hat eine andere Auffassung davon, wie du ihnen beim Patientenbesuch helfen kannst. Ich gebe dir den guten Rat: Solange du die Ärzte nicht kennst, mit denen du Dienst hast, solltest du sie fragen, welche Hilfe sie von dir erwarten."

„Und was darf ich tun, wenn ich mit Ihnen Dienst habe?"

„Alles, was du kannst und dir zutraust, ich bin dabei und passe auf, dass du keine Fehler machst."

Das Telefon klingelte. Doktor Smollenko nahm den Hörer vom Apparat und wunderte sich, warum die Schwester den Auftrag nicht wie üblich, auf das Diensthandy schickte, das einen neuen Einsatz mit einem Signal ankündigte. Auf dem Display erschienen alle notwendigen Informationen, die der Arzt und sein Fahrer benötigten, unter anderem die Anschrift des Patienten, und woran er erkrankt war.

Der Arzt meldete sich mit seinem Namen. Danach hörte er der Schwester zu. Dabei veränderte sich mehrmals sein Gesichtsausdruck, von überrascht zu schockiert, von schockiert zu nachdenklich, von nachdenklich zu fassungslos und dann wieder von fassungslos zu nachdenklich. Als Mathias den Wechsel der Gefühle im Gesicht des Doktors beobachtete und dessen gelegentliche Ausrufe wie „Ach die Scheiße", „Oh, Gott", „Ich verstehe" oder „Unglaublich" vernahm, bekam er ein flaues Gefühl in der Magengegend.

Irgendwann sagte Doktor Smollenko: „Ja, das machen wir!" Danach legte er auf, blickte zu Mathias hinüber und erklärte: „Wir haben einen etwas delikaten Einsatz. Die Polizei informierte uns darüber, dass in einem Hochhaus unter der Tür einer Wohnung schwarze Käfer hervorkriechen. Der Briefkasten, der zu der Wohnung gehört, soll voll mit Post sein. Der Mieter dieser Wohnung wurde in der letzten Zeit von keinem Nachbarn gesehen. Was genau das zu bedeuten hat, weiß niemand. Auf jeden Fall hat jemand die Polizei verständigt und die jetzt uns. Wir fahren dorthin und werden die Polizeibeamten an der Wohnung oder vor dem Haus treffen und dann sehen, was wir tun können."

Bisher war Mathias die Ruhe in Person, aber jetzt spürte er eine große Unruhe in sich. „Wo, soll, …, sollen wir denn hinkommen?" Sein Gesicht wurde blass.

Doktor Smollenko erinnerte sich daran, dass dieser Einsatz Mathias erster war. Selbstverständlich war der junge Mann aufgeregt und hatte vielleicht sogar Angst vor dem Unbekannten, das auf ihn zukam. Dass der erste Einsatz des jungen Rettungssanitäters so ungewiss sein musste, gefiel dem Arzt nicht. Wahrscheinlich würde der Junge mit dem Tod konfrontiert. Für solch einen jungen Mann gehörte der Tod noch nicht zum Alltag. Weil Doktor Smollenko ahnte, was in seinem Begleiter vor sich ging, wollte er ihm helfen. „Immer mit der Ruhe, mein Junge, ich bin auch noch da." Deutlich bemerkte er, dass sich sein junger Assistent nicht wohlfühlte. Deshalb fragte er ihn: „Ist mit dir alles in Ordnung?"

„Ja, danke, es ist alles ok." Der junge Mann wollte sich nicht gleich bei seinem ersten Einsatz eine Blöße geben. „Gut, dann fahren wir zum Hans-Duncker-Platz 23. Weißt du, wo der sich befindet?"

„Ja, Herr Doktor, ich kenne das Haus, es ist ein Hochhaus mit 12 Stockwerken!"

*****

Schweigend fuhren sie durch die Stadt. Beide hingen ihren Gedanken nach. Mathias fuhr zügig, aber sicher durch den immer noch dichten Verkehr der Millionenmetropole. Nach etwa einer Viertelstunde erreichte er das Ziel.

Ein Polizeiauto mit eingeschaltetem Blaulicht fuhr ebenfalls vor, bremste scharf und zwei Uniformierte stiegen aus. Einer der Männer hatte einen Schnauzer und unter seiner Schirmmütze lugten graue Haare hervor. Er war etwas untersetzt, etwa einen Meter achtzig groß, und strahlte Ruhe und Freundlichkeit aus. Doktor Smollenko schätzte sein Alter auf etwa 55 Jahre.

Der zweite Polizist war vielleicht 25 Jahre alt. Er hatte eine sportliche Figur, war durchtrainiert und blickte mit wachsamen Augen in die Welt hinein.

Die Mediziner beobachteten, dass vor dem Hauskomplex einige Passanten in sicherer Entfernung stehen blieben und immer wieder unauffällig auffällig auf den Eingang des Hauses mit der Nummer 23 blickten. Es erschien Mathias, als wüssten sie, dass es in diesem Haus ein unbekanntes Ereignis gab, für das es sich lohnte, vor ihm in Neugierde auszuharren.

Mathias und Doktor Smollenko verließen ihr Dienstfahrzeug, gingen den Beamten entgegen und begrüßten sie, indem sie sich vorstellten.

Der ältere Polizist erwiderte: „Ich bin Polizeioberkommissar Walter und mein junger Kollege hier ist Polizeiobermeister Wagner!" Mit einem Kopfnicken deutete er auf seinen Partner.

„Also, dann meine Herren, wollen wir?", fragte der Oberkommissar mit einem spöttischem Gesichtsausdruck.

Docktor Smollenko nickte. „Deshalb sind wir hier!"

„Wo müssen wir hin?", fragte Oberkommissar Walter seinen jungen Kollegen im Gehen.

Dieser antwortete: „Wir müssen mit dem Fahrstuhl in den neunten Stock hinauf fahren."

Gemeinsam erreichten die vier Männer den Eingang des Hauses. Obermeister Wagner, der das Quartett anführte, blieb stehen und rümpfte die Nase. Sein Kollege, der dicht hinter ihm ging, prallte beinahe auf ihn und reagierte leicht verärgert. „Was ist denn los? Warum bleibst du stehen?"

„Mit Verlaub, Euer Lordschaft, aber es stinkt! Riechst du das nicht, Richard?" Obermeister Wagner grinste schief, und verzog danach vor Ekel sein Gesicht.

Überrascht sah Mathias ihn an und dachte dabei: „Das stinkt hier wie die Pest und der Kerl macht auch noch Witze darüber."

Der Gesichtsausdruck des Oberkommissars veränderte sich. Man sah ihm an, dass er den überwältigenden Geruch kaum ertragen konnte. Schließlich meinte er spöttisch: „Komisch, jetzt wo du es sagst… Uuh, also ich könnte hier nicht wohnen." Nach einer kurzen Pause wiederholte er fluchend: „Was ist das denn, so ein bestialischer Gestank! Pfui, Deiwel, in diesem Haus kann man doch nicht wohnen!"

Auch an Doktor Smollenkos und Mathias' Nasen drang ein sehr unangenehmer, penetranter Geruch. Trotzdem sagte der Arzt: „Es nützt ja alles nichts, wir müssen da rein."

Die Polizisten drehten sich zu ihm um und schnitten Grimassen, die eine eindeutige Aussage machten: Oberkommissar Walter war belustigt und Obermeister Wagner wäre viel lieber von hier verschwunden.

Schweigend gingen sie ins Haus, deren Eingangstür offenstand. Als sie es betraten, verstärkte sich der unangenehme Geruch. Der junge Obermeister verzog angewidert sein Gesicht. Mathias hielt sich für einen Augenblick die Nase zu und stöhnte leise auf. Als sie die Briefkästen erreichten, fiel ihnen einer davon besonders auf. Er war überfüllt, sodass die Post daraus hervor quoll. Einige Zeitungen und Zeitschriften waren zu erkennen, aber auch Briefe und Benachrichtigungskarten schauten daraus hervor. Es schien, als seien noch mehr Postsendungen hinein gestopft worden, die aber zwangsläufig auf dem Fußboden ihren Platz fanden. Falten im Papier und Eselsohren zeugten davon.

Der Obermeister schaute auf das Namensschild des übervollen Briefkastens und sagte: „Willhöfft, zu dem sind wir unterwegs." Nach einer kurzen Pause meinte er: „Na, da werden wir doch eine unangenehme Überraschung erleben! Der volle Briefkasten, die Käfer, die unter der Tür aus seiner Wohnung kommen sollen! Das stinkt nach Arbeit!"

Mathias verzog sein Gesicht und stöhnte erneut auf. Doktor Smollenko klopfte ihm aufmunternd auf die Schulter und sagte: „Nur keine Sorge, ich glaube, deine Hilfe benötige ich hier nicht."

Dankbar sah Mathias den Kardiologen an.

Je weiter sie ins Hausinnere kamen, desto schlimmer wurde der Gestank. Doktor Smollenko drückte den Knopf für den Fahrstuhl, dessen Türen sich danach einladend öffneten. Die schäbige und abgenutzte Kunststoffverkleidung der Innenwände war früher ein Holzdekor, nun aber waren die Wände mit unschönen Wandmalereien versehen, oder mit fettigem Schmutz bedeckt. Die Fahrstuhltür schloss sich mit einem gefährlichen Ruckeln und unangenehmen, metallisch quietschenden Geräuschen. Der Gestank wurde intensiver. Die vier Männer sahen sich bestürzt und angewidert an.

Endlich setzte sich dieses ehemalige Wunderwerk der Technik in Bewegung. Ein ebenso metallisches nun aber dumpfes Geräusch, das nicht definiert werden konnte, ertönte und ließ den Obermeister blass werden. Er stöhnte auf, lauter als er es beabsichtigt hatte. „Hoffentlich bleiben wir mit dem Ding nicht stecken!", wagte er, seine Angst zum Ausdruck zu bringen.

„Nur die Ruhe bewahren, Enrico", erwiderte der ältere Polizist gutmütig und mit großer Seelenruhe, „der Fahrstuhl ist zwar alt, aber er wird uns schon noch in den neunten Stock bringen."

„Auch wenn er das tut, werde ich nachher lieber die Treppe nehmen. Ne, da ertrage ich lieber den Gestank etwas länger, als dass ich mit diesem Scheißding stecken bleibe."

Endlich hielt der sonderbare Fahrstuhl ächzend an. Die Tür ruckte, aber öffnete sich nicht. Der Obermeister bekam einen Anflug von Panik, als es plötzlich laut knallte und die Tür aufsprang. Nicht nur Obermeister Wagner begab sich schnell auf den Flur des neunten Stockwerkes. Dieser führte nach rechts vom Fahrstuhl weg, der sich in der Hausecke befand, und wurde von Neonlicht erhellt. Ein Fenster, das man hätte öffnen können, gab es nicht, denn auch hier stank es so sehr, dass davon die Augen tränten.

Sie gingen an drei Wohnungstüren vorbei. Jedoch stand auf keinem der Namensschilder Willhöfft. Ihr Weg führte um eine weitere Ecke. In der Wand befand sich eine offene Klappe. Smollenko fragte: „Sind Müllschlucker in Hochhäusern nicht längst verboten? Auf jeden Fall wissen wir jetzt, woher dieser unsägliche Gestank kommt."

„Wenn ich richtig liege, sind die Dinger aus hygienischen Gründen und vor allem aus Gründen des Brandschutzes in einigen Bundesländern seit langem verboten. Aber in Hamburg gibt es so ein Gesetz leider noch nicht", antwortete der Oberkommissar.

„Dann sollte dieses Gesetz hier schnell verabschiedet werden. Fest steht, dass durch diese Müllschlucker Ratten und anderes Ungeziefer angelockt werden. Das kann sich dann im ganzen Haus verteilen. Nicht nur Ratten, auch Mäuse und Insekten werden angelockt", äußerte Obermeister Wagner seine Meinung.

„Schaut doch mal zu dieser Wohnung in der Ecke da. Da krabbeln schwarze Käfer vor der Tür. Wo steckt denn der Hausmeister, der sollte uns doch die Tür aufmachen", sagte Oberkommissar Walter.

Sein junger Kollege entnahm seinem Gürtel ein Funkgerät und gab diese Frage an seine Einsatzstelle weiter. Prompt bekam er aus dem Gerät die Antwort. „Moment, ich rufe gleich noch mal den Hausmeister an."

Etwa fünf Minuten später wurden sie von der Einsatzstelle des Polizei-Kommissariats über Funk informiert: „Der Hausmeister ist bereits auf dem Weg zu euch und müsste bald eintreffen."

Tatsächlich stieß er nach drei weiteren Minuten zu ihnen und öffnete nach einem kurzen Kopfnicken als Begrüßung die Tür zu Willhöffts Wohnung.

Was sie auf dem Fußboden des Wohnungsflures erblickten, ließ ihnen das Blut in ihren Adern gefrieren. Der Fußboden schien aus zuckenden, krabbelnden, schwarzen Käfern zu bestehen. Wohin man blickte, alles wimmelte von schwarzem, glänzendem Chitin. Der Hausmeister sah zuerst bestürzt in die Wohnung, danach den Oberkommissar fragend an. Dieser erlaubte ihm, seiner Arbeit nachzugehen. Seine Fragen würde ihm der Polizist später im Hausmeisterbüro des Nachbarhauses stellen können. Dankbar verschwand der Mann schnell hinter einer Ecke des Hausflures. Die Polizisten bemerkten sich zunickend, dass er das Treppenhaus benutzte.

„Mathias, du kannst hier auf mich warten", sagte Smollenko zu seinem Gehilfen und wandte sich Willhöffts Wohnung zu.

Doch der junge Rettungssanitäter war neugierig darauf, was sie in der Wohnung erwartete und wollte den Doktor begleiten. Nichts konnte ihn davon abbringen.

Die beiden Mediziner fassten sich zuerst ein Herz und gingen mutig voran. Unter ihren Schuhen knackte es laut, als sie auf die Käfer traten und deren Chitinpanzer zerplatzten. Das war ihnen sehr unangenehm. Leider gab es keine andere Möglichkeit, um in die Wohnung des Herrn Willhöfft zu gelangen. Mit jedem ihrer Schritte töteten die Männer unzählige Exemplare dieser kleinen Tierchen, aber es war notwendig, weil der Mensch, der diese Wohnung gemietet hatte, wichtiger war als die Käfer. Selbst dann, wenn es sich um einen Toten handeln sollte. Die Polizisten folgten dem Beispiel des Arztes. Ein flaues Gefühl beschlich sie, denn angenehm anzuhören waren die Geräusche, die unter ihren Füßen entstanden, nicht. Bei jedem einzelnen Schritt, den sie gingen, knackte es unzählige Male.

Doktor Smollenko stieß die Tür zum Wohnzimmer auf, die nur angelehnt war. Mit einem Blick erfasste er den Zustand, in dem sich der Raum befand und gleichzeitig das Bild, welches sich ihnen bot.

Überall krabbelte und wuselte es von schwarzen Käfern. Es mussten etliche Tausend sein. Auf den Möbeln lag eine dicke Staubschicht. Auch hier waren vereinzelt Käfer zu sehen, die sich auf die Möbel verirrt hatten. Auf dem Tisch erblickte Mathias eine Zeitung. Der Raum war vollkommen überhitzt. Das lag aber nicht an der Jahreszeit, obwohl es

Sommer war. Die Heizung lief auf der höchst möglichen Stufe. Die Hitze war in Verbindung mit den üblen Gerüchen aus dem Müllschacht kaum zu ertragen.

Doch das alles war nichts im Vergleich zu dem, was sie noch wahrnehmen mussten. An der Heizung lehnte mit dem Rücken eine Leiche. Ihre Beine waren auf dem Fußboden ausgestreckt und weit gespreizt. Hose und Hemd, die der Tote als lebender Mensch einmal angezogen hatte, existierten nur noch als Fragmente. Riesige Löcher befanden sich darin. Die Kleidung ließ darauf schließen, dass die Leiche ein Mensch männlichen Geschlechtes war. Die Füße steckten in Hausschuhen, auf denen sich viele Flecken verschiedenen Ursprungs befanden.

Der Kopf mit einem Haarkranz hing dem Leichnam auf die Brust hinab. Die Reste des Hemdes und der Hose ließen erkennen, dass der Mann sehr stattlich gewesen sein musste, doch jetzt war er mumifiziert. Sein ehemaliger Umfang war auf ein Minimum geschrumpft und nur noch am sehr weiten Bund der Hose und des Gürtels, der noch in ihren Schlaufen steckte, zu erahnen.

Mathias ging mit knackenden Schritten zum Couchtisch, auf dem die Zeitung lag. Er nahm sie in die Hand. „16. Februar 2015."

„Was war am 16. Februar 2015?", fragte der Polizeiobermeister.

„Wahrscheinlich ist der Mann an dem Tag gestorben!", antwortet der junge Begleiter des Arztes.

„Woher willst du das denn wissen?!", fragte Obermeister Wagner weiter, der sichtlich geschockt neben dem am Toten knienden Doktor stand und nicht sah, dass Mathias eine Zeitung in seiner Hand hielt.

Deshalb entgegnete der junger Assistent des Internisten freundlich: „Auf der Zeitung, die auf dem Tisch lag, steht dieses Datum. Sie ist über zwei Jahre alt."

„Das muss doch hier entsetzlich gestunken haben, hatten die Nachbarn das denn nicht gerochen?!"

Sein Kollege antwortete darauf: „Der Müllschlucker wird auch im Winter seine ekligen Gerüche im Haus verteilen. Niemandem wird der Leichengeruch aufgefallen sein. Und ein übervoller Briefkasten lässt keine Rückschlüsse auf einen Toten zu. Erst durch die Käfer sind die Nachbarn auf den armen Kerl aufmerksam geworden, oder dass hier etwas nicht stimmt." Dann wendete sich der Oberkommissar an Doktor Smollenko: „Und woran ist er gestorben, Doktor? Können Sie das schon sagen?"

„Soweit ich das beurteilen kann, wird er wahrscheinlich an Herzversagen gestorben sein. Er war ein alter Mann, der zudem an Übergewicht litt. Zusätzlich vielleicht auch an Diabetes, Bluthochdruck und einer Herzschwäche oder Herzrhythmusstörungen. Wahrscheinlich ein ganz normaler Tod. Aber Genaues kann man nur nach einer Obduktion sagen."

„Glauben Sie nicht daran, dass der Mann einem Verbrechen zum Opfer fiel?", fragte Oberkommissar Walter.

Doktor Smollenko überlegte kurz und mit Entschiedenheit in der Stimme legte er sich fest: „Nein, das glaube ich nicht. Soweit ich das im Moment beurteilen kann, sind an der Leiche keine Spuren von äußerlicher Gewaltanwendung erkennbar. Außerdem sieht die Wohnung dafür, von den Käfern und dem Staub einmal abgesehen, zu ordentlich aus. Es gibt hier keine Spuren, die auf einen Kampf hinweisen. Oder überhaupt auf Anwendung von Gewalt. "

Als Doktor Smollenko und Mathias das Haus verließen, sah der junge Rettungssanitäter im Gesicht etwas blass aus. Der Kardiologe fragte: „Na, ist alles in Ordnung."

„Ja, es geht mir gut, nur darf man nicht darüber nachdenken, dass der arme Kerl schon seit zwei Jahren in seiner

Wohnung tot herumliegt und niemand das bemerkt hat. Es hat ihn kein Mensch vermisst! So möchte ich nicht sterben!"

„Hinzukommt, dass es auch keinen gestört hat, dass sein Briefkasten schon übervoll war. Der Postbotin hätte das doch auffallen müssen."

„Oder seiner Wohnungsgesellschaft, er muss doch Miete bezahlen. Ebenso Strom und sicherlich noch andere Fixkosten, die jeden Monat anfallen."

Doktor Smollenko überlegte kurz. „Du hast zwar recht, aber ich glaube, dass er seine monatlichen Abgaben wie Miete, Strom und Gas, falls er welches brauchte, eventuelle Versicherungen und Autosteuern, wenn er überhaupt noch ein Auto besaß, vom Konto abbuchen ließ. Und wenn alle erst einmal ihr Geld Monat für Monat überwiesen bekommen, hat niemand einen Grund, den alten Mann zu kontaktieren. Seine Rente wird regelmäßig auf ein Konto eingezahlt, alle Abgaben gehen von diesem Konto herunter, schon lebt der arme Kerl offiziell ewig, obwohl er schon Jahre lang tot ist!"

„Das ist ja unglaublich!" In Mathias Gesicht kehrte seine ursprüngliche gesunde Hautfarbe zurück. Sie stiegen in ihr Dienstauto, bemerkten, dass sie einen weiteren Einsatz bekommen hatten, und fuhren ihrem neuen Ziel entgegen. Die weitere Nacht verlief für Doktor Smollenko und Mathias ohne weitere Überraschungen.

Müde fuhr Mathias nach Hause und legte sich schlafen. Doktor Smollenko machte einen kleinen Abstecher zum Bäcker, um sich ein paar belegte Brötchen zu kaufen, die er vor Beginn der Sprechstunde essen wollte.

Während der Arzt seine Sprechstunde abhielt, wälzte sich Mathias unruhig in seinem Bett von eine Seite auf die andere und konnte nicht schlafen, obwohl er sehr müde war. Wenn er in den Schlaf hinüberdämmerte, schlichen sich Traumbilder in sein Bewusstsein. Darin erlebte er die Ereignisse des letzten Abends immer wieder aufs Neue und jedes Mal hatten seine Träume einen anderen Beginn, endeten aber stets mit dem gleichen Bild: Die an der Heizung sitzende, mumifizierte Leiche, die von mehreren Tausend schwarzen Käfern umgeben war.

Dann wachte der junge Mann auf und wunderte sich, dass ihn diese Szene so sehr beschäftigte. Er hatte sich nicht erschrocken, als er den alten Mann mumifiziert vorfand. Und geekelt hatte er sich ebenso wenig, als sie im Wohnzimmer des Herrn Willhöfft standen.

Mathias stand auf. Wenn er nicht schlafen konnte, musste er nicht im Bett liegen bleiben. Die Zeit wollte er sinnvoller nutzen, sich zum Frühstück zwei Brötchen aufbacken und in seinem Tagebuch aufschreiben, was ihn nicht schlafen ließ. Als er die Küche betrat, traf er auf seine Mutter, die das Mittagessen vorbereitete.

Noch lebte der junge Mann bei seinen Eltern. Das wollte er einerseits ändern, aber andererseits gefiel ihm dieser Zustand des Hotels Mama außerordentlich gut. Das durfte auch noch so sein, schließlich war Mathias erst neunzehn Jahre alt.

„Na, mein Schatz, kannst du nicht schlafen", begrüßte die Mutter ihren Sohn.

Nach einem Kuss auf ihre Wange erzählte Mathias ihr von seinem schockierenden Erlebnis.

Als er wieder schwieg, wollte sie wissen: „Handelt es sich um das Hochhaus am Hans-Duncker-Platz?"

Mathias war überrascht. „Wie kommst du denn darauf?"

„Das ist ganz einfach. Ich habe in der letzten Zeit immer wieder von unschönen Dingen gehört, die in diesem Haus geschehen sein sollen. Sie alle klingen doch sehr unglaubwürdig, gerade so, als wenn man einen Horrorroman liest. Aber jetzt hast Du mir auch noch so eine komische Geschichte erzählt und langsam fange ich an, daran zu glauben."

„Was hast du denn gehört?"

„Sagte ich doch, es hört sich wie Horrorgeschichten an." Die Mutter wich ihm aus.

„Ja, aber was für welche?"

„Na, ja, eben Horrorgeschichten! Von irgendwelchen Ratten und Mäusen, Spinnen, Käfern und so ein Zeug und auch von Toten. Einmal hieß es sogar, dass es einen 14-jährigen Jungen getroffen hatte, er soll irgendwo im Keller verunglückt sein und dann kam das Ungeziefer und soll ihn quasi am lebendigen Leib angefressen haben, bis der arme Junge starb."

„Hach, Mutti, aber das ist doch nun wirklich Quatsch!"

„Das glaubst du, mein Junge, aber wenn es tatsächlich so war, wie es erzählt wird?"

Mathias hatte wieder das Bild der mumifizierten Leiche des gestrigen Abends vor Augen. Okay, die vielen schwarzen Käfer überall in der Wohnung des Toten hatten auf ihn schon einen etwas gruseligen Eindruck gemacht. Auch die Polizisten waren sichtlich schockiert von dem sich ihnen darbietenden Bild. Aber die Käfer hatten die Leiche nicht angefressen, das hätte Doktor Smollenko gesehen, als er sie untersuchte. Wenigstens bei dem alten Mann gab es keine Ungercimtheiten. Der starb eines natürlichen Todes. Die Käfer waren nur eine Randerscheinung nach seinem Tod. Darin war sich Mathias sicher. Das erzählte er jetzt seiner Mutter.

„Na, ja, diese Horrorgeschichten gibt es auch nur in Büchern und Filmen. Aber unheimlich scheint mir das Haus doch zu sein!" Mathias' Mutter wurde nachdenklich.

„Wie oft hast du denn schon diese Geschichten gehört, Mutti?"

„Ich weiß nicht, zwei- oder dreimal."

„Das bist wieder typisch du, Mutti, vorhin hat es sich angehört, als wenn du schon so viele Geschichten gehört hast, aber jetzt sind es nur zwei oder drei!", lachte Mathias erneut.

„Kindskopf, du, lach mich nicht aus, ich bin deine Mutter, du sollst Respekt vor mir haben!" Auch die Mutter musste lachen.

Der Umzug

Der Möbelwagen hielt am Straßenrand direkt neben dem Eingang des Hauses. Auf der Beifahrerseite entstieg ihm ein junger Mann. Ein Mann im besten Alter stellte den Motor des Wagens ab und stieg ebenso aus der Fahrerkabine aus. Der junge Mann reckte sich neben dem LKW, während der Ältere die Ladebordwand hydraulisch herabließ und so die Ladefläche freigab.

„Ach, Junge, ich weiß nicht, muss das hier sein? Ich mag dieses Haus nicht. Es stinkt schon jetzt im Sommer darin, als wenn es eine Müllhalde wäre. Wie schlimm muss es erst im Winter sein. Ich glaube, du machst einen großen Fehler. Durch den Gestank wird doch Ungeziefer angelockt!", sagte Wolfgang Bartsch zu seinem Sohn Michel.

Dieser stand immer noch neben dem LKW, reckte sich und gähnte dabei müde vor sich hin. Doch jetzt verzog er genervt sein Gesicht. „Paps, wir haben doch schon darüber gesprochen. Ich verstehe dich ja, aber du musst auch uns verstehen. Die Wohnung ist preiswert und den Gestank des Treppenhauses riecht man darin nicht. Ich habe die Eingangstür extra abgedichtet. Die Luft in der Wohnung ist sauber und in Ordnung. Sie kommt nun mal von draußen rein, wenn die Fenster geöffnet sind, und stinkt nicht. Die Miete ist hier so niedrig, dass wir im Vergleich zur alten Wohnung jeden Monat 300 Euro sparen können …

Und ewig bleiben wir hier bestimmt nicht wohnen. Außerdem kann ich mir nicht vorstellen, dass es im Winter, wenn es kalt ist, noch übler in dem Haus riecht als jetzt im Sommer."

„Natürlich verstehe ich den finanziellen Aspekt dabei. Aber es gibt auch noch andere Gegenden in unserer Stadt, in denen es preiswerte Wohnungen gibt!"

„Ha, die gibt es tatsächlich, aber für die gibt es auch bis zu 300 Bewerber und mehr! Und hier waren gerade mal 38. Weißt du, dass wir trotzdem ein riesiges Glück hatten, diese Wohnung zu bekommen?"

„Ja, du hast recht. Die Wohnungsnot in Hamburg ist tatsächlich ein Problem. Es ist schlimm, dass junge Leute in dieser Stadt kaum bezahlbaren Wohnraum bekommen. Intakte Klinkerbauten werden abgerissen, nur weil ihre Wasserrohre und Stromleitungen ersetzt werden müssten. Es ist eine Schande! Lieber bauen sie dafür neue Häuser, deren Mieten für einen normalen Arbeiter nicht mehr bezahlbar sind! Und dafür bekommen die Hauseigentümer als Bauherren vom Staat sogar noch Zuschüsse in schwindelerregenden Höhen! Da kommt mir das Kotzen! Eine Schweinerei ist das!", schimpfte der alte Herr Bartsch. „Ja, es ist so, am Ende kassieren diese Sauhunde für ihre Neubauten horrende Mieten. Bezahlbarer Wohnraum wird einfach abgerissen, obwohl die Bausubstanz noch total in Ordnung ist."

„Paps, beruhige dich doch, denke an deine Nerven und dein Herz!"

„Ach meine Nerven! Die sind doch sowieso schon im Arsch! Du musst mir doch Recht geben! Diese Idioten interessieren sich nicht dafür, dass es genug bezahlbaren Wohnraum in Hamburg gibt, nur ihre Profite zählen. Und der Senat spielt da auch noch mit. Sonst würde der Bausenator nicht die Genehmigung zum Abriss für gute Wohnhäuser geben. Der war garantiert nicht dort und hat sie sich vorher angesehen. Vom grünen Tisch aus wird be- und geurteilt. Das kennt man doch. Die kleinen Leute sind doch sowieso immer die Angeschissenen!"

„Paps, da kommen die anderen. Jetzt kann es losgehen!"

Tatsächlich beruhigte sich Wolfgang Bartsch sofort und sprang auf die Ladebordwand. Michel war froh, dass dieses Thema endlich vom Tisch war.

Wolfgang Bartsch liebte seinen Sohn über alles, und war für ihn immer da, wenn der ihn brauchte. Das wusste der junge Mann und gab seinen Freunden gegenüber zu, dass er keinen besseren Vater haben konnte. Aber zu schnell regte sich Vater Bartsch über Dinge auf, die er selbst nicht beeinflussen konnte. Dabei hatte er sich immer wieder geschworen, ruhig zu bleiben, da es zwecklos und sinnbefreit war, dafür einen Herzkasper zu provozieren. Manchmal bemerkte Wolfgang Bartsch, dass er sich über die dummen Hamburger Autofahrer, die Politiker, die unverbesserlichen rechten Idioten, die Schwulenhasser oder ignoranten Ausländer aufregte, die schon 40 Jahre in Deutschland lebten, aber noch kein Wort Deutsch sprachen. Dann ermahnte er sich, die Ruhe zu bewahren, und beruhigte sich.

*****

Ein silberfarbener Pkw vom Typ Mazda 6 hielt für wenige Sekunden, um vier junge Männer auszuspucken, und fuhr wieder an. Etwa einhundert Meter weiter fand dieses Auto eine Parklücke. Schnell stieß der Fahrer zur Gruppe der Umzugshelfer.

„Na, Jemy, haben die Jungs dich fahren lassen?", fragte Vater Bartsch den Neuankömmling mit einem gutmütigen Grinsen.

„Warum denn nicht?", fragte der Angesprochene lächelnd zurück.

„Na, so wie du immer fährst, steifes Bein und ab geht's!" Wolfgang Bartsch lachte.

Jemy sah ihn irritiert an. „Ich fahre doch gar nicht zu schnell!"

Michel klopfte seinem Freund auf die Schulter. „Lass' gut sein, der Alte frotzelt doch nur!"

„Von wegen, der Alte, ich bin nicht alt, das habe ich gehört!" Wolfgang Bartschs Stimme hörte sich gutmütig an.

„Außerdem weiß ich doch, dass Jemy von euch allen am besten Autofahren kann."

Der junge Mann lächelte über das Lob. Mit Michels Vater konnte man Pferde stehlen gehen. Noch nie hatte Jemy von Bartsch ein böses Wort gehört. Im Gegenteil nahm der Mann ihn stets in Schutz, wenn ihn andere Leute beleidigten. Wolfgang Bartsch hatte sich sogar schon seinetwegen auf offener Straße geprügelt. Ein bösartiger Kerl beschimpfte den damals 16-jährigen Jungen wegen seiner schwarzen Hautfarbe auf das Übelste, sodass ihm die Tränen in die Augen schossen.

Wolfgang Bartsch stellte sich schützend vor Jemy und schleuderte dem Rassisten laut und wütend seine Worte entgegen. „Mann, da hast du aber Glück gehabt, dass der liebe Gott keine andere Farbe als Weiß mehr hatte, als du dir deine Hautfarbe aussuchen durftest. Du unverbesserlicher Idiot hättest das dunkelste Schwarz bekommen müssen, weil du vor lauter Scheiße in deinem Hirn Farben gar nicht erkennen kannst!"

Daraufhin schlug der Kerl zu. Der alte Herr Bartsch musste zugeben, dass er sich nicht freundlich ausgedrückt hatte, aber das tat der Fremde genauso wenig. Jedoch war Wolfgang Bartsch ein sportlicher Mann und verfügte über gute Augen und schnelle Reaktionen. Bevor die Faust des unverbesserlichen und dummen Menschen ihr Ziel erreichte, zwang Michels Vater ihn mit einem gezielten Karateschlag zu einer unsanften Landung auf den Boden der Straße, worauf der Kerl die Flucht ergriff.

Jemy wollte sich bei Herrn Bartsch bedanken, aber der winkte mit einer Hand ab. „Ist schon gut, mein Junge, Scheiße muss man wie Scheiße behandeln. Du bist ein guter Junge und viel wertvoller als dieser Kerl, der nur aus Scheiße besteht."

Das geschah vor fünf Jahren. Jemy konnte sich gut daran erinnern. Überhaupt war Herr Bartsch immer für ihn da, fast wie ein Vater, den er ihm manchmal tatsächlich ersetzte. Jemys Eltern waren geschieden und er wuchs bei seiner Mutter auf. Der Vater brach den Kontakt zu ihm ab.

„Komm jetzt, Paps, lass uns die Möbel reinbringen. Du weißt, danach gibt es Mittagessen. Mutti und Natalie haben schon alles vorbereitet", meinte Michel.

Als Jemy mit einem Kühlschrank auf dem Rücken das Haus betrat, rümpfte er die Nase. Es stank bestialisch und er konnte kaum atmen. Ähnlich erging es Michel und seinen anderen Freunden, von seinem Vater ganz zu schweigen. Trotzdem blieb ihnen nichts anderes übrig, als die Möbel und den gesamten Hausrat in Michels und Natalies neue Wohnung zu schaffen. Dabei wurden sie beobachtet ...

*****

Während die Männer die Möbel ins Haus trugen, und zwei von ihnen diese in der Wohnung aufbauten, bereitete Michel Bartschs hübsche Frau in der Küche das Mittagessen vor. Auf dem Herd standen in einem Kochtopf in Salzwasser Kartoffeln, die zu kochen begannen. Natalie Bartsch drosselte die Temperatur der Kochplatte und begann, Schnitzel für die Umzugshelfer zu braten. Das Mischgemüse hatte sie vorher in einer Mehlschwitze zubereitet. Dieses brauchte sie nur noch warmzuhalten.

Sie hörte die Nachrichten im Radio, als sie eine zweite Pfanne mit Fleisch füllte. Leise summte sie eine fröhliche Melodie vor sich hin und war gut gelaunt. Endlich hatten auch sie und Michel Glück und konnten heute eine preiswerte Wohnung beziehen. Die Zeit, in der das junge Paar eine übersteuerte Miete bezahlen musste, war beendet. Fortan konnten sie auf die finanzielle Unterstützung ihrer und

Michels Eltern verzichten. Zumal Michel seit einem Monat von seinem neuen Arbeitgeber ein höheres Gehalt bezog.

Erst vor drei Tagen hatte sie mit Michel gemeinsam ausgerechnet, wie viel Geld nach Abzug aller monatlichen Abgaben in ihrer gemeinsamen Brieftasche verblieb. Wenn sie in jeder Woche für sich 150 Euro für ihre Verpflegung ausgaben, blieben am Monatsende beinahe 400 Euro übrig. Davon konnten sie sich einen schönen Jahresurlaub finanzieren, manchmal auch essen gehen, oder sich Bekleidung kaufen. Michel und Natalie Bartsch sahen finanziell einer sorglosen Zukunft entgegen.

*****

Die junge Frau freute sich. Endlich hatten sie es geschafft. Jetzt konnten sie an ihre Familienplanung denken. Michel war für Natalie der Traummann schlecht hin. Er sah mit seinen schwarzen Haaren und dem hübschen ovalen Gesicht gut aus. Natalie glaubte, dass an ihrem Mann alle Proportionen stimmten. Wegen seines bezaubernden Lächelns und seiner überaus angenehmen Erscheinung hatte sie sich in ihn verliebt. Sie glaubte damals, dass er nie im Leben ihre Liebe erwidern werde. Als er sie auf einer Disco ansprach und mit ihr tanzen wollte, klopfte ihr Herz vor lauter Freude wild in ihrer Brust, sodass sie glaubte, er müsste ihren Herzschlag hören. Aufgeregt hauchte sie ihm ein leises Ja entgegen und mit weichen Knien ging sie mit ihm zur Tanzfläche.

Nicht einmal hatte er sich nach ihr umgedreht, um zu sehen, ob sie ihm folgte. Natalie glaubte bereits, dass er kein Interesse an ihr hatte, sondern in ihr nur eine Tanzpartnerin sah, mit der er ein paar Runden auf dem Parkett drehen konnte. Und am nächsten Tag hätte er sie schnell wieder vergessen.

Aber an der Tanzfläche blieb er stehen, drehte sich doch noch zu ihr um und zeigte ihr das strahlendste und schönste Lächeln, das sie jemals gesehen hatte. Weil er größer war als sie und wollte, dass sie seine Worte verstand, beugte er sich zu ihr herunter. Dann schrie er ihr ins Ohr, dass er glücklich sei, weil sie mit ihm tanzen wollte. Wie man es nach schneller Musik tat, tanzten sie auseinander. Dabei bewegte sie sich elegant vor ihm hin und her, sie wollte ihm gefallen.

Und wie sie ihm gefiel! Ihre langen, welligen, braunen Haare umwehten ihr schönes Gesicht und ihre Augen leuchteten ihn glücklich an. Sie verstand es, sich elegant vor ihm zu bewegen, sodass er den Wunsch verspürte, ihre atemberaubende Figur in seine Arme nehmen zu dürfen.

Wie es oft im Leben ist oder wenigstens beim Tanzen in der Disco, nach einem schnellen Hit kommt langsame Musik. Zu Alicia Keys' „Fallin" tanzten sie eng umschlungen beinahe allein auf der Tanzfläche. Natalie schmiegte sich eng an Michel und spürte seine starken Arme und seinen muskulösen Körper. Sie hatte das Gefühl, dass er sie beschützte. Es gab nichts, dass sie bedroht hätte, aber trotzdem beschützte er sie, und sie fühlte sich bei ihm geborgen und sicher.

Nachdem Alicia Keys' Stimme verstummte, gingen sie gemeinsam zur Bar, als sei das die normalste Sache der Welt. Er fragte, was sie trinken wollte. Nur wenige Minuten später ging sie an Michels Seite ins Freie vor die Tür, einen Gin-Tonic in der rechten Hand haltend. Plötzlich war es ihnen in der Disco viel zu laut. Sie ließ es zu, dass er ihre Linke in seine rechte Hand nahm. Beide verspürten den Wunsch, sich gegenseitig näher kennenzulernen.

*****

Während Natalie Bartsch ihren Gedanken nachhing, erschien in ihrem Gesichtsfeld eine riesige Spinne, die sich nur wenige Zentimeter vor ihren Augen von der Decke abgeseilt hatte. Sie besaß einen großen fetten Körper und blieb auf Augenhöhe vor der jungen Frau hängen. Natalie bekam das Gefühl, dass dieses ekelerregende Tier ihr direkt in die Augen sah. Sie konnte deutlich den Kopf der Spinne erkennen und glaubte, auch ihre Augen und Beißwerkzeuge zu sehen. Dann begann dieses widerwärtige Wesen auch noch, hin und her zu pendeln, und kam dem Gesicht der jungen Frau, die vor Spinnen große Angst hatte und sie deshalb wie die Pest hasste, gefährlich nahe.

*****

Ein gellender Schrei hallte durch das Haus. In diesem Moment stand Michel Bartsch im Fahrstuhl. Die Tür sprang mit einem Knall auf, als er den Schrei vernahm. Er wusste, dass seine Natalie ihn ausstieß. Vor Schreck ließ er den mit Büchern gefüllten Karton, den er in seinen Händen hielt, fallen, der daraufhin die Fahrstuhltür blockierte. Mit einem weiteren Knall prallte die sich schließende Fahrstuhltür gegen den Karton und zerriss ihn. Die Bücher fielen heraus, doch das bemerkte Michel Bartsch nicht mehr. Wie von einer Tarantel gebissen lief der junge Mann zu seiner Frau. Bewegungslos stand sie vor dem Herd in der Küche und zitterte wie Espenlaub. Er wollte sie fragen, was geschehen sei. Doch in diesem Augenblick sah er die riesige Spinne.

„Mach sie tot, bitte Michel, mach sie tot!" Mit bebender Stimme flehte Natalie Bartsch ihren Mann an.

„Aber, Schatz, das ist doch nur eine Spinne." Sanft sprach er zu ihr und versuchte somit, sie zu beruhigen. Aus seiner Hosentasche zog er ein Papiertaschentuch und griff damit nach dem Gliederfüßer. Mit der bloßen Hand wollte er dieses fette Ding nicht anfassen. Als es in seiner Hand laut

44

knackte, wurde das Taschentuch sofort feucht und er warf es schnell in den offenen Mülleimer. Danach wischte er sich an seiner Hose die Hand trocken und nahm den zitternden Körper seiner Frau in seine Arme. Er drückte sie an sich und sprach leise auf sie ein. Allmählich beruhigte sie sich.

Am Abend war die neue Wohnung des jungen Paares eingerichtet. Allein und erschöpft saßen Natalie und Michel Bartsch nebeneinander auf ihrer Couch im Wohnzimmer und erholten sich von den Anstrengungen des Umzuges. Zur Feier des Tages trank sie ein Glas Weißwein und er eine Flasche Bier. Zufrieden sahen sie sich im Zimmer um. Plötzlich sagte Natalie Bartsch in die Stille hinein: „Michel, wir sollten die Wohnung mit Insektenspray aussprühen, die Türen waren fast den ganzen Tag offen. Wer weiß, ob nicht irgendwelches Viehzeug reingekommen ist. In der Küche habe ich vorhin zwei schwarze Käfer gesehen. Die waren ziemlich flink. Fangen konnte ich sie nicht."

Der alte Mann

Endlich hatte er es geschafft. Es war alles nicht so einfach für ihn, jedenfalls nicht in seinem hohen Alter. Immerhin hatte er die Siebzig schon seit einigen Jahren überschritten und war froh, dass es ihm immer noch so gut ging. Bis auf ein paar kleinere Gebrechen, die man eben in seinem Alter hatte, fühlte er sich gesund. Morgens und abends ein paar Tabletten eingeworfen und schon stimmte die Sache. Dann dachte er nicht mehr an seine kleinen Krankheiten, die ihn ab und zu am Tage etwas plagten, wenn er vergaß, seine Medikamente einzunehmen. Seine Devise lautete: Man muss seine Krankheiten annehmen und gegen sie angehen.

Wilhelm Waldbusch ging mit Erfolg gegen seine chronischen Erkrankungen an, denn tatsächlich spürte er sie meist nicht. Nur die Luft wurde ihm unter größeren Belastungen etwas knapp, aber damit konnte er leben. Zweimal im Jahr gönnte er sich passend zu seinem Namen einen Wanderurlaub in den Bergen. Nun, ja, manch eine Wanderung wurde dabei tatsächlich schon zum Spaziergang. Den Anforderungen einiger Berge, die er vor einigen Jahren noch bravourös bezwungen hatte, war er heute nicht mehr gewachsen. Aber auch das störte ihn nicht. Wichtig war ihm, dass er sich in seinen Urlauben in seinen geliebten Bergen und in der Natur aufhielt! Nur das zählte.

Wenn ihn seine Kräfte einmal verließen, nahm er sich ein Taxi, um sein Etappenziel zu erreichen. Dann fühlte er sich trotzdem mit der Natur verbunden, weil er den Fahrer bat, ihn auf Nebenstrecken zu seinem Tagesziel zu bringen. Das war oft mit Umwegen verbunden und erforderte mehr Zeit, nicht nur wegen der mehr zu fahrenden Kilometer, sondern auch deshalb, weil die Autos aufgrund der schlechteren Straßenverhältnisse auf den Nebenstraßen langsamer fahren mussten. Aber das taten die Taxifahrer auf seinen

Wunsch sowieso und bekamen dafür von ihm ein schönes Trinkgeld, wie der alte Mann glaubte. Zehn Prozent des Fahrpreises gab er immer. Manchmal auch etwas mehr, aber nie weniger. Geld spielte für ihn keine große Rolle, er hatte eine gute Rente, außerdem konnte er nichts in sein Grab mitnehmen. Keine Besitztümer und kein Geld. Aber noch war es nicht soweit, noch lange nicht. Erst noch wollte er sich einige Wünsche erfüllen, einige Gebirge noch einmal besuchen, in denen er schon vor dreißig oder vierzig Jahren wanderte, und mit denen er angenehme Erinnerungen verband. Aber auch Touren in Gegenden, die er noch nicht kannte, hatte er sich für die Zukunft vorgenommen.

So, den Staubsauger hatte er weggestellt. Die Wohnung war wieder sauber. Erschöpft ging er ins Wohnzimmer, setzte sich in seinen Sessel und sah zu seinem Hund hinüber, einem schwarzen Shiba Inu, einem treuen und lieben Hund. Natürlich war er etwas eigensinnig, was typisch für diese Rasse war, die einem kleinen Husky ähnelte. Manchmal kam er nur dann zu seinem Herrchen, wenn dieser ihn mit einem Leckerli lockte. Doch jetzt lief er mit wedelnder und buschiger Rute zu ihm hin. Für den Krach, den der Staubsauger verursachte und den der Hund gar nicht mochte, weil sein Gehör den Lärm nicht vertrug, wollte er mit einigen Streicheleinheiten entschädigt werden.

„Na, mein Lieber, was ist los? Hast du Langeweile oder bist du liebebedürftig? Brauchst mal wieder einige Streicheleinheiten?" Liebevoll kraulte der alte Mann seinem Hund durch das Fell. Das Tier ließ sich das sichtlich vergnügt gefallen und knurrte wohlig vor sich hin.

„Du bist ein kleiner Genießer, aber das ist in Ordnung. In ein paar Wochen bringe ich dich wieder zu Ina, da wirst du zwei ganze Wochen bleiben und ihr selbstverständlich keine Probleme bereiten. Musst schön auf sie hören, wenn sie etwas zu dir sagt."

Als könnte der Hund die Worte seines Herrchens verstehen, machte er einmal leise „wuff" und sah den alten Mann mit seinen treuen Augen an und wedelte mit seiner Rute.

„Ja, mein Braver, ich weiß, du bist ein ganz lieber Hund. Doch jetzt geh' in dein Körbchen, ich bin müde und will etwas ausruhen!"

Folgsam tat der Hund, was der Mann ihm sagte. Der Alte sah ihm hinterher und dachte: „Wenn alle Menschen so lieb wie mein Hund wären und genauso viel Verstand hätten wie er, würde die Welt ein besserer Ort sein."

Schnell schlief der Mann ein. Er hatte ein aufregendes Wochenende hinter sich, hatte sich mit ehemaligen Kollegen getroffen und war mit ihnen im alten Land spazieren.

Am heutigen Montagmorgen stand er zunächst munter auf, aber jetzt träumte er von seinem Urlaub, den er in einigen Wochen in den Vogesen antreten wollte. Viele Stunden würde er unterwegs sein, bis er seinen Ausgangsort für ausgedehnte Wanderungen erreichen sollte, aber das war für ihn kein Problem. Lange schon war er nicht mehr in diesem nordfranzösischen Mittelgebirge gewesen. Das letzte mal vor 23 Jahren. Es wurde Zeit für ihn, noch einmal die kleinen Städte und die schönen, ausgedehnten Wälder wiederzusehen. Wissembourg, wie Weissenburg heute hieß, war der Startpunkt, von dem er seine Wanderung beginnen wollte. Wie das kleine Städtchen sich wohl verändert haben mochte?

Als sich Wilhelm Waldbusch in seinem Traum diese Frage stellte, hörte er seinen Hund heftig bellen. Ehe er begriff, dass der nicht in seinen Traum passte, erwachte er und erblickte ihn vor sich, der aufgeregt vor dem Sessel hochsprang.

„He, was ist denn los, Shiba, warum bist du so unruhig. Machst doch sonst nicht solch einen Krach", sprach er mit dem Tier. Augenblicklich hörte der Vierbeiner auf, am Ses-

49

sel hochzuspringen, aber nun lief er hektisch an den Beinen seines Herrchens hin und her, dabei warf er seinen Kopf immer wieder zu Wilhelm Waldbusch hoch und herunter zu dessen Beinen. Der alte Mann wunderte sich über das seltsame Verhalten seines Hundes, denn das kannte er nicht von ihm.

„Shiba, was ist denn los? Beruhige dich doch, mein Lieber. Es ist doch alles gut." Er versuchte auf das aufgeregte Tier, das längst für ihn zu einem Gefährten geworden war, mit ruhiger Stimme einzuwirken. Der Hund blieb aber trotzdem nervös, stupste ihn jetzt mit seiner Schnauze am rechten Unterschenkel an. Wilhelm Waldbuschs Augen richteten sich dahin, wo ihn der kniehohe Rüde traf. Er erblickte dort drei schwarze Käfer. Diese krabbelnden Dinger waren ihm nicht aufgefallen. Kunststück, schwarze Käfer auf einer schwarzen Hose. Seine Augen waren nicht mehr so gut wie noch vor zwanzig Jahren.

„Ach, das meinst du? Deshalb bist du so aufgeregt? Ach, mein Lieber, das sind doch nur ein paar Käfer. Die tun doch nichts", meinte der Alte.

Trotzdem beugte er sich zu ihnen herunter und wollte sie von der Hose abklopfen. Doch sie hielten sich eisern fest. Im Gegenteil krabbelten sie zu der auf das Hosenbein klopfenden Hand hin. Das sah Herr Waldbusch und war gespannt darauf, was nun geschah. Als der erste Käfer seine Hand erreichte, streckte der eins seiner vorderen Beinchen nach ihr aus. Herr Waldbusch glaubte, die Tiere erkannt zu haben, und zog seine Hand erschrocken zurück. Bevor sie Unheil anrichten konnten, wollte er sie von seiner Hose herunter bekommen. Denn diese Käfer waren in der Lage, ein Gift zu produzieren, das, wenn es in den Blutkreislauf eines Menschen gelangte, tödlich wirkte. Das wusste Wilhelm Waldbusch genau, denn als naturverbundener Wanderer, der er seit einigen Jahrzehnten war, hatte er sich viele Kenntnisse in der Fauna und Flora angeeignet.

Doch nun hatten die Tiere verspielt. Mit grimmigem Gesicht ging er in die Küche, zog sich einen Latexhandschuh an, ergriff den Körper eines der beinahe schwarzen Käfer und begann ihn, von der Hose abziehen. Doch das kleine Tier krallte sich in dem Kleidungsstück fest. Der alte Mann zog an dem Käfer, doch der löste sich nicht von dem Hosenbein. Im Gegenteil gab der Stoff nach und entfernte sich vom Körper des Alten. Nach mehrmaligen erfolglosen Versuchen, den Käfer von seiner Hose zu entfernen, nahm Herr Waldbusch den Körper des Tieres zwischen Daumen und Zeigefinger und zerquetschte ihn. Dabei knackte es, sodass er das Platzen des Chitinpanzers hören konnte. Erst jetzt ließ sich der Käfer vom Stoff umständlich entfernen, denn seine Beinchen hatten sich im Stoff verhakt. Mit den anderen beiden Käfern verfuhr Wilhelm Waldbusch genauso. Doch jedes Mal war er überrascht, dass sich die kleinen Tiere mit ihren kleinen Beinchen derart fest in seiner Hose verankert hatten, dass sie sich kaum vom Stoff lösen ließen. Den letzten Käfer hielt er sich vor seine Augen, um ihn genau betrachten zu können. Er sah hässlich aus. An seinen Beinchen befanden sich mehrere Widerhaken. Kein Wunder, dass die Dinger so widerspenstig waren. Der Köper des Käfcrs war schlank und glänzte in der Sonne in einer dunklen, violetten Farbe. Wenn man nur flüchtig zu ihm hinsah, konnte man glauben, dass er schwarz sei. Wilhelm Waldbusch kannte diese Art. Es bestand kein Zweifel. Das hier waren violette Ölkäfer, eine der giftigsten Käferarten, die in Deutschland vorkamen. Jetzt kam er doch ins Grübeln. Erstaunt dachte er, dass der violette Ölkäfer nur in freier Wildbahn zu finden war. Wie konnten dann diese hier in seine Wohnung kommen? Nochmals sah er auf das kleine Tier herab und sagte leise, als spräche er mit ihm:

„Tot ist tot, und wer früher stirbt, ist länger tot!" Danach warf er die kleinen Eindringlinge in den Mülleimer.

In dem Handschuh begann seine Hand zu schwitzen. Schnell zog er ihn aus und entsorgte den ebenso wie die Käfer. Dabei beschloss er, seine Wohnung mit Insektenspray auszugasen. Mit Ölkäfern war nicht zu spaßen. Nachdem er damit fertig war, sprach er zu seinem Hund: „Shiba, komm, lass uns rausgehen, es wird Zeit, dass wir beide unsere Runde drehen." Mit diesen Worten wandte er sich zum Flur und zog sich seine Schuhe und eine leichte Sommerjacke an. Noch einen Sommerhut aus Seegras auf den Kopf gesetzt, und schon hatte er die Hundeleine in der Hand. Jetzt sprang der Vierbeiner freudig erregt an seinem Herrchen hoch. Vergessen waren die Käfer. Dass sich weitere von denen in seinem Wohnzimmer versteckten, bemerkte Wilhelm Waldbusch nicht. Das war kein Problem, die würden durch das Insektenspray sowieso sterben.

„Ist ja gut, mein Lieber", sprach der Mann zu seinem Hund, „komm, mach Sitz." Sofort setzte sich Shiba auf den Boden und ließ sich die Leine an seinem Halsband befestigen.

Als die beiden vor dem Fahrstuhl standen und die grässlich riechende Luft des Treppenhauses einatmen mussten, erschien eine junge Frau, die Wilhelm Waldbusch nicht kannte. Ihr Gesicht zeugte vom Ekel, den sie wegen des üblen Geruches empfand, aber freundlich begrüßte sie ihn. Wilhelm Waldbusch grüßte genauso freundlich zurück und dachte: „Sie ist eine hübsche Person!"

Doch dann ergriff die junge Frau das Wort. „Mein Name ist Bartsch, Natalie Bartsch. Mein Mann und ich sind am Sonnabend hier eingezogen."

„Ah, ja, Sie waren das also, Ihre Helfer haben sich ja ganz schön beeilt. Sehr angenehm, Waldbusch mein Name. Und der Shiba Inu hier unten zu meiner Seite ist Shiba. Ich weiß, sehr einfallsreich ist der Name nicht, aber er hat ja auch einen Nachnamen. Richtig, Sie haben es erraten, er heißt Inu." Herr Waldbusch lachte freundlich.

Natalie Bartsch lachte auch über die Bemerkung des Alten. „Haben wir Sie sehr mit unserem Umzug gestört?"

„Aber nein, ein Umzug erfordert nun einmal etwas Aufregung, es ist doch im Haus etwas lauter als üblich, aber Sie waren ja sehr schnell. Ihre Helfer waren doch allesamt junge kräftige Männer. Und gebohrt haben Sie auch nicht sehr viel. Es war alles in bester Ordnung."

Der Fahrstuhl öffnete seine Türen und mit gerümpften Nasen betraten sie ihn. Sicher brachte er sie ins Erdgeschoss hinunter. Die junge Frau und der alte Mann betrieben etwas Smalltalk und dachten voneinander, wie nett ihr Gegenüber doch war. Als sie ins Freie traten, sogen sie erleichtert, aber gierig die frische Luft in ihre Lungen, danach lächelten sie sich gegenseitig an und verabschiedeten sich.

*****

„Ah, frische Luft, endlich wieder frische Luft", dachten Natalie Bartsch und Wilhelm Waldbusch, obwohl sie sich vor dem Haus getrennt hatten und beide voneinander einen anderen Weg einschlugen. Sie fanden sich gegenseitig sympathisch. In den Augen der jungen Frau war der Alte ein lustiger Kauz und schien ein angenehmer Nachbar zu sein.

Kurz darauf richteten sich ihre Gedanken auf den ihr bevorstehenden Einkauf. Im Geiste ging sie durch, was sie kaufen wollte. Michel musste heute wieder arbeiten und sie hatte den Rest ihrer neuen Wohnung geputzt und dekoriert. Jetzt war nichts mehr davon zu erkennen, dass sie erst vor zwei Tagen in ihre neue Wohnung eingezogen waren. Der gesamte Umzugsstress war vergessen und alle ihre Habseligkeiten hatte sie, wie in ihrer alten Mietwohnung auch, sorgsam in den dafür vorgesehenen Schränken und Sideboards untergebracht. Sogar das Verpackungsmaterial hatten sie vor zwei Tagen nach dem Auspacken gemeinsam entsorgt und die Bilder, die sie an den Wänden anbringen wollten, hingen auf den ihnen zugedachten Plätzen.

Natalie Bartsch fühlte sich wohl in ihrem neuen Zuhause, und war stolz darauf, dass sie und ihr Michel es geschafft hatten, sich seit ihrer Hochzeit vor einem Jahr ein schönes und gemütliches Heim aufzubauen. Aber sie war auch für die Unterstützung ihrer Eltern und Schwiegereltern dankbar, sei es für tatkräftige Hilfe oder willkommenen Rat und natürlich auch für monetäre Zuschüsse. Ohne die Eltern hätten sie es nicht geschafft, eine eigene Wohnung zu bekommen und diese gemütlich einzurichten.

Aber das Treppenhaus störte sie kräftig, denn es stank sehr penetrant nach verfaulten Abfällen und Müll. Das aber war kein Wunder, denn die Klappen der Müllschächte auf jeder Etage waren defekt und ließen sich nicht schließen.

Doch schon jetzt freute sich Natalie Bartsch auf ihren lieben und süßen Michel, der sicherlich auch kurz nach ihrer Rückkehr heimkehren sollte.

Nach ihrem Einkauf in dem riesigen Supermarkt, der so ziemlich alles anbot, was man benötigte oder zu benötigen glaubte, ging Natalie mit zwei großen bis zum Rand gefüllten Einkaufstaschen nach Hause. Als sie das Haus betrat, bot sich ihr ein Anblick, der sie zutiefst schockierte.

Der Angriff der Ratten

Das Klingelzeichen kündigte das Ende der achten Stunde an. Sofort entstand Unruhe im Klassenzimmer. Doch der Lehrer erhob leicht seine Stimme, als er sagte: „Noch einen Moment Ruhe, bitte! Ich weiß, ihr hattet heute einen langen Tag und freut Euch auf das Ende des Unterrichts. Lasst mich nur noch schnell einige Worte sagen."

Die Schüler der Klasse konzentrierten sich erneut, wenngleich unwillig, auf ihren Lehrer. Einige stöhnten genervt auf, andere tuschelten leise miteinander. Trotzdem hörten die zwölf- und dreizehnjährigen Jungen und Mädchen ihrem Klassenlehrer aufmerksam zu, der in seinen Ausführungen fortfuhr, als hätte er den Unwillen seiner Schüler nicht bemerkt: „Also gut, bevor wir heute den Unterricht beenden, noch schnell die Aufgaben für zu Hause. Ihr lest in Euren Büchern bis zum nächsten Mal auf Seite 154 die Geschichte des Königs Friedrich des Großen nach und beantwortet schriftlich die Fragen, die unter dem Text stehen. Es sind sechs Seiten zu lesen, das sollte machbar sein. Diese Hausaufgabe sammle ich ein und werde sie benoten. Also gebt euch Mühe, denn damit könnt ihr eine schlechte Note ausgleichen. Die schlechteste Zensur für eine solche Hausaufgabe sollte im schlimmsten Fall eine Drei sein. Ich wünsche euch einen angenehmen Heimweg und einen schönen Nachmittag. Tschüss, meine Freunde!"

Damit verabschiedete sich der Geschichtslehrer Herr Schwallbach von seiner Klasse. Die Schüler sprangen von ihren Plätzen auf und schrien wild durcheinander. So entstand ein mittelprächtiger Lärm, weil viele Schüler über mehrere Schulbänke hinweg ihren Freunden etwas zuriefen. Jeden Tag und nach jeder vergangenen Unterrichtsstunde erlebte Herr Schwallbach das, daran hatte er sich schon längst gewöhnt und blieb dabei sehr entspannt, denn er liebte Kinder über alles. Meist konnte er aus dem vielstimmigen, lauten Geschrei der Kinder keine Worte heraushören, nicht einmal die, die aus den ersten Reihen durch den Raum geschrien wurden. Die Rufe der Kinder bildeten zusammen nur ein lautes Stimmengewirr, das langsam seine Lautstärke verlor, weil die Schüler nach und nach das Klassenzimmer, entweder in kleinen Grüppchen oder auch alleine, verließen. Schnell waren die Schultaschen gepackt, und am Ausgang des großen Raumes drängelten sich die Kinder gegenseitig schubsend in das Treppenhaus des Gebäudes hinaus. Der Unterricht war für den heutigen Tag beendet und alle Schüler und Schülerinnen hatten das gleiche Ziel: Sie wollten schnell ins Freie gelangen und die Sonne und die angenehmen Temperaturen genießen, die draußen herrschten.

Torsten und Patrick waren dem heillosen Durcheinander, das jeden Tag am Ende eines Schultages entstand, glücklich entkommen und gingen wie immer gemeinsam nach Hause. Sie hatten den gleichen Weg, denn die Jungen wohnten an dem Hans-Duncker-Platz, Torsten im Haus 26 und Patrick im Haus 23.

Schweigend gingen die Freunde nebeneinander und hingen ihren Gedanken nach. Plötzlich fragte Patrick: „Torte, sag mal, warum ist in unserem Haus immer so'n Scheiß Gestank."

Die beiden Jungen kannten sich schon seit ihren frühesten Kindertagen, waren praktisch gemeinsam aufgewachsen, denn ihre Eltern waren seit vielen Jahren miteinander befreundet. So war es kein Wunder, dass die beiden Knaben auch ein sehr freundschaftliches Verhältnis zueinander hatten, manchmal benahmen sie sich wie Brüder.

„Bei uns riecht es manchmal ja auch, aber es stinkt nicht so wie bei euch", antwortete Torsten.

„Ich frage mich, woher der Gestank kommt. Es ist wirklich eklig!"

„Ich weiß, vielleicht sollten wir uns die Sache einmal genauer ansehen?"

„Ach, Torte, ich weiß nicht. Wie willst du das überhaupt anstellen? Diesen Gestank hält doch kein Mensch aus!"

„Das ist das Problem, wir werden uns eben daran gewöhnen müssen. Dann ist das auch ganz einfach. Wir brauchen dem Gestank nur nachzugehen. Dort, wo es am meisten stinkt, finden wir die Ursache dafür! Ist doch klar, Patty!"

*****

Natalie Bartsch glaubte, ihren Augen nicht zu trauen. Der Schreck fuhr ihr in die Glieder und ein leiser Schrei des Grauens entfuhr ihr. Das sich vor ihr abspielende Drama und Herr Waldbusch sorgten dafür, dass sie ihre Einkaufstaschen neben der Hauseingangstür abstellte und sich auf die kommenden Aufgaben konzentrierte, denn der Alte sprach sie energisch, wenn auch mit freundlicher Stimme an: „Haben Sie so ein modernes Telefon bei sich?" Erklärend fügte er hinzu: „Ich habe meins nicht dabei, komme mit diesen Dingern einfach nicht richtig zurecht."

„Ja, ja, natürlich!", gab Natalie mit panikartigem Entsetzen leise von sich.

„Dann rufen Sie bitte die 112, die sollen sofort einen Notarzt schicken. Der Junge wurde von Ratten angefallen. Machen Sie schnell!"

Die junge Frau vergaß augenblicklich ihre Einkaufstaschen, denn vor ihr lag ein etwa zwölfjähriger Junge auf dem Fußboden, dessen Hose blutverschmiert war und der bitterlich weinte und wimmerte. Schnell bildete sich um ihn herum eine große Blutlache. Natalie Bartsch war über die Verletzungen, die der arme Junge erlitten hatte, entsetzt. Es

konnten mehrere Wunden sein, die ihm die Ratten zugefügt hatten, wenn Herrn Waldbuschs Aussage stimmte. Der
alte Mann kniete vor dem Jungen und versuchte, ihm zu
helfen.

Sofort kramte die junge Frau Bartsch aus ihrer Jackentasche ein Handy hervor. Herrn Waldbusch kam das wie eine
Ewigkeit vor, bis sie endlich die Nummer eingab und sich
das Gerät ans Ohr hielt. Nach einer kurzen Wartezeit begann Natalie Bartsch zu sprechen: „Bitte, kommen Sie
schnell zum Hans-Duncker-Platz 23, wir brauchen einen
Notarzt, ein Kind ist von Ratten angegriffen worden und
blutet stark an den Beinen!"

Das Wimmern des Kindes hörte nicht auf. Das Mitleid,
das Natalie Bartsch für den Jungen empfand, hätte nicht
größer sein können. Nach einer weiteren kurzen Pause rief
sie energisch in ihr Telefon: „Ratten, ja, Ratten waren das!
Sie haben richtig gehört! Nun schicken Sie schon jemanden
her! Schnell bitte!"

Erneut wartete sie einige Sekunden, dann sprach sie: „Ein
Kind, sagte ich doch schon, vielleicht 12 Jahre alt …, ein
Junge …, im Eingangsbereich ..., ein Mann ist bei ihm …,
alles ist voller Blut …, weiß ich nicht, bitte kommen Sie
schnell!"

Dann wandte sie sich wieder Herrn Waldbusch zu und
steckte das Handy in ihre Jackentasche. Wutentbrannt sagte
sie: „Was die aber auch alles wissen wollen. Wie er heißt,
als wenn das nicht egal ist. Er braucht Hilfe, und zwar
schnell." Unverständlich schüttelte sie den Kopf.

Erst jetzt nahm Natalie Bartsch mit großem Entsetzen das
ganze Bild des Grauens in sich auf. Herr Waldbusch kniete
neben dem Jungen und sprach beruhigend auf ihn ein. Das
Kind weinte leise und immer wieder entwich ihm ein tiefer
Schluchzer aus seiner sich schnell hebenden und wieder
senkenden Brust. Der arme Junge litt starke Schmerzen,

denn er wand sich ab und an in Herrn Waldbuschs Armen und bäumte sich krampfhaft wimmernd auf. Überall um ihn herum breitete sich Blut aus. Viel Blut. Auf weißen Fliesen hatte es sich um ihn herum angesammelt und bildete eine riesige, rote Lache. Herr Waldbusch hatte den Knaben in seinen linken Arm geschlossen. Seine bloße Rechte, die zur Faust geballt war, drückte er in eine tiefe Wunde am linken Oberschenkel des Jungen, und versuchte, dort ein zerfetztes Blutgefäß abzudrücken. Trotzdem kam das Blut in einem Strahl daraus hervorgeschossen. Daraufhin versuchte er es gleich noch einmal mit dem Erfolg, dass das Blut weiterhin als ein mittelgroßer Fluss aus der Wunde austrat. Die Hose des Kindes war an mehreren Stellen zerrissen. Seine Beine schimmerten durch den zerfetzten Stoff hervor, an denen Natalie Bartsch mehrere Verletzungen erkannte, die wie Kratz- und Bisswunden aussahen. Doch waren es nicht diese Wunden, die der Frau Kopfschmerzen bereiteten, sie sahen schlimmer aus, als sie wirklich waren. Die große Wunde, aus der das Blut trotz aller Bemühungen des älteren Herrn weiter hervorsprudelte, machte der Frau ernsthafte Sorgen. Die Faust des alten Mannes schwamm förmlich in dem hellroten Lebenselixier. Diese Wunde war es, die dringend versorgt werden musste, denn an ihr drohte der arme Junge zu verbluten.

Der Hund des alten Mannes saß bei den Briefkästen in einer Ecke, hatte seine Rute zwischen den Hinterpfoten eingeklemmt und winselte, am ganzen Körper zitternd, leise vor sich hin. Sein Blick entfernte sich nicht von dem grausigen Bild, das sein Herrchen und der arme, verletzte Junge boten.

„Wir sollten ihn verbinden!" Natalie Bartsch sprach leise. Sie war momentan nicht fähig, in einer normalen Lautstärke zu sprechen.

„Ziehen Sie meinen Gürtel aus meiner Hose heraus!" Herr Waldbusch sprach ruhig, aber immer noch bestimmt. Natalie Bartsch fragte sich, wie er solch eine Ruhe in dieser schrecklichen Situation bewahren konnte. Darüber nachdenken wollte sie aber nicht, denn sie beugte sich zu dem Alten herunter. Ihre Arme verschwanden unter seiner Jacke und mit zitternden Händen nestelte sie an dem Gürtel seiner Hose herum.

„He, meine Liebe, Sie müssen sich beruhigen, sonst bekommen Sie die Schnalle des Gürtels nie auf!" Der Mann sprach leise und beruhigend auf sie ein.

„Ja, ich weiß. Ich versuche mein Bestes!" Die Stimme der jungen Frau bebte, aber ihre Hände gehorchten jetzt wieder ihrem Willen. Endlich zog sie den Gürtel nach einer gefühlten Ewigkeit aus den Schlaufen der Hose des Herrn Waldbusch heraus.

„Gut so, und nun legen Sie ihn um seinen Oberschenkel, gleich oberhalb meiner Faust und ziehen Sie den Gürtel kräftig zu!"

Sie tat, was er ihr sagte.

„So ist es prima, gut machen Sie das", wurde sie von Herrn Waldbusch gelobt, während sie dem Knaben das Bein abband.

Als sie den Gürtel am Bein des Jungen verschlossen hatte, zog der Alte seine Hand aus der Wunde des Jungen heraus. Es schien, als sei die Blutung gestoppt. Erleichtert sah Natalie Bartsch, dass die Wunde zwar immer noch offen war, aber das Blut nicht mehr als Strahl aus dem Bein des Kindes herausschoss. Nur noch sehr langsam sickerte es als kleines Rinnsal hervor. Herr Waldbusch wischte sich seine Hand an der Hose ab und danach streichelte er dem Jungen sanft über das Gesicht. Dabei sprach er ihm Mut zu. „Das wird wieder, René, mache dir mal keine Sorgen. In ein paar Wochen kannst du wieder laufen und dann kletterst du auch wieder in den Bäumen herum und hast schnell vergessen, was heute passiert ist."

Dankbar sah das Kind den alten Mann aus verweinten Augen an. Aber sprechen konnte der arme Junge nicht. Nach fünf Minuten, die den beiden Ersthelfern wie eine Stunde erschienen, hörten sie vom Ende der Straße ein Signalhorn zu ihnen herüberdringen. Shiba begann, zu winseln und bellte schließlich laut und aufgeregt. Er konnte nicht still sitzen bleiben und lief wie aufgezogen an den Briefkästen hin und her. Herr Waldbusch wies den Hund nicht zurecht, denn er wusste, dass das immer lauter werdende Signalhorn des Rettungswagens seinem Hund in den Ohren schmerzte.

„Endlich kommen sie." Natalie Bartsch seufzte erleichtert auf.

„Gott, sei Dank", meinte der alte Mann. Nach einer weiteren Minute, als das Horn seine volle Lautstärke erreicht hatte, konnte der Shiba Inu nicht mehr an sich halten. Wie rasend mit lautem, wütendem Gebell rannte der Hund im Eingangsbereich des Hauses herum. Endlich erlosch das alarmierende Signal. Herr Waldbusch nutzte diese Gelegenheit und ermahnte seinen Hund leise, wieder in die Ecke zu den Briefkästen zu gehen und dort sitzen zu bleiben. Prompt hörte das Tier auf seinen Herrn. Doch immer wieder wollte es aufstehen, setzte sich aber schnell wieder auf den Boden und so rutschte es Zentimeter für Zentimeter aus seiner Ecke hervor.

Die Zeit schien stehen zu bleiben. „Warum dauert es denn so lange, bis die hier sind?" Natalie Bartsch fragte sich das eher selbst als den alten Mann. Sie verspürte eine noch nie gekannte Unruhe in sich.

Trotzdem antwortete Herr Waldbusch: „Die Zeit zieht sich endlos lange hin! Aber nur für uns. Die sind gleich hier!"

Kaum hatte er das ausgesprochen, betraten durch die Hauseingangstür drei Männer in einer roten Uniform den Eingangsbereich. Sofort sprang der Hund auf und wollte ihnen entgegenlaufen, doch die scharfe Stimme seines Herrchens hielt ihn zurück. Winselnd ging der Hund wieder dorthin, wo ihm sein Platz zugewiesen wurde. Die Neuankömmlinge rümpften die Nase, aber mit an Sicherheit grenzender Wahrscheinlichkeit nicht wegen des sich ihnen bietenden Bildes.

Nach einer schnellen Begrüßung schilderte Herr Waldbusch den Männern, was geschehen war. Der Notarzt fragte den Alten: „Haben Sie das Bein abgebunden?"

„Nein, das hat die junge Frau getan!" Der Gefragte schaute mit Stolz zu seiner jungen Nachbarin.

„Aber nach Ihren Anweisungen!", gab Natalie Bartsch wahrheitsgetreu zu.

„Das haben Sie beide gut gemacht, das war sehr umsichtig von Ihnen", sagte der Mediziner.

Natalie Bartsch und Herr Waldbusch sahen sich schnell für einen Augenblick an. Beide konnten die Freude über das Lob des Notarztes in den Augen des anderen erkennen.

 Dieser schaute den Alten ins Gesicht. „Wollen sie den Gürtel zurückhaben?"

„Nein, das ist nicht notwendig, davon habe ich noch mehr in meinem Kleiderschrank!" Danach drückte Herr Waldbusch René noch einmal kurz an sich und wünschte ihm gute Besserung. Umständlich stand der Alte stöhnend auf und überließ den Knaben den Männern des Rettungsdienstes.

Gemeinsam mit der jungen Frau Bartsch und seinem Hund fuhr er mit dem Fahrstuhl in den neunten Stock. Sie waren schließlich Nachbarn. Natalie Bartsch fragte: „Sicherlich wollen Sie sich waschen und umziehen. Wollen wir danach gemeinsam einen Kaffee trinken?"

Herr Waldbusch sah in bittende, beinahe flehende Augen. Er konnte gut verstehen, dass die junge Frau nicht alleine sein wollte. Der Schock saß ihr tief in den Knochen, aber auch er war immer noch aufgeregt. Da er von Natur aus ein ruhiger und freundlicher Mann war, aber im Verlaufe seines Lebens gelernt hatte, sich zu beherrschen, erschien er der jungen Frau wie die Ruhe in Person. Dafür bewunderte sie ihn. Jedoch war auch er aufgeregt. In Unglückssituationen konnte er deshalb die Ruhe bewahren, weil er zu oft verletzte und tote Menschen gesehen hatte, sodass er bei einem Anblick wie dem des armen René nicht sofort in Panik verfiel, sondern versuchte, Erste Hilfe zu leisten.

Trotzdem oder gerade deshalb galt dem armen Jungen sein ganzes Mitgefühl. Weil Herr Waldbusch Kinder liebte, und sie nicht leiden sehen mochte, litt er mit ihnen, wenn ihnen etwas Schlimmes widerfuhr. Erst recht, wenn er sie persönlich kannte, wie es bei René der Fall war.

Gern wollte er jetzt alleine sein. Er wollte zur Ruhe kommen, aber als er Natalie Bartsch ins Gesicht sah, tat sie ihm plötzlich leid. Sie half dem armen Jungen vorhin sehr engagiert, aber er erkannte, dass sie jetzt selbst Hilfe benötigte. Sie musste diese grauenvollen Minuten verarbeiten, aber das schaffte sie allein nicht. Einen Moment überlegte er, was er der jungen Frau antworten sollte. Schließlich nickte er ihr zu und versprach, in zwanzig Minuten bei ihr zu sein.

Erinnerungen

Die blutigen Spuren im Eingangsbereich des Hauses, die vom Angriff der Ratten auf den Schüler René Berger zeugten, hatten die beiden Ersthelfer, noch bevor sie gemeinsam Kaffee tranken, mit mehreren Eimern voller Wasser, einem Lösungsmittel und einem Schrubber sowie einem dazugehörenden Aufwischlappen beseitigt. Niemand konnte den Hausmeister finden, der dafür verantwortlich gewesen wäre. Aber den Eingangsbereich wollten Natalie Bartsch und Herr Waldbusch nicht mit solch einer großen Blutlache zurücklassen. Warum sollten die Menschen, die vor Neugier beinahe platzten, noch zusätzlichen Gesprächsstoff bekommen, wenn sie sahen, wie viel Blut an diesem grauenhaften Ort geflossen sein musste. Und die Bewohner dieses Hauses wären auch dankbar, wenn sie bei ihrer Rückkehr in ihre Wohnungen einen sauberen Eingangsbereich vorfänden. Deshalb kehrten sie nochmals an den Ort des Schreckens zurück.

Später, als sie bei einer Tasse Kaffee zusammensaßen, erzählte Herr Waldbusch: „Vor ihnen hat ein Mann in meinem Alter in dieser Wohnung gelebt. Wir waren beide an einem Tag in dieses Haus eingezogen. Damals war es noch neu, alles war sauber und es hat frisch gerochen. Das war ein Durcheinander, sage ich ihnen. Der Herr Willhöfft war so aufgeregt, weil wir uns den Fahrstuhl teilen mussten. Die Zeit verging und die Möbel von uns beiden türmten sich im Treppenhaus. Er sprang wie ein Irrwisch hin und her und wollte schon meine Anrichte in seine Wohnung tragen. Er hat sie einfach nur verwechselt. Später haben wir darüber viel gelacht. Und heute ist der arme Kerl tot. Ja, in ihrer Wohnung wurde der Mann gefunden, der schon seit mehr als zwei Jahren tot darin gelegen hatte."

Natalie Bartsch war entsetzt. „Wie war das nur möglich?"

Wilhelm Waldbusch antwortete: „Herr Willhöfft hatte alle seine Fixkosten vom Konto abbuchen lassen und seine Rente wurde ebenso auf sein Konto eingezahlt. Dadurch hatte nie jemand bemerkt, dass er schon so lange tot war. Auch mir fiel das nicht auf. Herr Willhöfft hatte sich im Verlaufe der Jahre zu einem Eigenbrötler entwickelt. Er lebte sehr zurückgezogen. Wir hatten uns schon zu seinen Lebzeiten oft monatelang nicht gesehen."

Jetzt saßen Natalie und Michel Bartsch in ihrer Küche bei einem Glas Tee und sie fragte: „Hast du davon gewusst?"

„Nein, wie sollte ich? Glaubst du, die von der Wohnungsgesellschaft erzählen so etwas freiwillig?", antwortete Michel.

„Es hätte ja sein können und weil du mich nicht beunruhigen wolltest, hattest du es mir nicht erzählt. Wäre doch möglich, mein Schatz."

„Nein, Liebling, ich hätte mit dir darüber gesprochen und gemeinsam hätten wir entschieden, ob wir in dieses Haus einziehen wollen."

„Für mich stellt sich jetzt die Frage, ob wir in diesem Haus bleiben wollen!"

„Natalie, jetzt bleib mal ganz ruhig. Schon wieder umziehen können wir nicht. Wo sollen wir das Geld dafür hernehmen. Dann bräuchten wir sicherlich wieder neue Teppichböden, Jalousien, vielleicht auch Gardinen. Das Auto müssen wir auch noch abzahlen, und so fallen mir noch einige andere Dinge zu diesem Thema ein. Außerdem bekommen wir nirgends eine so preiswerte Wohnung wie diese hier. Wir sollten die Vorfälle nicht überbewerten."

„Weißt du, ich habe aber keine Lust, auch einmal von Ratten angefallen zu werden oder immer damit rechnen zu müssen, dass auch dir das passieren könnte, oder später unseren Kindern. Und die Spinnen und Käfer, die ich hier schon gesehen habe, will ich auch nicht in unserer Wohnung haben."

„Okay, mein Schatz, in diesem Punkt gebe ich dir Recht. Wir werden die Wohnung mit Insektenspray aussprühen. Das können wir am Sonnabend tun, bevor wir ins Kino gehen. Und wenn wir nach Hause zurückkommen, lüften wir, damit der Geruch vom Spray wieder rauszieht."

„Du willst die Wohnung also behalten?", fragte Natalie mit sorgenvoller Stimme.

Michel, der neben seiner Frau in der Essecke saß, rückte näher zu ihr heran und nahm sie in seine Arme und liebkoste sie. „Ja, mein Engel, wir sollten vorerst hier bleiben. Später können wir immer noch nach einer preiswerten Wohnung suchen. Nichts wird so heiß gegessen, wie es gekocht wird. Das weißt du als gute Hausfrau und Köchin doch auch."

Wenn er gewusst hätte, dass er sich in diesem Punkt irrte, wäre er sicherlich keine Minute länger in diesem Haus geblieben.

*****

Er erwachte. In seinem linken Bein verspürte er starke Schmerzen. Er spürte die Kabel und Schläuche, die an ihm herabhingen. Und er fand sich in einem Bett mit einem weißen Laken wieder, eine Decke, die in einem weiß-blaukarierten Bezug steckte, wärmte ihn. Wo war er, fragte sich der Junge. Die Schmerzen in seinem linken Bein waren unerträglich, die Tränen liefen ihm über das Gesicht. Angst befiel ihn. René war ratlos. Nun bemerkte er, dass er sein linkes Bein nicht bewegen konnte. Die Angst ließ ihn leise weinen, er wusste nicht, wo er sich befand, und was geschehen war. Wenn nur nicht diese schrecklichen Schmerzen wären.

Eine Frau in einer weißen Tracht erschien in seinem Blickfeld. Sie bemerkte, dass er weinte und kam zu ihm an sein Bett. Jetzt erkannte er, dass die Frau eine Krankenschwester war. Mitfühlend und freundlich sprach sie zu ihm. „Hey, du bist ja endlich aufgewacht. Hast ziemlich lange geschlafen. Warum weinst du? Hast du Schmerzen?"

René nickte auf ihre Fragen und beruhigte sich. Trotzdem liefen die Tränen über sein Gesicht, als er ihr antwortete. „Wo bin ich?"

„Du bist in einem Krankenhaus, genauer im Kinderkrankenhaus auf der Intensivstation. Du hattest einen Unfall und wurdest operiert", sagte die Schwester und machte eine Pause, damit der Junge ihre Worte verarbeiten konnte. Doch dann fuhr sie fort: „Warte einen Augenblick, mein Junge, ich komme gleich wieder, dann gebe ich dir etwas gegen die Schmerzen." Die Schwester drehte sich von ihm weg und verschwand.

Nur wenige Minuten später kam sie zu ihm zurück. Immer noch lag Rene unglücklich in seinem Krankenhausbett und weinte, sein Gesicht war schmerzverzerrt. Die Schwester zog einen nahestehenden Stuhl an sein Bett heran und setzte sich zu ihm, streichelte ihm mit einer Hand über seine Haare und hielt ihm mit der anderen Hand einen kleinen Plastikbecher hin.

„Trink das, und es wird dir bald besser gehen!", forderte sie ihn auf.

Schnell nahm René den Becher aus ihrer Hand und führte ihn an seinen Mund. Als er ihn leer trank, vorzog er das Gesicht, dieses Mal jedoch nicht vor Schmerz. „Oh, das schmeckt aber eklig!"

„Aber es hilft. Du wirst es sehen." Freundlich sah die Frau ihm ins Gesicht. „Warum hast du mich denn nicht gerufen? Wenn du Schmerzen hast, musst du die Klingel benutzen. Schau, hier ist sie. Du musst nur auf diesen Knopf drücken. Zwar hörst du das Klingeln nicht, aber kurze Zeit später kommt jemand zu dir, wenn du den Knopf gedrückt hast." Während ihrer Worte zeigte sie ihm die Klingel und legte sie ihm auf seinen Nachttisch, sodass er sie sehen und im Bedarfsfall zu sich holen konnte. Dann wollte sie wissen: „Bist du schon lange wach?"

Er nickte. „Eine Weile schon."

„Warum hast du mich denn nicht gerufen?"

„Weil ich nicht wusste, wo ich bin. Und als ich Sie sah, wollte ich Sie nicht stören. Sie haben doch immer etwas zu tun. Ich sehe Sie ständig irgendetwas tragen oder wegbringen. Und wenn Sie beschäftigt sind, kann ich Sie nicht stören."

„Aber trotzdem musst du mir sagen, wenn du Schmerzen hast. Du hast eine schwere Operation hinter dir, da müssen wir dir helfen, wo wir nur können. Also, mein Kleiner, wenn dich etwas bedrückt oder du ein Problem hast oder dir irgendetwas wehtut, dann sage es mir. Du kannst auch gerne die Klingel benutzen, dann kommt jemand, der sich um dich kümmert."

René dankte ihr und er musste ihr versprechen, dass er die Klingel benutzen werde, wenn er eine Bitte oder ein Problem hätte.

Als er wieder alleine war, lag er wach in seinem Bett. Nach etwa zwanzig Minuten stellte er fest, dass seine Schmerzen nachließen. Tatsächlich wirkten diese schrecklich schmeckenden Tropfen, die ihm die Schwester gegeben hatte. Doch zur Ruhe kam er nicht. Immer wieder gingen seine Gedanken zu den gestrigen Ereignissen zurück, als er das Haus betreten hatte und zum Briefkasten gegangen war. Nach und nach konnte er sich wieder an alles erinnern, an jede Einzelheit.

Nachdem er den Schlüssel ins Schloss des Briefkastens gesteckt und umgedreht hatte, hörte er ein leises Piepsen.

Zunächst hatte er sich darum nicht gekümmert. Doch als er den Schlüssel in seine Hosentasche zurückgesteckt hatte, sprang ihn plötzlich etwas ansprang. Das Piepsen wurde lauter. Wieder sprang ihn etwas an und er sah nach unten und entdeckte eine Maus, eine große Maus. Nein, das war keine Maus, sondern eine Ratte.

Der Schreck fuhr ihm in die Glieder und er schlug nach dem aufdringlichen Tier. Aus dem Augenwinkel erkannte er, dass noch zwei weitere Ratten auf ihn zuliefen. Nun gesellte sich zu seinem Schrecken auch noch die Angst. Nach nur ein oder zwei Sekunden erreichten ihn die beiden anderen Ratten und sprangen ebenfalls an ihm hoch. Auch nach ihnen schlug er und traf sie. Eine davon quiekte laut auf. Aber dann erkannte er, dass es falsch war, nach den Ratten zu schlagen. Sie wehrten sich und eine krallte sich in seinem Hosenbein fest, die andere biss ihm in den Oberschenkel. Sofort spürte er die starken Schmerzen, die sich in seinen gesamten Körper ergossen. Doch damit nicht genug, die beiden anderen Ratten bissen jetzt ebenso zu. Sein Blut spritzte auf den Fußboden. René erkannte auf den weißen Fliesen den krassen Farbunterschied, den sein Blut darauf bildete.

Er versuchte, sich tapfer zu wehren, musste aber feststellen, dass er gegen die angriffslustigen Tiere keine Chance hatte. Erst als Herr Waldbusch mit seinem Hund das Haus betrat, ließen die Untiere von ihm ab. Der Shiba Inu verfolgte die Ratten und erwischte eine von ihnen, tötete sie mit einem kräftigen Biss und brachte sie in seinem Maul zu seinem Herrchen und René zurück. Herr Waldbusch befahl dem Hund, die Ratte nach draußen zu bringen, der das tatsächlich tat! Als Shiba erneut zu ihnen zurückkam, setzte er sich unweit des Jungen auf den Boden und wartete wahrscheinlich auf weitere Befehle von Herrn Waldbusch. Die Ratten jedenfalls hatte der braven Shiba in die Flucht geschlagen. Das alles ereignete sich rasend schnell. Doch dann wollte der Hund zu ihnen kommen. Aber Herr Waldbusch scheuchte den Vierbeiner zur Wand an die Briefkästen zurück und kniete sich neben ihn auf den Fußboden. Dann presste er eine Faust in die Fleischwunde. Das Blut spritzte danach nicht mehr in so einem hohen und dicken Strahl aus seinem Bein heraus. Nur wenig später kam die fremde Frau dazu. Sie musste die neue Mieterin sein, die erst am letzten Wochenende mit ihrem Mann ins Haus eingezogen war.

Herr Waldbusch sagte ihm, dass er wieder gesund werden würde. Die Frau band ihm etwas um das Bein herum, damit es nicht mehr so stark bluten konnte. Kurze Zeit später kam der Notarzt, der ihm eine Spritze gab. Dann schlief er ein. Das war alles, an das sich René erinnerte.

*****

Das seelische Tief, in das Herr Waldbusch abrutschte, als er den Angriff der Ratten auf René miterlebt hatte, oder das, was danach folgte, hatte er schnell überwunden. Der alte Mann hatte schon so viel in seinem Leben erlebt, dass ihn beinahe nichts mehr aus der Fassung bringen konnte. Doch tat ihm der Junge leid. Er kannte René als einen lieben und wissbegierigen Jungen, der stets hilfsbereit, nett und höflich war.

Für den Rentner stand es fest, dass in diesem Haus etwas geschehen musste. Die Wohnungsgesellschaft konnte nicht tatenlos zusehen, wenn ihre Mieter von Tieren angegriffen wurden. Am nächsten Sprechtag wollte er zu „Haus und Wohnen" gehen oder dort anrufen und mit jemanden reden, der dafür sorgen sollte, dass der Kammerjäger noch einmal zu ihnen ins Haus kam, das seiner Meinung nach ausgespritzt werden musste. Wenigstens sollten an den geeigneten Stellen des Gebäudes Giftköder ausgelegt werden. Am besten wäre es, wenn beides geschah.

Er hatte eine aufregende Woche hinter sich, die ihn sehr ermüdet hatte. Heute, am frühen Samstagnachmittag saß er wieder in seinem Sessel und schlummerte vor sich hin. Als die schönsten Träume durch sein Unterbewusstsein wie ein Film abliefen, wurde er durch Shiba geweckt. Der Hund sprang wie schon vor einem Tag aufgeregt an ihm hoch und bellte.

Als Herr Waldbusch endlich zu sich kam, lief der Hund zur Küche und kam wieder zu ihm zurück. Shiba hob den Kopf in seinen Nacken und bellte erneut, anschließend lief er noch einmal zur Küche hin. Der Alte erhob sich mühsam aus seinem Sessel und folgte ihm. Dabei fragte er sich, was denn los sei und schaute zu dem aufgeregten Hund. „Ach, Shiba, nun ist es aber gut. Du bist unartig, hast mich schon wieder geweckt. Wahrscheinlich ist nichts passiert, für das es sich lohnen wird, in die Küche zu gehen. Du bist ein kleiner Lümmel."

Jedoch erblickte er, als er um die Ecke in die Küche sah, mehrere fast schwarze Käfer. Er glaubte, dass sie durch das offene Fenster hereinkamen. Wie in einem Zeichentrickfilm krabbelten sie wie an einem Faden aufgereiht nacheinander über den Fußboden zum Mülleimer hin. Die ersten Käfer krochen bereits an dem Eimer hoch, in dem sich die drei toten Käfer vom Vortag befanden. Knackend und knirschend zertrat Herr Waldbusch das Ungeziefer und entsorgte auch dieses in den Abfallbehälter. Danach verschloss er das Küchenfenster. Es war an der Zeit, den Müll zu entsorgen. Auch sollte er sich dringend mit der Wohnungsgesellschaft in Verbindung setzen. Es musste etwas geschehen, denn dass sich im Hause Ratten und Ölkäfer herumtummelten, durfte nicht sein.

Der Egoist

Er saß im Büro seiner kleinen Krankentransportfirma am Schreibtisch und hatte im PC das E-Mail-Postfach seiner Firma geöffnet. Sein Unternehmen war für die Branche, in der er arbeitete, relativ groß und er war stolz darauf, dass er es geschafft hatte, die Firma allein und ohne Hilfe anderer aufgebaut zu haben. Früher fuhr er noch selbst mit, aber schon viele Jahre arbeitete er nur noch in seinem Büro. Daran war nichts Verwerfliches, solange er dabei fair mit seinen Angestellten umging.

Jetzt las er die eingegangenen E-Mails, um sie danach zu beantworten. Sein Name war Stefan von der Weihl, er war 49 Jahre alt und Geschäftsführer seiner Firma. Obwohl er faul wie die Sünde war, und nicht gern arbeitete, musste es manchmal doch sein. Die notwendigen Dinge erledigte er sofort, weil sie meist mehr Arbeit verursachten, wenn er sie auf einen späteren Zeitpunkt aufschob.

Er stammte aus einer alten Adelsfamilie und ließ das alle Menschen wissen. Dabei war es ihm egal, ob das jemand hören wollte oder nicht. Aber dass seine Familie verarmt war, erzählte er niemanden. Stefan von der Weihl glaubte, dass er ein Mann war, der mitten im Leben stand. Er war davon überzeugt, dass stets alles richtig war, was er tat, und erfolgreich sein musste. Zu seinen Mitarbeitern hatte er nur dann persönlichen Kontakt, wenn es sich nicht mehr umgehen ließ, oder sie ihn in seinem Büro aufsuchten. Sie waren für ihn ein notwendiges Übel, ohne die die Arbeit nicht erledigt werden konnte. Entsprechend arrogant und überheblich trat er ihnen gegenüber auf. Sie sollten keine Fragen stellen, sondern tun, was er ihnen sagte, denn denken konnten sie ja alle zusammen nicht. Die stellten doch immer nur Forderungen, insbesondere nach mehr Geld. Sollten diese faulen Idioten doch erst einmal ihre Arbeit machen und das Geld fleißig einfahren, das sie am Monatsende von ihm auf ihre Konten überwiesen haben wollten. Die sollten doch begriffen haben, dass er seinen Mitarbeitern keine Lohn- oder Gehaltserhöhung gewährte und froh sein, dass er ihnen für jedes vergangene Jahr einen Inflationsausgleich zahlte, was eine Einkommenssteigerung von 20 Cent pro Stunde bedeutete. Aufgrund des einheitlichen Lohnes, den die Mitarbeiter bekamen, machte das 20 Euro mehr im Monat aus, die sie zusätzlich in ihrer Brieftasche hatten. Dabei war es egal, wie alt ein Angestellter war oder wie viele Jahre er für von der Weihl arbeitete. Egal war dem Geschäftsführer auch die Gesundheit seiner Mitarbeiter, die diese durch das ständiges Autofahren und Tragen von Patienten ruinierten, denn die Menschen waren in den letzten Jahren stets schwerer geworden, einige wogen bis zu 150, manchmal sogar bis zu 180 Kilogramm.

Für Stefan von der Weihl zählte nur eines: Seine Mitarbeiter sollten ihm seinen durchaus luxuriösen Lebenswandel durch ihre Arbeit finanzieren. Insbesondere große, teure Autos und viel gutes Essen hatten es ihm angetan. Er gehörte zu der Sorte von Chefs, die davon überzeugt waren, dass sie ihren Mitarbeitern zuviel Lohn bezahlten. Dabei lag er mit seinen Zahlungen nur knapp über dem gesetzlichen Mindestlohn.

Zu seiner Arroganz und Überheblichkeit gesellte sich außerdem ein aufbrausendes Wesen, man konnte ihn mit Fug und Recht als Choleriker bezeichnen. Manch einer sagte zu Recht, dass Stefan von der Weihl jedes Sozialverhalten fehle. Hässlich war auch seine äußere Erscheinung: auf seinem fast gigantischen und überaus fetten Körper – er wog gut 250 Kilogramm – saß ein ebenso fetter Kopf, umrahmt von strähnigem, fettglänzendem schwarzen Haar. Wenn er den Kopf drehte, wogten förmlich die Fettmassen in seinen Wangen und unter dem Kinn. Regte er sich auf, was täglich

mehrfach geschah, so wabbelten die unter der Haut einge-
lagerten Kalorien unkontrolliert in seinem Gesicht herum.
Stefan von der Weihl war wohl der Prototyp eines unsympathischen Menschen.

Bei der Gründung seines Unternehmens vor einigen Jahren hatte Stefan von der Weihl lange Zeit über den passen-
den Namen nachgedacht. Er sollte einerseits wohlklingend
sein, andererseits musste er das Vertrauen seiner zukünfti-
gen Kunden wecken. Nach langem Hin- und Herüberlegen
entschied er sich schließlich für „Kliniktransporte GmbH".

Stefan von der Weihl war ein Mann, der nie genug bekam. Nach und nach vergrößerte er sein Unternehmen.
Wenn er die Gelegenheit hatte, kaufte er sich einige Kran-
kentransportwagen dazu, damit er sein Angebot für Patienten, Arztpraxen und Kliniken erweitern konnte. Die Kon-
kurrenz in Hamburg war groß, es gab etwa 30 Firmen dieser Art. Deshalb war es nicht verwunderlich, dass Stefan
von der Weihl aufgrund seiner nur mäßigen Ausbildung
und seines ausschweifenden Lebensstils, der mit Arroganz
und Überheblichkeit gepaart war, seine Firma in den Bank-
rott trieb.

Das aber sollte ihn nicht umhauen. Er behielt alle seine
Fahrzeuge und die Mitarbeiter dazu, denen er fortan halt
noch etwas weniger Monatslohn auszahlte. Die Firma bekam einen neuen Namen und er machte fröhlich so weiter,
wie er aufgehört hatte. Nur hieß die Firma jetzt DKH,
Deutscher Krankentransport in Hamburg!

Zurzeit war seine Firma erfolgreich, aber nur deshalb,
weil er rücksichtslos gegenüber seinen Angestellten, seinen
Patienten und allem anderen war. Jedoch sorgten seine
Rücksichtslosigkeit und der geringe Verdienst, den er seinen Mitarbeitern zukommen ließ, dafür, dass die Fluktuati-
on in seinem Unternehmen überaus hoch war. Weil er das
Geld, sobald er es einnahm, für seinen ausschweifenden

Lebenswandel ausgab, litt er unter chronischen Geldmangel.

Stefan von der Weihl lebte alleine in einer Mietwohnung in einem Hochhaus am Hans-Duncker-Platz. Immer wieder stellte er fest, dass ihm eine Frau fehlte. Aber das kompensierte er mit seiner Genusssucht. Man sah ihm an, dass er sehr gerne trank und aß. Seine Fettleibigkeit und die feinen roten Äderchen in seinem Gesicht legten beredtes Zeugnis davon ab.

Deshalb stellte sich die Frage, wie und wo Stefan von der Weihl eine fürsorgliche Frau kennenlernen sollte, die bereit war, ihn zu lieben, zu umsorgen und für ihn da zu sein. Seine Umgangsformen verhinderten das, aber er selbst sah es nicht so. Er war nicht arrogant, die anderen waren einfach nur überempfindlich, überheblich konnte er auch nicht sein, die anderen waren eben etwas unbeholfen. Auch war Stefan von der Weihl kein Besserwisser, seine Mitmenschen waren ihm halt geistig nicht gewachsen, sie waren nur wenig intelligent und neigten zur Dummheit. Davon war dieser perfekt unsympathische Mensch überzeugt.

Seine Lust, die Mails zu kontrollieren, hielt sich in Grenzen. Eigentlich war sie nicht vorhanden. Am liebsten wollte er mit seinem BMW X5 wieder nach Hause fahren. Aber was wollte er schon jetzt in dem kleinen Loch, das sich Wohnung nannte. Außerdem stank es in dem Schnarchkasten nach Müll und Unrat! Nun, die Bewohner verdienten das nicht anders, waren alles arme Schweine, aber er war doch etwas Besseres …!

Ein Blick zur Uhr sagte ihm, dass er schon seit geschlagenen drei Stunden arbeitete. Also beschloss er, Feierabend zu machen, sobald er mit den E-Mails fertig wäre. Seine Angestellten erledigten doch für ihn die Arbeit. Er war dafür da, sein Leben zu genießen, die anderen gingen ihn nichts an.

Widerwillig öffnete er mit mürrischem Gesicht die nächste Mail und begann sie zu lesen.

Hallo, Sie haben von der Seite http://www.dkh.de/kontakt/vdw eine Formularnachricht erhalten.
Folgende Daten wurden übermittelt:
Name: König, Daniel
E-Mail: König.Daniel@yamalogo/info.de

Frage: Sehr geehrte Damen und Herren,

ich bin 47 Jahre alt, Rettungsassistent und werde nach Hamburg ziehen, zurzeit wohne ich in Hannover. Ich arbeite in ungekündigter Stellung beim Deutschen Roten Kreuz in Hannover.
Aufgrund meines Umzuges nach Hamburg benötige ich eine neue Festanstellung. Aus diesem Grund bitte ich Sie, mir mitzuteilen, ob ich in Ihrem Unternehmen in Vollzeit beschäftigt werden kann. Es wäre nett, wenn Sie mir ebenfalls mitteilen, wie hoch das Gehalt und der Urlaubsanspruch für mich sein werden.

Ich danke Ihnen für Ihre Mühen.

Mit freundlichen Grüßen
Daniel König

Stefan von der Weihl wurde noch wütender, als er sowieso schon war. „So eine Frechheit", dachte er. „Was bildet der Kerl sich nur ein. Fragt der doch tatsächlich nach Gehalt und Urlaubsanspruch. Das hätte er in einem ordentlichen Vorstellungsgespräch erfahren können, aber das hat sich für diesen frechen Kerl erledigt."
Stefan von der Weihl kontrollierte, von welchem Formular diese Mail kam. „Aha, von den Gelben Seiten", dachte er. „Der Kerl spinnt wohl, soll sich doch ordentlich bewer-

ben, dann darf er vielleicht auch für mich arbeiten. Das darf sowieso nicht jeder. Na, dieser König auf jeden Fall nicht! Auch wenn er einen adligen Namen hat, trotzdem ist er das nicht. Dem schreib ich gleich mal die passende Antwort."

Sehr geehrter Herr König,

Vielen Dank für Ihr Interesse an unserem Unternehmen. Ihre Art sich bei uns zu bewerben gefällt uns nicht. Eine ordentliche Bewerbung mit Anschreiben, Lebenslauf, Lichtbild, RA-Zeugnis und Zeugnisse ehemaliger Arbeitgeber, gerne auch als eMail, sind das mindeste, was man erwarten kann.
Bitte versuchen Sie Ihr Glück bei einem anderen unternehmen. Viel Erfolg!

Mit freundlichen Grüßen
Stefan von der Weihl
Geschäftsführer

Die Fehler in seinem Text bemerkte Stefan von der Weil nicht, obwohl er fest davon überzeugt war, dass er die Rechtschreibung beherrschte. Er irrte sich nicht nur in diesem Punkt.

*****

Herr Waldbusch machte sich ernsthafte Sorgen. In der letzten Zeit häuften sich im Haus die schlimmen Vorfälle. Deren Zeitabstände wurden immer geringer. Es musste etwas geschehen. Der Kammerjäger alleine konnte das Problem mit dem Ungeziefer nicht lösen, das stand für den alten Mann fest. Er stand neben seinem Telefon, welches sich im Wohnzimmer neben dem Fernsehapparat befand. Er wählte die Nummer der Wohnungsgesellschaft. Es dauerte nicht lange, bis das Freizeichen ertönte. Aber wie es heutzutage mit diesen Apparaten der Fall war, nahm niemand das Gespräch an. Stattdessen ertönte eine blechern klingende Musik, die in regelmäßigen Zeitabständen von einer Frauenstimme unterbrochen wurde. Jedes Mal sagte sie: „Sie sind verbunden mit ihrer Wohnungsgesellschaft. Leider sind alle unsere Mitarbeiter in einem Kundengespräch. Bitte legen Sie nicht auf. Sobald ein Mitarbeiter frei ist, werden Sie mit ihm verbunden. Oder versuchen Sie es bitte zu einem späteren Zeitpunkt noch einmal."

Wieder und wieder musste der Rentner sich diese Sätze anhören. Schon lange zwanzig Minuten! Genervt nahm er den Hörer vom Ohr und sah ihn mit einem mürrischen Gesichtsausdruck an. „Scheißapparat", dachte er. Schon wollte er den Hörer wutentbrannt auf die Ladestation stellen, als er eine Frauenstimme vernahm. Schnell führte er ihn zurück an sein Ohr, begrüßte die Frau und stellte sich vor. Danach verlangte er: „Hier muss endlich etwas passieren, damit das Ungeziefer auf Dauer beseitigt wird. Erst in der letzten Woche ist ein Junge vor den Briefkästen von Ratten angegriffen worden. Er liegt im Krankenhaus. Im Treppenhaus stinkt es bestialisch, violette Ölkäfer kommen in die Wohnungen herein, jeden Tag sehe ich welche in meiner Küche oder im Wohnzimmer und muss sie töten. Wissen Sie, dass die hoch giftig sind und einen Menschen töten können? So geht es nicht weiter!"

Die psychologisch geschulte Frau am anderen Ende der Leitung beruhigte den Mann und fragte nach der Adresse des Hauses, in dem die von ihm beschriebenen Probleme herrschten.

„Ach ja, ich vergaß, Ihnen meine Anschrift mitzuteilen, entschuldigen Sie bitte!" Herr Waldbusch war wieder die Ruhe in Person.

„Kein Problem", meinte die Frau.

„Hans-Duncker-Platz 23 …"

Er wurde von der netten Frauenstimme unterbrochen. „Moment, bitte, ich erinnere mich. Es haben schon mehrere Bewohner Ihres Hauses angerufen. Der Kammerjäger wurde von uns informiert und wird in den nächsten Tagen zu Ihnen kommen und sich des Problems annehmen", sagte sie.

„Aber der war doch schon so oft hier und genützt hat es nicht wirklich etwas!"

„Ja, ich weiß, aber dieses Mal soll er stärkere Mittel einsetzen. Auch die Wohnungen sollen ausgegast werden. Dazu ist es aber erforderlich, dass die Bewohner ihre Wohnungen für ungefähr zwei Stunden verlassen. Die Mittel, die eingesetzt werden, sind nämlich gesundheitsschädlich. Das ganze Haus soll ausgegast werden, Wohnungen, Keller und Flure, die Dachräume eingeschlossen. Einfach alles. Und wenn das auch nichts bringen sollte, dann überlegen wir uns etwas anderes. Auf jeden Fall haben Sie Recht, es muss etwas geschehen. Wir werden alles tun, um unsere Mieter zu schützen und zufriedenzustellen. Denn das Wohlergehen unserer Mieter liegt uns sehr am Herzen."

„Das hat sie aber fein gelernt", dachte Herr Waldbusch, sprach es aber nicht aus. Stattdessen fragte er: „Und wann soll der Kammerjäger zu uns ins Haus kommen?"

„Wir werden Ihnen den Termin schriftlich mitteilen, sobald er vom Kammerjäger bestätigt wurde. Ich werde ihn gleich noch einmal anrufen und es dringlich machen.

Er bedankte sich bei der Frau und nachdem er sich verabschiedet hatte, legte er auf. Danach fiel ihm ein, dass er sich nicht nach dem Namen seiner Gesprächspartnerin erkundigt hatte. Am Anfang des Gespräches wollte er zornig auflegen, sodass er ihren Namen nicht verstanden hatte.

„Na, da lasse ich mich überraschen, wie dringlich sie die Sache macht", dachte er.

Abenteuerlust

Am Sonnabendnachmittag drückte Torsten an der Klingelanlage auf den Knopf, neben dem der Name Niebel stand. Nach nur wenigen Augenblicken hörte er Frau Niebels Stimme. „Ja, bitte?"

Drei Minuten später stand er in Patricks Zimmer.

„Na los, ziehe dir lieber paar alte Klamotten an, du weißt doch, was wir vorhaben", sagte Torsten, der leicht genervt war. Patrick hatte immer noch seine Freizeitkleidung an, mit der er auch zur Schule ging. Dabei wollten sie nach der Ursache für die sonderlichen Ereignisse der letzten Zeit suchen. Es musste eine Erklärung dafür geben, dass sich so viele schwarze Käfer, aber auch Ratten in diesem Haus umhertrieben. Wie konnte es dazu kommen, dass ihr Mitschüler René von diesen hässlichen Nagern im Eingangsbereich des Treppenhauses angefallen und grausam zugerichtet wurde? Der Schulfreund der beiden Jungen befand sich seitdem im Krankenhaus und musste operiert werden. Doch jetzt sollte er sich zum Glück auf dem Weg der Besserung befinden. Das wenigstens hatte ihnen gestern ihr Klassenlehrer, Herr Schwallbach, gesagt, bevor er sie ins Wochenende entließ.

„Mann, was glaubst du, was ich bisher getan habe? Meine Mutter hat mich nicht in Ruhe gelassen, als wenn sie ahnt, was wir heute Nachmittag vorhaben. Den Müll musste ich rausbringen. Außerdem musste ich beim Abwasch helfen, weil unsere Spülmaschine kaputt gegangen ist. Jetzt müssen wir das dreckige Geschirr mit der Hand abwaschen. Das ist ein Scheiß, sage ich dir."

„Aber jetzt kannst du dich doch umziehen. Und vergiss deine Taschenlampe nicht. Du weißt schon, die Große, die immer so hell leuchtet", sagte Torsten.

„Ach, Torte, manchmal kannst du aber auch nerven. Du hast es ganz schön eilig, wie?"

Torsten verdrehte die Augen. „Trotzdem könntest du dich ein bisschen beeilen, bitte!"

Schnell war Patrick aus seiner Hose und seinem T-Shirt heraus und zog sich einen alten Trainingsanzug an. Auf seinem Bücherregal stand die von Torsten geforderte Taschenlampe. Mit einem Griff hatte er sie in der Hand und versteckte sie unter der Jacke. Wenn seine Mutter bemerkte, dass er die Taschenlampe mitnahm, würde sie lästige Fragen stellen und ihnen die Zeit rauben. Im Flur zog er sich alte Laufschuhe an und rief seiner Mutter zu: „Ich gehe jetzt mit Torsten Fußballspielen. Zum Abendbrot bin ich wieder zu Hause."

Eine Antwort wartete er nicht ab und gab seinem Freund ein Zeichen, schnell zu verschwinden. Im Treppenhaus erklärte er: „Ich weiß nicht, was in den letzten Tagen mit ihr los ist! Dauernd hat sie irgendwelche Aufgaben für mich. Deshalb ist es besser, wir hauen einfach ab, bevor ihr wieder etwas einfällt, was ich noch erledigen könnte. Dann ist unser Plan vielleicht futsch."

„Nee, das muss nicht sein, ganz bestimmt nicht", meinte Torsten zustimmend.

Zunächst liefen die Freunde im Treppenhaus von oben nach unten von Etage zu Etage, in denen es genauso übel roch wie in jedem anderen Stockwerk auch. Die einzelnen Etagen waren eine wie die andere aufgebaut. Gegenüber den Wohnungen auf der rechten Seite befand sich der Fahrstuhl und etwas weiter rechts daneben der Müllschacht. In die Wand war eine Luke eingelassen, durch die die Mieter ihre Abfälle entsorgen konnten und die mit einer Klappe verschließbar war. Diese jedoch stand in jeder Etage offen, deshalb konnte sich im gesamten Haus ein entsetzlicher

Gestank ausbreiten. Und dieser Gestank war in der Tat für jede Nase eine Beleidigung.

Patrick und Torsten versuchten, die Luken des Abfallschachtes mit den Klappen zu verschließen, aber das gelang ihnen nicht. Sie untersuchten die Schlösser und stellten fest, dass die Verriegelungen in jeder Etage defekt und außerdem die Klappen in fast jeder Etage verzogen waren. Die Luken des Müllschachtes würde niemand mehr verschließen, wenn sie nicht repariert wurden. Aber die Jungen hatten wenig Hoffnung, dass das einmal geschah, denn solange sie denken konnten, waren die Luken schon kaputt.

Patrick meinte: „Das kann doch nicht sein, dass in jeder Etage diese Scheißdinger kaputt sind, und sich niemand darum kümmert, dass sie repariert werden. Wozu haben wir einen Hausmeister. Aber der Kerl ist noch fauler als ein Sack Reis, der in China umfällt! Kein Wunder, dass es überall im Haus stinkt, als wenn es ein riesiger Müllhaufen ist."

„Vergleiche hast du manchmal!"

„Na, ist doch wahr! Der Sack fällt wenigstens noch um, selbst dafür ist unser Hausmeister zu faul."

Die Jungen lachten und nahmen den Fahrstuhl, um in das Erdgeschoss zu kommen. Sie gingen ins Freie und waren erleichtert, endlich wieder frische Luft atmen zu können. Sie gingen um das Haus herum zum Abfallraum, in dem der Müll von mehreren Häusern gelagert wurde. Die Abfallschächte der Häuser waren so angelegt, dass sie in diesen Raum mit mehreren großen Abfallcontainern mündeten.

„Oh, man, Torte, was machen wir hier eigentlich?"

Doch der Freund überhörte Patricks Frage geflissentlich. Dafür antwortete er: „Wir müssen dort durch die Tür, durch sie hindurch geht es zu den Müllcontainern."

„Ich glaube nicht, dass ich dorthin will."

„Nun komm schon, Patty, stell dich nicht so an! Wir gehen da jetzt rein! Du willst mich doch nicht alleine dahin gehen lassen. Denk doch mal an den armen René, soll es mir auch so ergehen wie ihm?"

„Nun mach mal halblang, ich komme schon mit. Ohne mich und meine Taschenlampe bist du doch sowieso da drin aufgeschmissen!"

Vor der Tür blieben die Jungen stehen. Torsten hatte seine Hand schon auf den Türgriff gelegt. Jedoch traute er sich nicht, die Klinke herunterzudrücken.

Patrick amüsierte sich köstlich, lachend fragte er: „Na, du traust dich jetzt wohl doch nicht?"

„Lach' du mal, du weißt doch gar nicht, was sich dahinter verbirgt. Und am Ende erwarten uns jede Menge Ratten, die uns genauso anfallen wie den armen René. Darauf habe ich keinen Bock."

Patrick wurde wieder ernst. Ruhig sah er seinen Freund an. „He, Torte, so ganz wohl ist mir dabei auch nicht, aber uns wird schon nichts passieren."

„Okay, dein Wort in Gottes Gehör." Torsten hatte ein schiefes Grinsen im Gesicht. Mutig drückte er die Klinke herunter. Doch die Tür schwang nicht auf. „Das blöde Scheißding klemmt immer noch, die klemmt schon so lange, aber der Hausmeister bekommt das nicht hin. Der weiß das doch, mein Vater hat ihm das schon mindestens drei Mal erzählt. Ich war doch auch schon dabei! Mein Vater sagt, der Kerl ist viel zu faul zum Arbeiten. Für den sollten die von der Wohnungsgesellschaft mal einen anderen einstellen."

Statt einer Antwort sprang Patrick zu ihm und gemeinsam drückten sie gegen die Stahltür, die sie vom Müllraum trennte. Mit einem metallischen Quietschen und Knarren gab sie langsam nach. Die Jungen schoben sich durch den entstandenen Spalt hindurch. Gleich hinter der Tür blieben sie in vollkommener Dunkelheit stehen. Patrick schaltete seine Taschenlampe ein und leuchtete in den Raum hinein. Sie sahen mehrere übervolle Müllcontainer, in denen Berge von Abfällen und Unrat aufgetürmt waren. So übervoll waren sie nur, bevor sie von der Müllabfuhr ausgetauscht und entleert wurden.

„Puh, ist das ein ekliger Gestank hier", entfuhr es Torsten.

Automatisch hielt sich Patrick mit der linken freien Hand die Nase zu. Die Worte seines Freundes waren dafür aber nicht der Auslöser. Mit der rechten hielt er seine Taschenlampe. Jetzt erwiderte er: „Lass uns einfach mal weiter hineingehen, um zu sehen, ob hier nicht irgendwo irgendwelche Viecher versteckt sind."

Schon gingen die beiden Freunde weiter. Der entsetzliche Gestank, der von den Müllcontainern ausging, beherrschte den riesigen Raum. Da der Müll nicht getrennt wurde, befanden sich in jedem einzelnen Container die verschiedensten Abfälle. Die Luft fühlte sich feuchter und schwerer an als im Treppenhaus.

Plötzlich polterte und krachte es ohrenbetäubend. Dabei erschraken unsere Helden heftig. In einem der oberen Stockwerke hatte jemand den Inhalt seines Mülleimers in den Abfallschacht entsorgt. Harte Gegenstände, die sich darin befanden, wie Flaschen und Gläser oder Konservendosen, schlugen mit einem donnernden Getöse gegen die metallenen Wände des Schachtes.

Mit weichen Knien und einem großen Schrecken blieben die Freunde stehen und sahen sich mit bleichen Gesichtern gegenseitig in die Augen. Mit belegter Stimme sagte Torsten: „Los, weiter, lass uns weitermachen, hoffentlich schüttet nicht noch so ein Idiot seinen Mist auf uns!"

„Viel wichtiger ist, dass die Tür nicht von allein zugeht!", hörte Torsten seinen unternehmungslustigen Kameraden mit bebender Stimme sagen. Jetzt erst wurde ihm bewusst, dass sie hier gefangen waren, wenn das geschah. Schnell ging er zur Tür zurück. Mit den Augen suchte er überall nach etwas, das er in den Türspalt legen konnte, damit die Tür nicht zurück ins Schloss fiel. Auf dem glatten Betonboden des Raumes sah er vor sich einen Stein liegen. Als er sich zu ihm herunterbeugte und ihn mit seiner rechten Hand ergriff, wunderte er sich darüber, dass er sich nicht wie ein Stein anfühlte. Er war weich und gab unter dem Druck seiner Finger nach. Plötzlich veränderte der vermeintliche Stein seine Form. Er verwandelte sich in etwas Längliches, das sich blitzschnell seinem Arm näherte. Ehe Torsten begriff, was geschah, fühlte er in seinem Unterarm einen stechenden Schmerz. Er schrie vor Überraschung, aber auch aus Angst auf.

Patrick rutschte beim plötzlichen Aufschrei seines Freundes das Herz in die Hose. Urplötzlich schwitzte er, sodass auf seinem Gesicht Tropfen herabbrannten und sich an seiner Kleidung nasse, dunkle Flecken bildeten. Sein Körper bebte. Mit zitternder Stimme fragte er: „Was ist los? Was ist passiert?" Als er keine Antwort bekam, forderte er energisch: „Nun sag doch endlich, was geschehen ist, Torte!"

Torstens Stimme klang rau und erstickt. „Mich hat etwas gebissen!"

„Was war das?"

„Der Stein, den ich hochheben wollte."

„Was für ein Stein denn? Ein Stein kann doch nicht beißen, du Dussel!" Patrick war trotz seiner Angst genervt.

„Na, das war ja auch gar kein Stein, sondern eine Schlange!"

„Torte, du redest Stuss!"

„Aber, wenn ich es dir sage, kannst du es mir glauben! Leuchte dorthin!" Mit seinem Oberkörper beugte sich Torsten etwas nach vorne und zeigte mit seinem ausgestreckten linken Arm auf etwas, das von ihm weg schlängelte. Den rechten Arm hielt er an seinen Körper gepresst. Patrick erfasste mit dem Lichtstrahl seiner Taschenlampe eine kleine Schlange, die eilends zu entkommen versuchte.

Schnell wechselte Patrick die Taschenlampe in die linke Hand und beugte sich zu dem Reptil herunter. Mit einer Schnelligkeit, die Torsten seinem Kumpel nicht zugetraut hätte, ergriff dieser die Schlange mit seinem Daumen und dem Zeigefinger der rechten Hand hinter dem Kopf und stellte sich damit vor ihn hin. Instinktiv trat Torsten einen Schritt zurück. Auch ihm brach der Schweiß auf der Stirn aus. Mit ängstlicher Stimme sagte er: „Bleib mir bloß mit dem Vieh vom Leib!"

„Nur keine Angst", beruhigte ihn Patrick, „die kann dir jetzt nichts tun!" Der Junge richtete den Strahl der Taschenlampe auf die Schlange, die sich zwischen seinem Daumen und Zeigefinger hin und her wandt. Doch entfliehen konnte sie nicht. Patrick betrachtete die Schlange, danach sah er zu seinem Freund. „Was macht dein Arm? Wird er dick?"

Erst jetzt schob Torsten den rechten Ärmel seiner Jacke nach oben, um sich die Bisswunde der Schlange anzusehen. „Nein", antwortete er unsicher, „es tut nur weh! Sieh nur, hier hat sie mich gebissen!"

Patrick leuchtete auf den Arm seines Freundes, der mit dem Zeigefinger der linken Hand auf vier kleine Punkte deutete, die offensichtlich eben erst auf seinem Unterarm entstanden waren. Nur wenige Tropfen Blut traten daraus hervor. Es bestand kein Zweifel, das waren die Bissspuren einer Schlange. Erneut leuchtete Patrick das Reptil an. „Siehst du, sie ist schwarz. Du kannst Dir in meinem Buch der Schlangen ein Foto von ihr ansehen. Klar, nicht von dieser, aber von einer anderen ihrer Art. Du kannst unbesorgt sein, das hier ist eine Schwarze Rattennatter. Die kommt in Nordamerika vor. Die sind nicht giftig. Diese muss noch jung sein. Sie ist noch sehr klein."

Erleichtert bemerkte Patrick, dass Torsten seine Anspannung verlor. Jetzt warf er die Schlange achtlos weg, und beobachtete, wie sie sich unter einem Müllcontainer versteckte.

„Woher weißt du das alles?", fragte Torsten.

„Habe ich dir doch gesagt, steht alles in meinem Schlangenbuch."

„Und wie kommt sie hier her? Schlangen halten sich doch nicht in einem Raum voller Müll auf."

„In eurem Haus wohnt ein Typ, der hat mehrere exotische Schlangen. Die wird ihm abgehauen sein. Das ist dem Kerl im letzten Jahr schon einmal passiert", wusste Patrick.

„Hoffentlich hast du Recht!"

Doch das hörte Patrick nicht mehr. Als er die Schlange wegwarf, sah der Junge ein kurzes, aber stabiles Holzbrett, das auf dem Boden nur wenige Meter vor ihm lag. Das wollte er holen, um damit die Tür zu sichern. Doch bevor er es anhob, prüfte er mit seinem linken Fuß, ob es sich tatsächlich bei diesem Fund um ein Brett handelte. Noch eine böse Überraschung wollte er nicht erleben. Aber das Brett hielt schließlich die Tür offen.

Nun erkundeten sie den Containerraum, fanden dabei aber nichts, das für die schrecklichen Ereignisse der letzten Zeit verantwortlich gemacht werden konnte. Aber sie waren erstaunt über den Artenreichtum an Insekten, Spinnentieren und Käfern, den sie hier fanden. Jedoch war keines dieser Tiere zu einem Angriff auf ein Kind fähig. Ohne weitere Zwischenfälle verließen sie den Raum mit den übervollen Abfallcontainern und entschieden sich dafür, die Kellerräume im Haus 23 aufzusuchen.

Als sie diese erreichten, schaltete Torsten das Deckenlicht ein und besah sich noch einmal seinen rechten Unterarm.

„Tut es noch sehr weh?", fragte Patrick mitfühlend.

„Nein, es ist in Ordnung. Es blutet nicht und ist auch nicht dick geworden. Es tut überhaupt nicht mehr weh. Ich glaube, ich habe noch einmal Glück gehabt.“

„Wollen wir weitermachen?“

Torsten schaute zu seiner Armbanduhr, die er am linken Handgelenk trug. In seiner Antwort klang Abenteuerlust mit. „Na, klar, machen wir weiter! Was dachtest du denn!“

Sie durchsuchten die Kellergänge und konnten keine Besonderheiten feststellen. Immer wieder fragten sie sich, warum René von Ratten angefallen worden war! Dafür musste es einen Grund geben.

Erst am Ende des letzten Kellerganges, den sie untersuchten, entdeckten sie etwas, das ihre Neugier und Abenteuerlust aufs Neue anstachelte. Mit seiner Taschenlampe leuchtete Patrick den Gang aus, als die Knaben an sein Ende gelangten. An einer Wand befand sich eine Plane. Als Torsten sie anhob, fand er ein Loch, durch das ein Mann bequem hindurchsteigen konnte. Was sich dahinter befand, erkannte er nicht, weil es dort zu finster war. Aber es musste ein Raum sein. Er ließ sich von Patrick die Taschenlampe geben und leuchtete hinein. Aber das Licht der Lampe verlor sich darin, der Junge konnte nichts erkennen. Auf seinem Gesicht vermeinte er einen sanften Luftzug zu spüren. Dabei erinnerte er sich an die Schlange und sein Mut, durch das Loch zu klettern, war schlagartig verschwunden.

Patrick suchte einen langen Stock, den er durch das Loch in der Wand stecken konnte. Tatsächlich fand er in einem Keller, der nicht verschlossen war, eine zwei Meter lange Holzlatte. Nachdem er damit zu Torsten zurückgekehrt war, band er ein Tuch daran, das er in seiner Hosentasche fand und hielt das Ende der Latte, an dem sie das Tuch befestigt hatten, durch das Loch hindurch. Sie glaubten, wenn sich dahinter etwas befand, dass ihnen gefährlich werden könnte, sollte es die Latte mit dem Tuch angreifen. Dann hätten Torsten und Patrick genug Zeit, sich hinter der Tür zum Treppenhaus in Sicherheit zu bringen. Das glaubten beide Jungen, obwohl sie es besser wissen mussten.

Aber nichts geschah. Sie warteten einen Augenblick, und als die Latte mit dem Tuch nicht angegriffen wurde, beschlossen sie, durch das Loch in der Wand zu klettern. Vor den Jungs erstreckte sich ein weiterer Gang, der niedriger als der Keller war. Trotzdem konnten sie darin aufrecht gehen. Sie folgten dem Tunnel, der eine Rechtskurve machte und sie ins Erdinnere hinabführte. Der Fußboden veränderte sich. Der Betonboden verschwand und machte einem Kopfsteinpflaster Platz. Nach wenigen Metern verschwand auch das und es blieb ein Kiesbett unter ihren Schuhen zurück. Als sie um eine Ecke bogen, entdeckten sie eine weitere Stahltür. Was mochte wohl dahinter sein. Ob diese Tür das Geheimnis verbarg, das Torsten und Patrick enträtseln wollten?

Sie beschlossen, ihren Erkundungsrundgang fortzusetzen. Ihre Abenteuerlust war ungebrochen. Trotz des Schlangenbisses wollte Torsten unbedingt wissen, was sich hinter dieser Stahltür befand. Vergessen war der Schmerz, den er nach dem unschönen Ereignis mit der Rattennatter verspürt hatte. Ohne Schwierigkeiten ließ sich die Stahltür öffnen. Die Jungen kontrollierten, ob auf der anderen Seite der Tür ebenfalls ein Griff vorhanden war, der sich problemlos bewegen ließ. Die Freunde stellten fest, dass das Schloss funktionierte. Bei einem eventuellen Notfall wollten sie ungehindert den Raum verlassen und sich in Sicherheit bringen können. Dabei bemerkten sie nicht, dass sie das Kellergeschoss und damit das Haus verlassen hatten.

Endlich gingen sie durch die Stahltür. Gleich neben ihr fand Torsten in Kopfhöhe einen Lichtschalter. Als er ihn betätigte, blieb es dunkel. Noch einmal an diesem Nachmittag waren die beiden Freunde froh, dass Patrick seine Taschenlampe mitgenommen hatte. Sie gingen weiter in den dunklen Raum hinein. Der Lichtstrahl aus der Stablampe leuchtete den unmittelbaren Raum um sie herum aus, je nachdem, wo Patrick die Taschenlampe hinhielt. Egal wohin er leuchtete, empfing sie gähnende Leere. Enttäuscht drehten sie sich um und wollten zurückgehen. Doch plötzlich rief Torsten: „Patty, leuchte doch mal dort hin, ich glaube, da ist der Raum zu Ende. Da ist irgendetwas!"

Patrick tat, worum er gebeten wurde, und sie fanden eine Holztür. Schnell liefen sie voller Neugier zu dieser Tür hin. Obwohl sie verrottet aussah, ließ sie sich mühelos öffnen. Die Jungen blickten in einen weiteren finsteren Raum. Doch dann bemerkten sie, dass sie eher in einen Stollen hineinsahen, der eine nach unten führende Treppe verbarg. Dieser folgten sie. Am Ende der Treppe standen sie am Anfang eines weiteren langen Stollens. Mutig gingen sie in ihn hinein, wobei Patrick voran lief. Schließlich musste er den Stollen mit seiner Taschenlampe ausleuchten, während sie weiter in ihn eindrangen. Immer noch liefen sie abwärts.

Torsten folgte seinem Freund. Plötzlich begann sein rechter Arm, an der Bissstelle der Rattennatter zu jucken. Er kratzte sich dort und achtete nicht weiter darauf. Die Kinder liefen einige Minuten und bemerkten nicht, dass sie sich weit unterhalb ihres Hauses unter der Erde in einem unbekannten Stollen befanden. Niemand wusste, wer den angelegt und welchem Zweck er gedient hatte. Einige alte Menschen, die den Zweiten Weltkrieg miterlebt hatten, konnten vielleicht darüber Auskunft geben, aber auch viele von denen hatten von diesem unterirdischen Tunnel- oder Stollensystem keine Kenntnis.

Der Strahl der Taschenlampe durchschnitt die Dunkelheit. Die Luft wurde feuchter. Die Temperatur fiel ab. Torsten und Patrick froren. Es herrschte Stille. Diese wurde nur von den Geräuschen ihrer Schritte unterbrochen. Dann

stellte Torsten fest: „Die Taschenlampe hat vorhin heller geleuchtet."

Patrick antwortete nicht.

„Hast du noch Batterien mitgenommen?", fragte Torsten.

„Nein, habe ich nicht. Aber ich habe neue Batterien einge-
legt. Wahrscheinlich waren die schon zu alt."

„Ich hoffe, dass sie reichen und wir nicht plötzlich im
Dunklen stehen."

„Ach, nun mach dir mal nicht ins Hemd!", frotzelte Patrick.

Schweigend gingen sie weiter. Wie lange sie durch diese
Finsternis liefen, konnten sie nicht sagen. Sie waren froh,
dass ihr Weg gerade aus verlief. Und doch bemerkten sie
nicht, dass sie an einem Seitengang vorbeikamen. Aber sie
registrieren einen stetig intensiver werdenden üblen Geruch.

Torstens rechter Unterarm begann, erneut zu jucken. Von
den einsetzenden Schmerzen erzählte er seinem Freund
nichts, weil er nicht wollte, dass Patrick ihre Forschungs-
tour abbrach und darauf bestand, mit ihm zu seinen Eltern
zurückzukehren.

„Wohin mag dieser Stollen führen?" Das fragte Patrick
mehr sich selbst als seinen Kumpel. Er leuchtete zur Seite
und ging weiter. Der Geruch wurde immer übler, sie konnten ihn kaum noch ertragen. Beide Jungen hielten sich ihre
Nasen zu, aber sie gingen weiter.

„Der Lichtstrahl deiner Lampe wird immer schwächer,
Patty. Wir sollten umdrehen." Langsam wurde es Torsten
mulmig. Seine Selbstsicherheit schwand und machte einem
unguten Gefühl Platz. Eine innere Unruhe ergriff ihn. Aber
vor Patrick wollte er nicht als Angsthase dastehen, deshalb
schwieg er und akzeptierte Patricks Entscheidung weiterzugehen. Doch aus seiner Unruhe wurde allmählich Angst.

„Ja, das machen wir gleich, es stinkt mir hier auch zu gewaltig!"

Patrick hatte sich zu Torsten umgedreht und wollte seinen Blick wieder nach vorne richten, als er plötzlich gegen etwas prallte. Dieses Etwas war weder hart noch weich. Mit einem leisen Aufschrei des Erschreckens blieb er stehen. Mit ebenso einem Schrecken lief Torsten gegen ihn. Er spürte die zitternde Hand seines Freundes, sie berührte ihn an seinem Bauch. Gemeinsam wichen sie einige Schritte zurück. Patrick richtete den Strahl der Taschenlampe nach vorne. Was sie sahen, jagte ihnen einen panikartigen Schrecken ein. Ekel befiel sie, Übelkeit breitete sich in ihnen aus. Patrick schluckte krampfhaft. Beinahe hätte er sein Mittagessen erbrochen.

Fluchtartig machten sie auf dem Absatz kehrt und liefen wild schreiend den Stollen zurück. Sie hatten das Gefühl, verfolgt zu werden, da es hinter ihnen raschelte und kratzte. Torstens Arm schmerzte immer heftiger. Er begann zu wehklagen, was er in Patricks Gegenwart noch nie getan hatte. Deshalb machte dieser sich Sorgen um ihn. In panischer Angst stürzten sie weiter vorwärts. Dabei bemerkten sie nicht, dass sie in den Nebenarm des Ganges gerieten, den sie auf dem Hinweg nicht gesehen hatten. Jedoch nahmen sie wahr, dass der Gestank abnahm. Trotzdem blieb ihre Angst.

Ihre missliche Situation wurde dadurch erschwert, dass Torstens Unterarm ihm zusehends Probleme verursachte. Das Jucken wurde intensiver, die Schmerzen wurden stärker. Der Arm schwoll an, seine Haut wurde straff, was dem Jungen zusätzliche Schmerzen bereitete. Die Freunde suchten die Treppe, konnten sie aber nicht finden.

„Aber irgendwo muss sie doch sein. Verdammt, wo ist diese verfluchte Treppe hin. Wir müssten die doch schon längst erreicht haben", klagte Torsten. Die Schmerzen in seinem Arm konnte er nicht länger ertragen. Er begann zu weinen und zu fluchen. Die Tränen rannen ihm an seinen Wangen herab, seine Umgebung erschien ihm verschwommen. Mehrmals rief er das eine Wort „Scheiße". Zunächst schluchzte er leise auf, danach noch einmal etwas lauter. Zu allem Überfluss erlosch in genau diesem Moment der Lichtstrahl der Taschenlampe. Finsternis umfing sie.

„Scheiße!", brüllte nun auch Patrick laut, „ausgerechnet jetzt!"

„Patty, ich halte die Schmerzen nicht mehr aus, mein Arm ist ganz dick geworden!" Torsten weinte hemmungslos.

„Scht, sei mal still, ich höre etwas!"

„Was ist das?" Torsten Stimme bebte. Auch er hörte das Kratzen und Rascheln, aber da war noch etwas anderes!

„Weiß ich nicht!"

Plötzlich ertönte hinter ihnen ein schmatzendes Geräusch. Sie hielten es nicht für möglich, aber der ekelerregende Geruch kehrte zu ihnen zurück. In der Dunkelheit konnten sie ihre Hand vor ihren Augen nicht erkennen. Nun schrie auch Patrick auf. Mit weinerlicher Stimme fragte Torsten: „Was ist los, Patty?"

Jedoch antwortete Patrick nicht.

„Patty, antworte doch!", schrie Torsten mit Panik in der Stimme, die in einem Schluchzer erstarb. Etwas berührte ihn, noch einmal schrie er laut auf.

Doch dann beruhigte ihn Patricks Stimme. „Wir müssen hier raus."

Das schmatzende Geräusch hinter ihnen wurde lauter. Etwas schlurfte über den Boden und kam ihnen näher.

Torsten klagte über den intensiver werdenden Juckreiz und die heftigen Schmerzen, die ihn quälten. Patrick ergriff seinen Freund an der Hand des gesunden Armes: „Komm, Torte, wir müssen von hier verschwinden. Da kommt etwas dicht an uns heran! Ich bin mir sicher, dass es gefährlich ist!"

Sich an den Händen haltend, tasteten sich die Jungen an der Wand entlang. Dabei liefen sie so schnell sie konnten. Mehrmals stießen sie auf dem Weg mit der Schulter oder dem Kopf hart gegen hervorstehende Gesteinsbrocken. Es wehte ihnen ein Windhauch entgegen, der ein bisschen frische Luft brachte. Dadurch wurde der Gestank etwas erträglicher. Trotzdem fragten sie sich voller Sorge, wo sie sich befanden. Nach Verlassen der Treppe, hatten sie keinen Wind mehr gespürt. Hatten sie sich verlaufen? Wie sollten sie ohne Licht hier wieder herausfinden?

Patrick schob Torsten weiter vorwärts. Von Zeit zu Zeit stöhnte dieser von Schmerzen geplagt auf. Manchmal schluchze er leise und Patrick spürte, dass sein Freund das Weinen unterdrückte. Deshalb versuchte er, Torsten Mut zu zusprechen. Ob sie noch verfolgt wurden? Der Gestank nahm jedenfalls wieder zu!

Sicher, sie gingen in den letzten Minuten aufwärts, aber Patrick war sich sicher, dass sie sich verlaufen hatten. Aber das wollte er Torsten gegenüber nicht eingestehen, weil er sich um ihn sorgte. Der Arme hatte schon jetzt genug unter seinen Schmerzen und dem Juckreiz zu leiden. Es ging ihm zunehmend schlechter. Patrick befürchtete, wenn er jetzt zugab, dass er nicht wusste, wo sie sich befanden, dass Torsten seine letzten Kräfte verlor und sie nie wieder zurückfinden würden. Denn eines wusste Patrick mit Sicherheit: Nie würde er Torsten im Stich lassen!

Plötzlich stolperte er über etwas Hartes und stürzte. Im Fallen ließ er Torstens Hand los und schlug hart auf dem Boden auf. Mit den Händen tastete er seine Umgebung ab. Freudig rief er seinem Freund zu: „Torsten, wir haben es geschafft. Die Treppe ist hier."

Er rappelte sich auf und suchte in der Finsternis Torstens Hand. Als er sie gefunden hatte, liefen sie die Treppe stürmisch nach oben. Beinahe stolperte Torsten über eine Stufe und lief Gefahr, die Treppe herunterzufallen. Doch Patrick hielt die Hand des Freundes eisern fest und verhinderte somit das Schlimmste.

Erst als sie die Holztür mit einem lauten Knall hinter sich ins Schloss geworfen hatten, blieben sie stehen. Sie wähnten sich in Sicherheit. Immer noch schwer atmend durchquerten sie nach einer kurzen Verschnaufpause den Raum und suchten nach der Stahltür. Als sie diese passiert hatten, sahen sie das Loch in der Wand, das von der Plane verdeckt wurde. Als sie es erreichten, schlüpften sie schnell hindurch und liefen in den Kellerbereich des Hauses, in dem Patrick wohnte. Jetzt waren sie das erste Mal darüber froh, den Gestank von Müll und anderen Abfällen zu riechen. Voller Erleichterung schauten sie sich in ihre blassen Gesichter. Keiner von beiden konnte erklären, was sie dort unten in dem Stollen verfolgt hatte. Aber sie waren sich darüber einig, dass dieses Etwas sehr ekelerregend und furchteinflößend war.

Wegen der starken und anhaltenden Schmerzen weinte Torsten immer noch. Außerdem hatte er ein ungutes Gefühl, wenn er an die Reaktion seiner Eltern dachte. Was sollte er ihnen sagen, wo er war? Wie sollte er ihnen den Schlangenbiss erklären? Nie würden sie ihm glauben, dass ihn beim Fußballspielen eine Schlange gebissen habe.

„Das weiß ich auch nicht. Am besten ist es, du bleibst bei der Wahrheit. Musst ja nicht erzählen, dass wir in einem unbekannten Stollen unter der Erde waren, aber dass wir im Keller nach der Ursache des fürchterlichen Angriffs auf René gesucht haben, kannst du auf jeden Fall erzählen", meinte Patrick.

Erst jetzt bemerkte Torsten, dass er laut gedacht hatte und deshalb der Freund ihm antwortete.

„Ja, wahrscheinlich hast du recht."

Sie schickten sich an, den Keller zu verlassen. Als sie im hell erleuchteten Treppenhaus standen, zog sich Torsten seine Jacke aus und besah sich mit Patrick gemeinsam seinen Unterarm.

„Oh, oh", machte Patrick, „das sieht gar nicht gut aus. Damit solltest du sofort zu einem Arzt gehen."

„Mein Vater wird mich bestimmt in die Notaufnahme fahren. Wie spät ist es?"

Patrick blickte auf sein Handy. Das verriet ihnen, dass die Zeit des Abendbrotes schon lange vorbei war. Sie hatten bei der Aufregung und ihrem Abenteuer mit dem fremden, unbekannten Ding unter der Erde nicht bemerkt, wie schnell die Zeit verging. Bestimmt sorgten sich Ihre Eltern schon um sie. Schnell machten sie sich auf den Weg nach Hause, nicht jedoch ohne sich vorher darüber abzustimmen, was sie ihren Eltern als Begründung für ihre verspätete Heimkehr erzählen wollten, denn nie würden die glauben, was sie erlebt hatten.

Ungezieferbekämpfung

Torsten lief stolz mit einem dicken Verband um seinen Arm in die Schule. Er hatte durch den Biss der kleinen Rattennatter eine Blutvergiftung bekommen, doch die Bisswunde heilte bereits ab. Die Schmerzen, die er während seines Abenteuers mit seinem Freund erlitten hatte, waren durch die Blutvergiftung und die daraus resultierende Schwellung des Gewebes in seinem Arm verursacht worden. Neben ihm ging Patrick, der ihn zur Schule begleitete und mit vielen Fragen löcherte. Was der alles wissen wollte. Aber Patrick glaubte, dass er ein Recht auf diese Fragen hatte. Denn er wollte sich mit Torsten abstimmen, falls jemand von ihm wissen wollte, wie sich Torsten verletzt hatte und dazu dumme Fragen stellte. Schließlich wäre es doch blöde und peinlich, wenn sie einem Lehrer oder Torstens Eltern unterschiedliche Antworten auf gleiche Fragen geben würden.

Nachdem das geklärt war, wollte Torsten wissen, was das für ein Ding war, das sie unter dem Keller verfolgt hatte, und gegen das Patrick dort geprallt war.

„Es war nicht hart, aber auch nicht weich. Neulich bin ich aus Versehen gegen meinen Vater gelaufen. So ähnlich hat es sich angefühlt! Wo waren wir eigentlich, als das passiert war?", fragte Patrick.

„Das weißt du doch. Zum Keller gehört das nicht mehr. Wir sind durch eine Stahltür gegangen, danach kam eine Holztür und dann die Treppe. Wenn ich es mir recht überlege, waren wir wohl schon unterhalb der Keller", antwortete Torsten.

„Ja, aber wo denn nur?"

„Die Tür sollten wir wiederfinden, dann sollten wir auch alles andere noch einmal finden können!"

„Du meinst, wir sollen noch einmal dahin gehen?"

„Aber ja, wir müssen doch wissen, was das für ein Ding ist!"

„Ich weiß nicht, müssen wir das wirklich?"

„Warum denn nicht? Wenn wir das herausbekommen, dann können wir den Erwachsenen erzählen, was da unten unter unserem Haus für ein Ding wohnt. Vielleicht kann der Kerl, der die Käfer und Ratten regelmäßig in unserem Haus kaputt macht, auch dieses Ding töten!"

„Du meinst den Kammerjäger?"

„Genau den, Patty!"

*****

Etwa eine Woche war vergangen. René war aus dem Krankenhaus entlassen worden. Torsten und Patrick besuchten ihn, brachten ihm die Hausaufgaben und hielten ihn über alles, was in der Schule geschah, auf dem Laufenden. Freunde waren sie noch nicht, aber das Leid, das Torsten und René erfahren hatten, verband sie miteinander. Vielleicht deshalb, weil sie glaubten, dass es für ihre Verletzungen einen Verantwortlichen gab, den sie suchen wollten. Trotzdem hatten Torsten und Patrick ihrem Mitschüler René noch nicht erzählt, was sie unter dem Kellergeschoss erlebt hatten.

Immer noch schmerzte Renés Bein, dagegen nahm er Tabletten ein. Aufgrund der schweren Verletzungen am Oberschenkel, die zu tief und zu groß waren, um von alleine heilen zu können, durfte er das Bein nicht belasten. Deshalb wurde es mit einer Schiene ruhiggestellt. Würde er trotzdem damit laufen, bestand die Gefahr, dass die Wunde wieder aufbrach. Sein behandelnder Arzt stellte ihm in Aussicht, dass er bald wieder laufen könnte, wenn er sich an die ärztlichen Anweisungen hielt.

Torsten hingegen hatte keine Schmerzen mehr, sein Arm heilte gut, einen Verband musste er nicht mehr tragen.

Die Jungen hielten sich in Renés Zimmer auf, wo sie ungestört waren. Es maß zwar nur zehn Quadratmeter, aber dafür war es funktional eingerichtet. Unter einem Hochbett, in dem René schlief, befand sich ein Schreibtisch, an dem er seine Hausaufgaben für die Schule erledigen konnte. Außerdem befand sich dort ein Schrank, in dem seine Sachen zum Anziehen verstaut waren. Die Jungen hingen ihren Gedanken nach, als René plötzlich fragte: „Wisst ihr was?"

„Was sollen wir denn wissen?", fragte Patrick.

„Was sich die Leute in unserem Stadtviertel erzählen!", antwortete René.

„Und was erzählen die sich?", fragte Torsten widerwillig.

„Das wir in einem Geister- und Hexenhaus wohnen", meinte René.

„Ach, was, glauben die Leute etwa alle an Hexen und Geister?" Patrick war genervt.

René antwortete mit einer Gegenfrage. „Nein, aber dass ich am helllichten Tage von Ratten angegriffen wurde, ist Euch schon bekannt?"

Jetzt erzählten Torsten und Patrick abwechselnd ihrem neuen Freund, was sie am letzten Sonnabend erlebt hatten. René hörte ihnen gespannt zu. Als sie ihren Bericht beendet hatten, ergänzte Torsten: „Und das Beste weißt du noch gar nicht, nämlich, dass wir noch einmal in das unterirdische Stollensystem gehen wollen. Wir wollen wissen, was das für ein Ding ist, das dort unten haust."

René verlangte euphorisch: „Wartet mit eurem Ausflug in den Keller, bis ich mitkommen kann!"

„Du darfst doch gar nicht laufen, was glaubst du denn, wann die Ärzte dir das erlauben werden?", fragte Torsten.

„Ich hoffe, dass es nächste Woche soweit sein wird", antwortete René, der davon selbst nicht überzeugt war.

Patrick erwiderte mit Ungeduld in der Stimme: „Nein, solange will ich nicht warten, bis du wieder gehen kannst!

Fakt ist, dass du mit deinem Bein wahrscheinlich erst in ein paar Wochen gehen kannst. Das sieht man dir doch an!"

„Und wenn ich die Schiene abnehme und dann mitkomme?" Rene gab nicht auf. Zu gerne wollte er wissen, was sich an das Kellergeschoss anschloss. Und wenn es dort ein Ungeheuer gab, wie Patrick und Torsten es erzählten, dann wollte er dabei sein, wenn sie es aufspürten und töteten. Das wollten die beiden bestimmt, vermutete er.

„Nein, das geht nicht, dann kann deine Wunde wieder aufplatzen", sagte Patrick energisch.

„Ach, so ein Mist!", ärgerte sich René. Er war enttäuscht, weil Torsten und Patrick sich nicht erweichen ließen, ihn mitzunehmen. „Schade, dann müsst ihr eben alleine gehen, wenn ihr nicht wollt, dass ich mitkomme!"

„Das stimmt doch gar nicht!", rief Torsten. „Natürlich könntest du mitkommen, aber es geht noch nicht! Du musst erst wieder gesund werden, dein Bein ist doch wichtiger als das, was im Stollen los ist!"

„Ja, Torte hat recht, wir sollten nur nicht zu viel Zeit vergehen lassen, wer weiß, vielleicht ist es ja wichtig, was wir herausfinden!", stand Patrick Torsten bei.

„Aber dann seid vorsichtig, nicht dass euch etwas passiert." René resignierte.

„Sei unbesorgt, wir passen schon auf uns auf", erwiderte Torsten.

„Sagt ihr es mir, wann ihr gehen wollt?", fragte René interessiert.

*****

Michel Bartsch war wütend. Die Wohnungsgesellschaft hatte ihm und seiner Frau einen Brief geschickt. Damit der Kammerjäger den schwarzen Käfern den Garaus machen konnte, sollten sie ihre Wohnung verlassen. Sie werde wie das gesamte Haus mit Gift ausgesprüht. Langsam begann er, ihren Einzug in dieses Haus zu bereuen. Hätte er doch auf seinen Vater gehört. Aber nun musste er die Dinge akzeptieren, wie sie waren. „Das Beste wird es wahrscheinlich sein, wenn ich mit meiner süßen Frau irgendwo essen gehe, nachdem der Kammerjäger unsere Wohnung ausgegast hat", dachte Michel. In 14 Tagen sollte der Ungeziefervernichter kommen und stinkendes, gefährliches Gas in die Wohnungen und ins ganze Haus blasen. Wenn es gegen die Käfer und das andere Viehzeug half, dass sich im Haus herumtrieb, war es für ihn in Ordnung. Aber würde es tatsächlich ein positives Ergebnis bringen?

*****

Die letzten zwei Wochen waren schnell vergangen. In dieser Zeit war nichts Nennenswertes geschehen, außer, dass alle Bewohner des Hauses 23 von der Wohnungsgesellschaft darüber informiert wurden, dass das Haus mit hochgiftigen chemischen Stoffen ausgegast werden sollte.

René, Patrick und Torsten trafen sich im Erdgeschoss des Treppenhauses im Bereich der Briefkästen. Von der bevorstehenden Aktion der Schädlingsbekämpfung, die in etwa einer halben Stunde beginnen sollte, hatten sie nichts erfahren. Patricks Eltern wurden darüber nicht informiert, sie wohnten in einem anderen Haus. Die Eltern der beiden anderen Jungen hatten es vergessen, ihren Söhnen von der bevorstehenden Aktion der Kammerjäger zu berichten. Arg- und sorglos berieten sich die Knaben über ihren bevorstehenden Ausflug ins Ungewisse.

„Also, wir machen das so, wie besprochen. Du bleibst hier irgendwo und wir gehen in den Keller und wollen mal sehen, ob wir etwas herausfinden können", sagte Patrick zu René. Der bewegte nickend den Kopf und meinte: „Seid nur immer schön vorsichtig, damit euch nichts passiert!"

„Was soll uns denn schon passieren?", meinte Torsten großspurig. So schnell hatte er das Erlebnis mit dem unbekannten Wesen vergessen, das ihm während ihres ersten Besuches im Stollensystem das Grauen in die Knochen trieb. Selbst Patrick dachte nicht mehr daran, obwohl er mit einem unbekannten und übel riechenden Tier zusammengestieß, das Torsten und ihn danach verfolgte. Tatsächlich hätten die Jungs darüber nachdenken sollen, warum dieses Tier die Verfolgung aufgab. Diese Frage blieb offen, sie waren Kinder, die noch nicht soweit denken konnten.

René ließ Torstens Frage unbeantwortet. Sie vereinbarten, mithilfe ihrer Handys in Kontakt zu bleiben. Sollte etwas Unvorhergesehenes geschehen, wollten sie sich gegenseitig informieren, entweder über eine Nachricht oder direkt mit einem Anruf. Leider dachten die Jungen nicht daran, dass ihre Handys unter der Erde keinen Empfang haben würden. Sie hatten sich zu sehr daran gewöhnt, sie in jeder Situation und Lebenslage nutzen zu können. Nachdem alle offenen Fragen geklärt waren, trennten sich die Freunde. Torsten und Patrick gingen in den Keller hinunter und René in die Wohnung seiner Eltern.

Kaum betrat er diese, erlebte er eine böse Überraschung. Sein Handy, das er sicher in seiner Jeans verstaut hatte, vibrierte. Er hatte eine Nachricht bekommen. Sein erster Gedanke war: „Ist denn schon jetzt etwas passiert?" Konnten Patrick und Torsten, nur wenige Minuten, nachdem sie sich getrennt hatten, bereits Probleme bekommen haben? So schnell?

Eilig zog er sein Handy aus der Hosentasche heraus und sah auf das Display. Zum Glück! Es war keine Nachricht von den Freunden, sondern eine von seiner Mutter. Erleichtert öffnete er sie und las:

Hallo mein Schatz,

ich vergaß, dir zu sagen, dass heute der Kammerjäger kommt. Um 14.00 Uhr ist er da und gast das gesamte Haus aus, auch unsere Wohnung. Bitte lasse ihn herein. Danach musst du das Haus verlassen, wenigstens für 2 Stunden. Gehe in dieser Zeit bitte in die Bibliothek und bringe die Bücher weg, die du schon gelesen hast. Du darfst dir gerne neue Bücher ausleihen, aber nur 2 Stück. Lasse dir ruhig Zeit dabei, die 2 Stunden musst du dich irgendwie beschäftigen.

Ich habe dich lieb. Mutti

René fuhr der Schreck in die Glieder. Er musste unbedingt Patrick und Torsten anrufen, bevor ihnen noch etwas passierte.

Das Gas, das vermutete René, konnte auch für Menschen eine tödliche Wirkung haben. Warum sonst sollte er nach dem Ausgasen die Wohnung und das Haus verlassen. Der Junge versuchte schon zum dritten Male eine Verbindung zu Torsten und Patrick zu bekommen, aber ohne Erfolg. Jedes Mal, wenn er einen der beiden anrief, teilte ihm eine freundliche Frauenstimme mit, dass der gewünschte Teilnehmer vorübergehend nicht erreichbar sei. Aufgeregt versuchte er, abwechselnd seine Freunde zu erreichen, doch immer wieder musste er die gleiche automatische Ansage hören.

„Auch das noch", dachte er, „wieder keine Verbindung. Immer wenn es wichtig ist, versagen diese blöden Scheiß-Handys." Als ihm bewusst wurde, dass er weder Patrick noch Torsten erreichen konnte, schrieb er beiden Knaben eine Nachricht und teilte ihnen darin mit, was in nur wenigen Minuten geschehen werde. Danach sah er auf dem Display seines Handys, dass die Freunde seine Nachrichten nicht empfangen hatten. Wahrscheinlich hatten sie keinen Empfang, weil sie sich unterhalb des Kellergewölbes befanden. In diesem Falle hatten sie auch von dem Gas der Kammerjäger nichts zu befürchten. Das glaubte René. Und wenn sie wieder in die Nähe des Kellergeschosses kamen, würden sie seine Nachrichten bekommen und diese lesen. Bis dahin war die Gefahr des Gases wahrscheinlich schon gebannt. Auch das beruhigte den Jungen etwas. Außerdem wusste er nicht, wo genau Torsten und Patrick hingegangen waren.

In diesem Moment klingelte es an der Wohnungstür.

*****

Der Kammerjäger war im Haus und klingelte an der Tür mit dem Namensschild „Stefan von der Weihl". Geduldig wartete er eine Minute, bis er erneut die Klingel betätigte. Alle Mieter dieses Hauses hatten von der Wohnungsgesellschaft vor zwei Wochen einen Brief bekommen, in dem ihnen mitgeteilt wurde, dass er heute mit seinen Kollegen zu genau dieser Stunde zu ihnen kommen werde, um die Wohnungen und das gesamte Haus auszugasen. Zu diesem Zweck sollten die Mieter ihm und seinen Kollegen freien Zugang zu ihren Wohnungen gewähren. Er hatte einen Schutzanzug angezogen und eine Atem-Maske hing ihm an einem Gummiband vom Hals herunter auf die Brust. Zu Unfällen wie mit dem armen Jungen durfte es nicht mehr kommen, meinte der Kammerjäger.

Normalerweise sind Ratten scheue Tiere und greifen keine Menschen an, es sei denn, dass sie sich bedroht fühlen. Warum also hatten diese Mistdinger den Jungen überfallen? Das durfte in einem Treppenhaus in der Nähe der Briefkästen nicht geschehen. Etwas stimmte hier nicht.

Das Gas, welches die Kammerjäger in diesem Haus einsetzten, würde alles töten, was sich in seine Nähe wagte. Also Insekten, Spinnen und Käfer sowieso, aber auch Ratten und anderes Getier. Selbst Menschen konnte man mit diesem Gas töten.

Endlich wurde die Tür geöffnet. Ein großer fetter Kerl stand im Rahmen und fragte böse mit einer eher hellen Stimme, die ziemlich schmierig klang: „Was wollen Sie von mir?"

Der Kammerjäger dachte bei sich, dass er sich mit diesem unmöglichen Menschen nicht auf eine Stufe stellen werde und sagte freundlich: „Guten Tag, Herr von der Weihl! Ich bin der Kammerjäger, die Wohnungsgesellschaft hatte Ihnen mitgeteilt, dass es aufgrund der letzten tragischen Vorfälle in diesem Haus notwendig ist, das gesamte Haus, also auch die Wohnungen, auszugasen. Das muss relativ zeitgleich im gesamten Haus geschehen, deshalb können Sie ihre Wohnung, nachdem ich sie ausgegast habe, in den nächsten zwei Stunden nicht betreten. Zumal das Treppenhaus und alle Nebenräume wie die Keller- und Bodenräume auch ausgegast werden müssen. Wir …"

Von der Weihl begann, zu schnauben, unterbrach den Mann und sagte leise: „Ja, ich habe so ein Schreiben bekommen. Aber ich kann Sie doch unmöglich alleine in meine Wohnung lassen und verschwinden!"

„Nein, Sie sollen mich auch nicht alleine lassen. Das heißt, in die Wohnung können Sie nicht mitkommen, wenn ich sie ausgase! Aber Sie dürfen selbstverständlich hier im Treppenhaus auf mich warten, bis ich mit Ihrer Wohnung fertig bin. Danach schließen Sie ab und gehen etwas spazieren, bis Sie wieder das Haus betreten dürfen."

„Wie stellen Sie sich das vor?", brüllte der an eine Qualle erinnernde Mensch plötzlich und unerwartet los, sodass sein Doppelkinn wackelte. „In meiner Wohnung befindet sich kein Ungeziefer und überhaupt, wer hat das denn angeordnet? Das ist doch alles Unsinn, was hier gemacht wird!"

Der Kammerjäger bewahrte die Ruhe. Aufgrund des unfreundlichen Empfanges durch diesen fetten und unmöglichen Riesen hatte er eine mehr als freundliche und eher hochgestochene Ausdrucksweise verwendet, um dem Kerl zu zeigen, dass er es hier mit keinem dummen Menschen zu tun hatte. So forderte er, zwar freundlich, aber energisch: „Zunächst einmal reden wir höflich miteinander und mit gegenseitiger Achtung und gegenseitigem Respekt. Ich bin freundlich zu Ihnen, also werden Sie das auch zu mir sein. In der Mitteilung, die Ihnen geschickt wurde, wurden Ihre Fragen bereits beantwortet. Wenn wir wollen, dass das Haus endlich frei von Ratten, Käfern und anderen Schädlingen sein soll, dann muss das gesamte Haus zeitgleich ausgegast werden. Jeder Mieter bekam von der Wohnungsgesellschaft die Aufforderung, uns – also den Kammerjägern – freien Zugang zu den Wohnungen zu gewähren. Für die Unannehmlichkeiten gewährt man Ihnen einen Mietnachlass. Auch das wurde Ihnen mitgeteilt. Wenn Sie der Bitte der Gesellschaft nicht nachkommen wollen, ist das für mich in Ordnung, dann dürfen Sie aber Ihre Wohnung trotzdem für zwei Stunden nicht verlassen, weil auch das Treppenhaus mit hochgiftigen Gasen behandelt wird. Sollte es später in diesem Haus aufgrund Ihrer Weigerung immer noch Ratten oder anderes Ungeziefer geben, bezahlen Sie unseren nächsten Einsatz in diesem Haus, vorausgesetzt, dass er innerhalb der nächsten vier Wochen nach der heutigen Ausgasung im gesamten Haus wiederholt werden muss. Ich kann Sie nicht zwingen, mich in Ihre Wohnung zu lassen. Also werde ich Ihre Weigerung akzeptieren und Sie werden mir das schriftlich bestätigen, dass Sie ihre Wohnung nicht verlassen wollen.“

Stefan von der Weihl war von dem sicheren Auftreten des Kammerjägers und seiner langen Rede sichtlich beeindruckt, obwohl er ihm am liebsten in die Parade gefahren wäre. Aber vor Menschen mit sicherem Auftreten kuschte er oft, weil er Angst hatte, dass sie ihm geistig überlegen sein könnten, was zweifelsfrei in den meisten Fällen zutraf. Trotzdem oder gerade deshalb sah er rot. Er sollte auf sein Mietrecht für zwei Stunden verzichten und wenn er sich weigerte, das zu tun, drohte man ihm mit Strafe. Aber Geld wollte er dafür nicht bezahlen. Schließlich war Stefan von der Weihl ein geiziger Mann, wenn es darum ging, jemandem etwas abzugeben. Dafür könnte er viel lieber in einem guten Lokal gepflegt essen gehen. Also antwortete er: „Ist ja schon gut. Sie dürfen die Wohnung ausgasen, aber ich warte hier solange, bis Sie damit fertig sind! Dann kann ich die Tür abschließen und beruhigt das Haus verlassen."

Stefan von der Weihl tat so, als sei er die Liebenswürdigkeit in Person. Doch das nahm ihm sein Gesprächspartner nicht ab. Er kannte solche Typen wie diesen schleimigen, fetten Kerl, die, wenn sie geistig einem anderen nicht gewachsen waren, von vorne freundlich bis zum Erbrechen waren und hinterrücks dem anderen ein Messer in den Rücken rammten.

Der Kammerjäger setzte sich ungerührt die Atemschutzmaske auf und betrat die Wohnung. Eine halbe Stunde später war das gesamte Haus von mehreren Kammerjägern ausgegast worden. Alle Mieter waren außerdem eindringlich davor gewarnt worden, es innerhalb der nächsten zwei Stunden zu betreten.

*****

Zur gleichen Zeit startete Daniel König im fernen Hannover seinen Computer. Als der hochgefahren war, öffnete er sein E-Mail-Postfach. Wie er vermutete, fand er darin eine Mail von der Firma Deutsche Krankentransporte in Hamburg. Neugierig öffnete er die Mail, las diese und war danach enttäuscht, aber er fühlte sich auch beleidigt. Zunächst ging er in die Küche, um sich etwas zu Essen zu machen und Kaffee zu kochen. Er musste nachdenken, ob er dem Geschäftsführer der DKH eine entsprechende Antwort auf seine beleidigende und mit Rechtschreibfehlern versehene E-Mail schicken sollte. Als er seine Mahlzeit zubereitet hatte, aß er sie in Ruhe auf. Danach setzte er sich erneut an seinen PC und schrieb auf Stefan von der Weihls E-Mail eine Antwort.

Sehr geehrter Herr Stefan von der Weihl,

ich hatte mich in Ihrem Unternehmen nicht beworben, da es nicht möglich ist, Ihnen über die Gelben Seiten Bewerbungsunterlagen online zuzusenden. Lediglich wollte ich, gemäß des Angebotes einer Kontaktaufnahme mithilfe der vorgenannten Webseite, mich über eventuelle Möglichkeiten einer Arbeitsaufnahme erkundigen. Wenn Sie solche Anfragen nicht möchen, sollten Sie das Angebot der Kommunikation mit Ihrer Firma über Fremdseiten nicht zulassen. Eine ordentliche Bewerbung, von der ich weiß, wie sie auszusehen hat, wäre Ihnen selbstverständlich zugegangen, wenn ich von Ihnen keine Antwort bekommen hätte, die ich nur mit Befremden aufnehmen kann.

Natürlich verzichte ich darauf, mich in einem Unternehmen zu bewerben, das eine einfache Kontaktaufnahme online über Fremdfirmen zulässt, über die aber keine Zusendung von Bewerbungsunterlagen möglich ist und dessen Geschäftsführer davon keine Kenntnis hat bzw. das nicht billigt.

Ich bin mir sicher, dass ich in einer anderen, seriösen Firma, die zuverlässige und erfahrene Mitarbeiter zu schätzen weiß, eine Anstellung finden werde.

Trotzdem danke ich Ihnen für Ihre Mühe, mir geantwortet zu haben, obwohl ich feststellen musste, dass sie die deutsche Sprache in schriftlicher Form nicht fehlerfrei beherrschen.

Mit freundlichen Grüßen
Daniel König

Daniel König hatte seine Anfrage an mehrere in Hamburg ansässige Firmen geschickt und von mehreren Hilfsorganisationen und zwei privaten Unternehmen eine freundliche Auskunft bekommen. In einer E-Mail schickte er einer Firma seine vorgefertigten Bewerbungsunterlagen zu und wurde nach einem Vorstellungstermin eingestellt.

*****

Was sollte er tun? Der Kammerjäger war schon da und wartete im Flur auf ihn. Die Mutter hätte aber auch früher an ihre Nachricht denken können. Allmählich bekam René ein schlechtes Gewissen. Was war, wenn Patrick und Torsten nun doch in der Falle saßen? Wenn sie jetzt sterben mussten, weil er ihnen keine Nachricht schreiben oder sie anrufen konnte? Er wurde nervös. Warum hatten die beiden Freunde keinen Empfang? Ach, so eine Scheiße! Klar, die waren doch unter der Erde! Da gab es keine Funk- und Sendemasten. Dann brauchte er ihnen keine Nachricht zu schreiben. Sicherheitshalber wollte er das aber trotzdem tun, sobald er das Haus verlassen hatte.

Schnell griff er sich zwei Bücher, die er sich aus der Bibliothek ausgeliehen hatte und legte sie in eine Plastiktüte. Als er zum Kammerjäger zurückkehrte, sagte der zu ihm: „Dann warte jetzt bitte vor der Tür auf mich. Nach dem ich eure Wohnung ausgegast habe, kannst du sie verschließen."

„Ich habe noch eine Frage!", antwortete René.

„Dann aber schnell, mein Junge."

„Kann ein Mensch das Gas riechen und davon sterben, wenn er es einatmet?"

Die Antwort war für den Jungen erschreckend. „Ja, natürlich kann man das Gas riechen. Es riecht sehr stark nach Ammoniak und Essig. Es kann passieren, dass Menschen sterben müssen, wenn sie es einatmen. Aber die meisten werden wohl mit schweren Schäden in den oberen und auch unteren Atemwegen davonkommen. Warum fragst du?"

Sollte René dem Mann den Grund für seine Frage nennen? Wenn sich die Freunde noch im Keller befanden, würden sie bestimmt rechtzeitig bemerken, dass sie nicht in das Haus zurückkehren konnten, wenn es erst ausgegast war. Sie würden das Gas riechen und unterhalb der Kellerräume bleiben. Dort waren sie vor dem Gas in Sicherheit. An das unbekannte Ding, das Torsten und Patrick bedroht haben sollte, glaubte der Junge nicht. „Wer weiß, was die dort unten wirklich suchten", dachte er. Er entschied, dem Kammerjäger nichts von den Plänen der Freunde zu erzählen. „Ach, nichts, ist alles gut", beantwortete er die Frage des Mannes, nahm seine Krücken und verließ die Wohnung.

Später vor dem Gebäude lehnte er sich an eine Wand im Hauseingang, zog sein Handy aus der Gesäßtasche seiner Jeans hervor und begann wie wild eine Nachricht einzugeben:

„Unser Hochhaus wird ausgegast, damit das Ungeziefer verrecken soll. Auch Menschen können davon sterben. Zwei Stunden dürft ihr nicht ins Haus kommen, auch nicht in die Kellerräume."

Diese Nachricht verschickte René sowohl an Torsten als auch an Patrick. Mehr konnte er für sie zu diesem Zeitpunkt nicht tun.

Das Übersinnliche

Die Bewohner vom Hans-Duncker-Platz 23 hatten das Haus verlassen. In einem Hochhaus ist es problematisch, alle Familien an einem Tag zu einer bestimmten Zeit anzutreffen. So war es auch in diesem Fall. Vier Familien waren im Urlaub oder aus einem anderen Grund nicht zu Hause erreichbar und konnten den Kammerjägern keinen Zugang zu ihrer Wohnung gewähren. Diese mussten zu einem späteren Zeitpunkt aus Sicherheitsgründen ausgegast werden. Aber das sollte nicht wirklich ein Problem für die Schädlingsbekämpfer sein.

Stefan von der Weihl hatte nichts Besseres zu tun, als in das nächste Restaurant zu gehen. Schließlich musste er seine 250 Kilogramm Körpergewicht erhalten. Das war ziemlich anstrengend für den dicken Mann, denn dafür musste er keine geringe Menge Nahrungsmittel in seinen Körper schaufeln. Was sollte er anderes mit der Zeit anfangen, als sich um sein leibliches Wohl zu sorgen, während er in den nächsten zwei Stunden seine Wohnung nicht betreten durfte. Da er noch nicht zu Mittag gegessen hatte, entschied er, eine Kleinigkeit in seinem Lieblingsrestaurant essen zu gehen, in dem er bisher immer ein gutes und wohlschmeckendes griechisches Menü bekommen hatte. Also setzte er sich in sein Auto, fuhr die 300 Meter dorthin und suchte sich einen Parkplatz.

Mühevoll kletterte er aus seinem schwarzen BMW X5, ging zum Restaurant und nachdem er es betrat, suchte er mit seinen Augen nach einem für ihn geeigneten Tisch, an den er sich setzen und speisen wollte. Ohne darauf zu warten, dass ihm ein Platz angeboten wurde, machte er sich zu einem der Tische, die an der Fensterfront standen, auf den Weg, als mit einem freundlichen Lächeln ein Kellner auf ihn zutrat. „Guten Tag, schön, dass Sie uns wieder einmal besuchen. Vielleicht möchten Sie sich bei dem schönen Wetter heute an einen der Tische am Fenster in die Sonne setzen?"

„Da draußen ist wohl mehr Schatten als Sonne!", antwortete Stefan von der Weihl unfreundlich. Demonstrativ drehte er sich um und ging zielgerichtet zu einem der Tische, die an der Wand gegenüber den Fenstern standen und nahm dort Platz. Auch wenn kein einziges Wölkchen am Himmel zu sehen war, ließ er sich von einem Kellner nicht vorschreiben, wo er sich hinsetzen durfte, erst recht nicht, weil sich in dem Lokal nur wenige Gäste befanden. Was erlaubte der Kerl sich überhaupt, war das hier etwa sein Lokal? Nur dann könnte man sich vielleicht als Firmeninhaber mit ihm gleichgestellt auf Augenhöhe unterhalten.

Der verdutzte Kellner sah dem ungehobelten Gast kopfschüttelnd nach und brachte ihm, nachdem er sein Unverständnis über so eine Frechheit verdaut hatte, eine Speisekarte. Schließlich war er Profi und ließ sich von so einem Kerl nicht provozieren. Mit einem Lächeln fragte er: „Darf ich Ihnen die Speisekarte bringen, oder möchten Sie, dass ich Ihnen etwas empfehle, mein Herr?"

„Ich weiß, was ich essen will! Bringen Sie mir einen Zeus-Teller für zwei Personen und zwei große Cola", verlangte Stefan von der Weihl.

Im Stillen dachte sich der Ober: „Klar, der Fleischklops braucht eine Platte für 2 Personen und dazu mindestens einen Liter Cola. Viel Fett und Zucker sind des Dicken Mahlzeit." Jedoch freundlich, wie es ein Gast erwarten durfte, nahm er die Bestellung entgegen.

Nachdem Stefan von der Weihl bereits über eine Stunde mit einer Serviette um den Hals gegessen hatte, ging er zur Toilette, um sich zu säubern. Trotz der zum Halstuch umfunktionierten Serviette bekleckerte er sich während der Mahlzeit das Hemd, und der Bereich um seinen Mund glänzte vom Fett des Fleisches. Ein Kind in einem Alter von vier Jahren hatte bessere Tischmanieren. Als er an seinen Tisch zurückkehrte, bestellte er sich eine weitere große Cola, die er, als sie ihm gebracht wurde, in einem Zuge leerte. Danach bezahlte er seine Zeche, ohne dem Ober ein Trinkgeld zu gewähren, und verließ die gastliche Stätte. Umständlich quetschte er sich in sein Auto und fuhr nach Hause.

Als er die Eingangstür des Hauses aufschließen wollte, fand er hinter ihrer Glasscheibe eine gemeinsame Nachricht des Kammerjägers und der Wohnungsgesellschaft. In ihr wurde dringend davor gewarnt, das Haus vor 16.00 Uhr zu betreten. Doch Stefan von der Weihl stellte mit einem Blick auf seine Uhr fest, dass er erst in einer halben Stunde in seine Wohnung gehen durfte. Darüber regte er sich lauthals auf, denn so lange wollte er auf gar keinen Fall warten, und öffnete kurz entschlossen die Tür und betrat das Haus.

Ein scharfer Geruch nach einer Mischung aus Ammoniak und Essig nahm ihm den Atem. Überall lagen tote schwarze, aber auch viele violette Käfer herum. Aus seiner Hosentasche holte Stefan von der Weihl ein großes altes Stofftaschentuch hervor – eines von der Sorte, die vor vielen Jahren nur von alten Herren benutzt worden waren - und hielt es sich vor die Nase. Am Fahrstuhl lag eine tote Ratte. Stefan von der Weihl ekelte sich vor dem Kadaver. Schnell betrat er den Fahrstuhl und fuhr in die neunte Etage, in der er wohnte. Die tote Ratte konnte er nicht vergessen. Immer wieder drängte sich ihr Anblick vor sein inneres Auge. Sorgenvoll fragte er sich, ob er in seiner Wohnung auch totes Getier finden sollte.

Seine Unruhe verstärkte sich. Endlich hielt der Fahrstuhl, dessen Tür sich öffnete. Schnell ging Stefan von der Weihl zu seiner Wohnung herüber. Auch hier lagen überall tote schwarze und violette Käfer auf dem Boden. Wieder ekelte

117

er sich davor. Ein Würgereiz quälte ihn. Schnell zog er einen Schlüssel aus der Hosentasche heraus und steckte ihn ins Schloss seiner Wohnungstür, die sofort aufsprang.

Stefan von der Weihl betrat den fensterlosen Flur seiner Mietwohnung. Auch hier stank es nach Ammoniak und Essig. Erneut verspürte der große massige Mann einen heftigen Würgereiz, den er gerade noch unter Kontrolle behielt. Er schaltete das Licht an. Was er nun sah, drehte ihm den Magen um ...

*****

Der alte Herr Waldbusch hatte, ebenso wie alle anderen Mieter auch, das Haus verlassen und war unterwegs zu einem Reisebüro. Er wollte mit den Vorbereitungen für seine Wanderung, die er im nächsten Jahr in den Alpen plante, beginnen. Dafür benötigte er noch einiges an Kartenmaterial, aber auch Informationen über Unterkünfte und Wanderwege. Für die diesjährige Tour in den Vogesen hatte der alte Mann bereits alles organisiert. Herr Waldbusch war ein Mensch, der nichts dem Zufall überließ und deshalb stets rechtzeitig begann, seine Vorhaben zu planen. Warum sollte er nicht schon jetzt an das nächste Jahr denken. Außerdem brauchte der Mensch etwas, worauf er sich freuen konnte, und wenn es ein Urlaub im nächsten Jahr war, glaubte der alte Mann. Nur wer rastet, der rostet und Wilhelm Waldbusch wollte nicht rosten. Alt würde er von ganz alleine werden, dachte er sich, dann verbesserte er sich in seinen Gedanken und meinte, dass er ja schon alt sei und nur noch älter werden wollte.

Seine Gedanken schweiften ab. Sie führten ihn zum Haus zurück, in dem er wohnte. Ob diese Aktion der Kammerjäger etwas brachte? Konnte das Ungeziefer dieses Mal vernichtet werden. Herr Waldbusch bezweifelte das. Das Haus wurde in der Vergangenheit schon mehrmals ausgegast.

Diesmal wurde man eine recht kräftige chemische Bombe angewendet, so bezeichnete der alte Mann den Einsatz der Schädlingsbekämpfer in seinen Gedanken. Zum ersten Male wurde heute eine hochgiftige chemische Substanz angewendet, also musste man den Erfolg abwarten.

Vom Kammerjäger hatte er erfahren, dass das Haus von mehreren Kollegen gleichzeitig ausgegast werden sollte, immer Etage für Etage, eine nach der anderen bis hin zum Kellergewölbe. Selbst Menschen konnten dabei zu Schaden kommen. Trotzdem war der Alte sehr skeptisch. Er war sich sicher, dass es in diesem Hause nicht mit rechten Dingen zuging und die Kammerjäger deshalb auf Dauer keine zählbaren Erfolge erzielen würden. Außer dem Müllschlucker gab es in diesem Haus etwas, das Ungeziefer und Ratten anlockte und das diese Plagen aggressiv machte, sodass sie sogar Menschen angriffen. Aber was zum Teufel konnte das sein? War es ein Monster? Ein Monster aus der Unterwelt?

Innerlich musste der Rentner bei diesem Gedanken über sich lachen. Es gab doch keine Monster! Aber dann ging er wieder mit Ernsthaftigkeit seinen Gedanken nach. Monster gab es tatsächlich nicht, aber Herr Waldbusch war davon überzeugt, dass es Dinge zwischen Himmel und Erde gab, die man nicht mit Logik erklären konnte. Dabei sprach man von Mystik oder schwarzer Magie.

Herr Waldbusch war ein intelligenter und gebildeter Mann. Er glaubte nicht an Hexerei und nicht an einen Gott oder Teufel. Aber er glaubte, dass es übernatürliche Kräfte gab, die der Mensch nicht wissenschaftlich erklären konnte. Das begann damit, dass es alte Frauen gab, die eine Krankheit besprechen konnten. Sie wurden im Volksmund Hexen genannt. Manchmal konnte ein Arzt seinen Patienten nicht helfen. Dann schlug er ihnen vor, zu so einer Frau zu gehen. Nach einem Besuch bei einer dieser vermeintlichen

Heilerinnen wurde der Patient meist wieder gesund. Er durfte sich für das Besprechen nicht bedanken und er durfte am Erfolg dessen nicht zweifeln. Dann funktionierte das. Das Gegenstück dazu gab es auch. Diese Hexen konnten im wahrsten Sinne des Wortes jemanden verhexen, also einer Person eine Krankheit schicken, zum Beispiel ein Furunkel am Allerwertesten. Oder noch schlimmere Sachen.

Wie konnten diese sogenannten Hexen ihr gutes Werk vollbringen oder ihr Unwesen treiben? Welche Macht steckte hinter ihnen? Oder gab es verschiedene Mächte?

Und welche Macht hatte das Haus am Hans-Duncker-Platz 23 verhext? Wenn es eine Macht gab, das konnte, musste es auch eine geben, die dem Spuk ein Ende bereiten konnte. Aber wie konnte er eine Person kennenlernen, die so eine Macht beherrschte? Jedenfalls war sich der alte Mann sicher, dass Kammerjäger das Problem des Hauses nicht dauerhaft lösen konnten.

Als er von seinem Reisebüro zurückkehrte, hatte er noch etwas Zeit. Hinter der Scheibe der Hauseingangstür sah er die Warnung der Kammerjäger, das Haus nicht vor 16 Uhr zu betreten. Er sah zu seiner Armbanduhr und stellte fest, dass er bis dahin noch eine halbe Stunde Zeit hatte. Da die Sonne schien, es warm und er gut zu Fuß war, machte es ihm nichts aus, dass er seine Wohnung noch nicht aufsuchen durfte. Vor dem Haus warten wollte er nicht, also entschloss er sich, spazieren zugehen. Shiba, der ihn begleitete, störte das nicht. Also ging er noch einmal mit seinem Hund um den Pudding, so nannte Herr Waldbusch die Straßen, die um den Hans-Duncker-Platz herumführten. Er ging diesen Weg dreimal täglich, exakt zur gleichen Zeit. Nach einigen Metern hörte er jemanden lautstark schimpfen. Das konnte nur vom Haus kommen, ein unzufriedener Mann beschwerte sich, weil er noch nicht in seine Wohnung gehen durfte. Herr Waldbusch drehte sich zu ihm um und erkannte den großen, dicken und unsympathischen Mann. Der schloss tatsächlich die Tür auf und betrat das Haus. Jedem anderen hätte der Wandergeselle geraten, das nicht zu tun, weil es gefährlich war, sich den Gasen der Kammerjäger auszusetzen. Aber sollte er deshalb wie ein zänkisches Weib über die Straße rufen? Nein, der Kerl sollte seine Suppe alleine auslöffeln, die er sich soeben eingebrockt hatte. Außerdem hatte der fette Kerl verdient, einen Denkzettel zu bekommen. Der war mit allem unzufrieden und legte sich mit jedem Menschen an, dem er begegnete. Sollte der doch tun, was er wollte, für den würde sich Herr Waldbusch nicht ins Zeug legen.

*****

Auch Michel Bartsch verließ mit seiner Frau das Haus, während es die Kammerjäger ausgasten. Er ging mit ihr in ein Einkaufscenter zum Shoppen, weil sie ihn darum gebeten hatte. Essengehen könnten sie an einem anderen Tag. Nebenbei aßen sie einen Eisbecher in einer liebevoll eingerichteten Eisdiele und kauften sich danach einige dringend benötigte Kleidungsstücke. Die letzten Monate hatten sie sparsam gelebt, da die festen monatlichen Abgaben ihre Möglichkeiten überstiegen. Durch den Umzug zum Hans-Duncker-Platz sparten sie viel Geld. Sie hatten Glück, die Wohnung zu bekommen, denn bezahlbaren Wohnraum für einfache Arbeitnehmer gab es in Hamburg beinahe nicht mehr. Michel Bartsch erinnerte sich daran, was ihm sein Vater zu diesem Thema gesagt hatte: „Den Spekulanten ist Tür und Tor geöffnet, die Regierung unternimmt nur halbherzige Maßnahmen dagegen. Ihre Mietpreisbremse wurde von den Vermietern ausgehebelt."

Jetzt aber konnten Michel und Natalie Bartsch einen etwas höheren Lebensstil pflegen und mehr konsumieren, auch wenn es sie beide weniger glücklich machte, als sie erwartet hatten. Das Haus, in dem sie wohnten, war von Ungeziefer befallen: Käfer, Mäuse, Ratten, auch Schlangen wurden schon gesichtet, obwohl die sonst nur in der freien Natur vorkamen, oder in Terrarien. Und wer wusste schon, welches Getier sich dort noch tummelte. Ob die Kammerjäger dieses Problem heute lösen konnten?

Als sie mit mehreren vollen Plastiktüten nach Hause zurückkehrten, sahen sie schon von weitem Herrn Waldbusch mit seinem süßen Shiba Inu die Haustür aufschließen. Der Hund musste sie gewittert haben, denn er bellte mit wedelnder Rute in ihre Richtung. Das Tier freute sich, Natalie Bartsch zu sehen. Herr Waldbusch erkannte, warum sein Shiba so ein ungebührliches Verhalten an den Tag legte und beruhigte das Tier. Als Natalie und Michel Bartsch das Haus erreichten, ließ er den Hund von der Leine, der prompt zu der jungen Frau lief und sie mit wedelnder Rute begrüßte.

Natalie Bartsch beugte sich zu dem Hund herunter und streichelte ihn lächelnd. Auch Herr Waldbusch von dem jungen Ehepaar freundlich begrüßt. Sie fragten sich, ob es sinnvoll war, das Haus auszugasen. Herr Waldbusch hielt mit seiner Meinung nicht hinter dem Berg. Dabei sprach er über seine Vermutung. „Sie können von mir halten, was sie wollen, aber ich glaube nicht, dass es natürliche Kräfte sind, die wir hier bekämpfen müssen. Das Übersinnliche schläft nicht! Und es gibt leider genug böse Kräfte, die den Menschen Schaden zufügen wollen und es auch tun. Ich glaube, dass es in unserem Haus nicht mit rechten Dingen zugeht. Statt Kammerjäger sollten wir lieber jemanden bestellen, der über übersinnliche Kräfte verfügt. Dann könnte er sie in unserem Hause auch wahrnehmen und wäre in der Lage, ihnen Paroli zu bieten. Man kann auch sagen, dass er in der Lage sein sollte, das Haus von schwarzer Magie zu befreien."

Michel Bartsch erwiderte: „Also ich glaube auch, dass man nicht alles mit Logik erklären kann. Als Kind war ich oft krank, hatte jedoch keine Kinderkrankheiten, sondern Nierenentzündungen, Ekzeme, Lungenentzündungen, solche Dinge eben.

In unserem Haus wohnte im Erdgeschoss eine alte Dame, die uns oft besuchte, weil sie mich so gerne hatte, wie sie sagte. Eine andere alte Frau, unsere Nachbarin auf unserer Etage, erzählte meiner Mutter, dass sie glaube, die Alte aus dem Erdgeschoss sei eine Hexe. Sie gäbe vor, mich zu mögen, aber sie sorge in Wahrheit dafür, dass ich ständig ernsthaft krank wurde.

Sie glaubte, dass die Hexe unsere Wohnung nicht mehr betreten würde, wenn meine Mutter eine Nähnadel in die Zarge der Wohnungstür stach, sodass andere Personen sie nicht sehen könnten. Das für sie nicht sichtbare Ohr der Nadel würde für sie ein Ohr oder Auge sein, das nicht zu unserem Haushalt gehörte und sie würde sich davon bedroht fühlen. Das sollte uns vor der Hexe beschützen.

Meine Mutter glaubte zwar nicht daran, aber sie glaubte, dass es nicht schaden konnte, den Rat der Nachbarin zu befolgen. Und tatsächlich hatte sie Recht. Nachdem meine Mutter die Nadel angebracht hatte, kam die Hexe nur noch einmal zu uns, aber die Türschwelle hatte sie nicht übertreten. Danach kam sie nie mehr zu uns hoch. Und ich wurde nie mehr krank.

Später wurde die alte Frau aus dem Erdgeschoss krank und erholte sich davon nicht mehr. Sie konnte nicht sterben. Sie hatte sich monatelang bis zum Tode gequält. Unsere Nachbarin sagte, dass sie ihre magischen Fähigkeiten nicht weitergegeben habe. Die hätte sie nur an einen jungen Mann weitergeben können, den sie nicht fand. Deshalb hätte sie so schwer leiden müssen."

Michel Bartsch machte eine kurze Pause, dann sagte er: „Sie mögen mit ihrer Überlegung recht haben, Herr Waldbusch."

Natalie Bartsch nickte zustimmend.

Das ermutigte den alten Herrn in seiner Erzählung fortzufahren: „Es ist schon lange her, damals war ich noch ein junger Mann. Etwa in ihrem Alter muss ich gewesen sein. Aber, wenn ich genauer darüber nachdenke, was ich damals erlebte und das damit vergleiche, was hier vor sich geht, dann erkenne ich gewisse Parallelen. Wenn ich nur wüsste, wo ich jemand finden könnte, der sich mit schwarzer Magie auskennt und sie bekämpfen kann."

Natalie und Michel Bartsch hörten Herrn Waldbusch interessiert zu. Ein Spinner war der alte Mann in ihren Augen nicht. Im Gegenteil war er ihnen sehr sympathisch. Außerdem hatte Natalie Bartsch selbst erlebt, wie hilfsbereit, liebevoll und gutmütig der Mann war. Wie er dem armen René geholfen hatte, ohne Rücksicht darauf zu nehmen, dass er sich mit dem Blut des Kindes selbst beschmutzte, alleine das machte ihn in ihren Augen sympathisch. So ein Mensch war kein Spinner, der unüberlegtes Zeug von sich gab. Das hatte Herr Waldbusch noch nie getan, solange sie ihn kannte. Sicherlich waren es erst ein paar Tage, aber auf sie machte er den Eindruck, dass er sich überlegte, was er sagte. Wenn er von übersinnlichen Kräften und schwarzer Magie sprach, von Dingen, die er selbst erlebt habe, musste daran etwas Wahres sein. Deshalb sagte sie im Brustton der Überzeugung: „Also, Herr Waldbusch, ich halte Sie für einen netten und integren Mann. Nicht umsonst freuen wir uns, wenn wir Sie sehen. Wir sollten einen Kaffee zusammen trinken, dabei können wir uns darüber unterhalten, ob wir Hilfe von so einer Person bekommen können, wie Sie meinen. Es kommt auf einen Versuch an."

Sorgen und Ängste

Die Wohnzimmertür stand offen. Stefan von der Weihl befand sich im Flur seiner Wohnung. Sein Blick glitt dorthin, wo er früher oder später sowieso hätte hinsehen müssen. Vor dem Fenster lag eine Ratte. Sie lebte noch und wand sich, wahrscheinlich von Schmerzen geplagt. Schaum stand vor ihrem Maul. Sie verkrampfte sich und zitterte. Danach krümmte sich die Ratte wieder zusammen und plötzlich erschlaffte sie. Das Tier rang mit dem Tode. Stefan von der Weihl fragte sich, wie die Ratte in seine Wohnung gelangen konnte. Eine Antwort darauf fand er nicht, denn Würgereiz befiel ihn, der mit jedem Augenblick mächtiger wurde, bis er ihn beherrschte. Die Augen des großen fetten Mannes waren immer noch auf die sterbende Ratte gerichtet. Er ging zwei Schritte vorwärts. Dann blieb er erschrocken stehen.

Bislang hatte er sie nicht gesehen, aber er hörte sie unter seinen Schuhen knacken und knirschen. Mehrere dunkle, violettfarbene Käfer zertrat er mit jedem Schritt. Unter seinem Gewicht platzten ihre Chitinpanzer mit einem knallartigen Geräusch. Stefan von der Weihl sah nach unten zu seinen Füßen. Die Szene, die er wahrnahm, ähnelte der mit der Ratte. Die meisten Käfer zuckten ebenso mit ihren kleinen dünnen Beinchen wie diese zuvor am Fenster. Auch sie standen im Todeskampf. Eigentlich tat er den Tieren einen Gefallen, wenn er sie zertrat. Aber das Geräusch, welches dabei entstand, verstärkte seinen Ekel, den er beim Anblick der sterbenden Ratte und den im Todeskampf befindlichen Käfern empfand. Der Würgereiz entwickelte sich zu einem Brechreiz. Der massige Mann wurde aschfahl im Gesicht, alles Blut sackte ihm in seine Beine. Er brach zusammen. Mit den Händen versuchte er, sich abzustützen. An den Fingern seiner rechten Hand fühlte er Käfer, die er abzuschütteln versuchte. Doch nach den Kontakt mit ihnen begannen sie, auf seine Hand zu krabbeln. Von der Weihl erbrach sich. Dabei bebte sein Körper gefährlich, heftig zitterten seine feisten, fetten Wangen. Er dachte noch: „Schade um das schöne griechische Essen." Danach wurde er bewusstlos. Mit dem Gesicht stürzte er in sein Erbrochenes.

Nur wenige Sekunden später erlangte Stefan von der Weihl das Bewusstsein wieder. Im Mund verspürte er den scharfen sauren Geschmack von halb verdauter, erbrochener Nahrung. Als er bemerkte, dass eine Gesichtshälfte feucht war, registrierte er, dass er in seinem eigenen Erbrochenen lag. Dann kamen die Gedanken an die Käfer in seinen Kopf zurück. Er spürte sie noch an seinem Arm entlang krabbeln. Panische Angst breitete sich in ihm aus. Mit einer Geschwindigkeit, die ihm niemand zugetraut hätte, stand der fette Kerl auf. Dabei verlor er das Gleichgewicht und taumelte. Nun kämpfte er darum, es zurück zu erlangen.

Zu seiner Rechten befand sich eine Flurgarderobe aus massivem Holz. Sie sah gefällig aus, seine Bekannten hatten ihm solch einen guten Geschmack nicht zugetraut. Doch jetzt war das gute Stück seinem Besitzer im Weg. Mit dem Kopf schlug Stefan von der Weihl gegen die Hutablage der Garderobe. Die Haut an der rechten Schläfe platzte auf. Die Wunde war mehrere Zentimeter lang und begann, heftig zu bluten. Doch das bemerkte der riesige Kerl nicht mehr. Er verlor erneut das Bewusstsein. Als sein Körper auf den Boden prallte, schlug sein rechter Arm auf den Schuhschrank, der unter der Garderobe stand. Das laute krachende Geräusch, das dabei entstand, hörte der große fette Mann auch nicht mehr. Er brach sich im Unterarm die Speiche und die Elle.

*****

Mit einem leisen Quietschen und Knarzen öffnete sich die Tür. Was sie heute wohl unter den Kellergewölben erleben mochten? Ob sich das große Wesen dort noch aufhielt, wo sie es vor ein paar Tagen fanden? Nein, sie hatten dieses monströse Ding nicht gefunden! Sie waren auf dieses Etwas zufällig gestoßen. Torsten konnte sich nicht daran erinnern, wie es aussah. Eigentlich hatte er es überhaupt nicht gesehen. Patrick war vor ihm hergelaufen und gegen dieses Ding geprallt und er stieß danach auf den Freund. Sie hatten sich entschlossen, ihren Rückzug anzutreten. Das glaubte er wenigstens. Jetzt fragte er: „Sage mal, Patty, hast Du neulich das Ding gesehen, als Du dagegen gelaufen bist? Ich weiß nämlich gar nicht, wie es ausgesehen hat."

„Nein, gesehen habe ich es auch nicht. Es war doch dunkel. Aber es hat uns dann verfolgt!", antwortete Patrick.

Sie gingen weiter und hingen ihren Gedanken nach. Torsten hatte seine Verletzung verdrängt, die war ausgeheilt und machte ihm keinerlei Probleme mehr. Er war wie andere Kinder auch. War er einmal krank oder verletzt, brauchte er die Liebe und Fürsorge seiner Eltern, insbesondere die seiner Mutter, aber wenn er wieder genesen war, hatte er alle negativen Gedanken und die Ursache für all sein Übel schnell vergessen.

Erneut hatten sie den Kellerbereich durch das mit der Plane abgedeckte Loch und die sich daran anschließende Stahltür verlassen. Die beiden Freunde befanden sich am Beginn der Treppe, die nach unten in das Erdreich führte. Irgendwo in diesem Bereich hatten sie vor einigen Tagen ungewollt und unvorbereitet mit dem unbekannten Wesen Kontakt gehabt. Dabei erlitten sie einen großen Schrecken, sodass sie in panischer Angst die Flucht ergriffen.

Heute aber sollte alles anders werden. Sie glaubten, sich gut auf ihr neues Abenteuer vorbereitet zu haben. Torsten war nicht mehr verletzt, und somit körperlich zu einhundert Prozent fit. Außerdem wussten sie heute, dass das fremde Wesen dort unten existierte und vielleicht sogar auf sie wartete, denn immerhin hatten die beiden Jungen ihren unliebsamen Kontakt mit ihm nicht vergessen. Der Schreck saß ihnen noch jetzt in den Gliedern, wenn sie nur daran dachten. Aber das Wichtigste war, davon waren die beiden Freunde überzeugt, dass sie zwei gut funktionierende Taschenlampen und Ersatzbatterien mit sich führten, um nicht wieder plötzlich in der Finsternis zu stehen. Sowohl Patrick als auch Torsten hatten mehrere neue Batterien in ihren Hosen- und Jackentaschen verstaut, auch an Ersatzglühbirnen hatten sie gedacht. Falls eine Glühlampe ihren Geist aufgeben sollte, konnten sie diese austauschen. Außerdem hatten sie sich einige belegte Brötchen mitgenommen und führten ein großes Kochmesser mit sich, das größte, das sie in den Schubladen und Messerblöcken in den Küchen ihrer Eltern finden konnten. Sie waren für die Jungen zu Waffen geworden, mit denen sie sich verteidigen wollten, sollte das notwendig werden.

Sie folgten der Treppe hinunter, beide Jungen leuchteten mit ihren Taschenlampen den Weg vor sich aus. Ihr Unternehmungswille kannte keine Grenzen, denn sie fühlten sich sicher. Der Weg vom Ende der Treppe führte weiter durch den Stollen entlang. Heute achteten sie darauf, wie sich die Bodenbeläge von Zeit zu Zeit veränderten. Jetzt war es wieder einmal soweit, der Bodenbelag wechselte von Beton auf Kopfsteinpflaster, und nach einigen Metern nochmals auf Kies. Sie gingen weiter in das Erdreich hinein. Die Stahlträger, die den Stollen bis zu dieser Stelle absicherten, wurden von Holzbalken abgelöst, die im Laufe der vielen Jahre morsch wurden und teilweise sogar verfaulten. Aber Jungen im Alter von dreizehn oder vierzehn Jahren, neigten wegen ihrer fehlenden Erfahrungen dazu, solche Holzbalken aufgrund ihres Umfangs in ihrer Festigkeit falsch einzuschätzen.

„Waren wir neulich auch schon soweit gekommen?", fragte nach einiger Zeit der vorangehende Torsten leise.

„Das glaube ich nicht!", antwortete Patrick ebenso leise, fast flüsterten die beiden miteinander. Ihre Nerven waren bis zum Zerreißen gespannt. Allmählich wurde den Jungen bewusst, was sie taten und dass es für sie gefährlich werden konnte. Waren sie wirklich so gut auf dieses Abenteuer vorbereitet, wie sie es glaubten? Leise Zweifel begannen, von ihnen Besitz zu ergreifen.

„Aber wo ist dann dieses blöde, große Ding?", fragte Torsten erneut.

„Hast du etwa Sehnsucht danach?"

„Natürlich nicht."

Ein hölzernes Knarzen ertönte, dann war es wieder still.

„Was war das?" Patrick bekam Angst. Dieses hölzerne Geräusch gefiel ihm nicht. Zufällig sah er aus einem der Holzbalken über sich feinen Holzstaub herausrieseln. Das missfiel ihm sehr.

Auch Torsten fühlte sich nicht wohl in seiner Haut. Aber aufgeben wollte er nicht, schließlich hatten sie noch nichts entdeckt, das die Ursache für all die Zwischenfälle im Haus erklärte. Das Monster, wie er das unbekannte Wesen nannte, war verschwunden. Wenigstens wünschte er sich das. Er bemühte sich, seiner Stimme einen festen Klang zu geben. „Weiß ich nicht! Ich glaube, es war nichts Bedrohliches."

„Also weiter?"

„Ja, natürlich!"

„Sollten wir sicherheitshalber nicht mal auf unsere Handys schauen, ob René uns eine Nachricht geschickt hat?"

„Gute Idee!"

Sie zogen aus der Gesäßtasche ihrer Hosen ihre Mobiltelefone heraus und schauten auf das Display. Keine neuen Nachrichten!

„Na, also, dann können wir weiter gehen!", meinte Patrick, der sein Selbstvertrauen zurückgewann.

*****

Er stöhnte. Seine Lungen brannten wie Feuer. Er hustete kräftig, sodass ihn dabei sein rechter Unterarm schmerzte. Stefan von der Weihl erlangte sein Bewusstsein zurück. Die Schmerzen in der Lunge und in seinem rechten Unterarm wurden unerträglich. Die Tränen rannen dem großen, fetten Mann das Gesicht herab. Er dachte daran, dass seine Mutti ihm helfen würde, wenn sie erst erfuhr, was ihm geschehen war.

Dann dachte er daran, dass er selbst das noch nicht wusste, und so schnell wie möglich in Erfahrung bringen sollte. Einen Arzt sollte er rufen, den brauchte er bestimmt. Wie spät mochte es überhaupt sein? War es schon Abend oder noch Nachmittag? Scheiß Sommerzeit. Dass es abends auch nicht dunkel wurde. Man dachte, es sei vier Uhr nachmittags, dabei war es schon zehn Uhr abends. Wer sich diesen Mist hatte einfallen lassen, gehörte heute noch dafür bestraft! Den Arsch sollte man diesem Idioten dafür versohlen, aber anständig und öffentlich. Sind sowieso alles nur Idioten, die in diesem Land herumlaufen.

Der verletzte Mann regte sich so sehr auf, dass er die Kontrolle über seinen unförmigen Körper zurückerlangte und versuchte, vom Fußboden aufzustehen. Dabei wollte er sich mit seinem rechten Arm abstützen. Sofort wurde sein Körper von einem unerträglichen, stechenden Schmerz durchflutet, der ihm das Bewusstsein erneut nahm.

Doch nach nur wenigen Minuten kam er wieder zu sich und fragte sich, was mit seinem Arm geschehen war. Vorsichtig drehte er sich vom Bauch auf die Seite. Erst jetzt registrierte er, dass er mit dem Gesicht in seinem eigenen Erbrochenen lag. Dünne klebende Bänder zogen sich vom Mund zum Erdboden. Ein erneuter Würgereiz schien ein Beben in seinem Körper auszulösen, das sich wellenförmig vom Epizentrum seines Bauches in die Randregionen seines Körpers fortpflanzte und sein Hemd noch stärker in Unordnung brachte.

Schließlich gelang es dem fetten Kerl sich aufzusetzen. Dabei fiel sein Blick auf seinen verletzten Unterarm, der in einem unnatürlichen Winkel von seinem Körper abstand und heftig schmerzte, dass ihm davon die Tränen kamen. Er heulte wie ein kleines Kind.

Stefan von der Weihl presste den rechten Arm an seinen Körper, zog sich mit dem linken Arm das Hemd aus der Hose, knöpfte es auf und versuchte mit ihm, den verletzten Arm an seinem Körper zu fixieren, indem er ihn vorsichtig in das Hemd einwickelte und es vor dem Bauch zuknotete. Das war mit nur einem Arm nicht leicht. Als er es endlich schaffte, versuchte er erneut, aber dieses Mal sehr vorsichtig, unter großen Mühen aufzustehen. Wieder fiel sein Blick auf die Käfer und die tote Ratte. Stefan von der Weihl fühlte sich schlecht. Er konnte sich kaum bewegen. Unsicher ging er mit schwankenden Schritten ins Badczimmcr, um sich am Waschbecken notdürftig zu säubern. Als er glaubte, einen einigermaßen manierlichen Eindruck zu machen, ging er zum Telefon und rief seine Mutter an. Als sie abnahm, meldete er sich. Aus seiner Stimme konnte sie seine Aufregung heraushören. „Mutti, ich bin es, Stefan. Mir geht es schlecht, sehr schlecht. Ich brauche deine Hilfe. Bitte, kannst du zu mir kommen?"

„Was ist denn los, mein Junge?", fragte die alte Frau. Immerhin war Stefan von der Weihl beinahe 50 Jahre alt.

„Die Wohnung wurde heute ausgegast. Überall liegt totes Ungeziefer herum, Käfer und Ratten. Ich habe mir den rechten Arm gebrochen, weil ich gefallen bin. Mir ist schlecht, so unsagbar schlecht, ich habe schon gespuckt. Mutti, ich bin krank, ich brauche dich!"

„Ja, weißt du denn, wie spät es ist?"

„Nein, Mutti, ich war doch bewusstlos! Wie spät ist es denn?"

„Schon acht Uhr abends! Wie, du warst bewusstlos? Und warum ist dein Arm gebrochen? Na gut, das kannst du mir alles nachher erzählen, ich mache mich auf den Weg und bin in einer Stunde bei dir."

Eine Antwort konnte Stefan von der Weihl ihr nicht mehr geben, denn seine Mutter hatte schon aufgelegt.

*****

Natalie und Michel Bartsch saßen vor ihrem Laptop und suchten im Browser nach einem Monster- oder Geisterjäger. Mehrere Anfragen hatten sie bereits in das Suchfeld eingegeben, hatten aber bisher keinen Erfolg damit. Herr Waldbusch hatte ihnen viel von diesen Monsterjägern erzählt, sodass das junge Ehepaar von deren Existenz überzeugt war. Der alte Mann hatte ihnen kein dummes Zeug erzählt, seine Geschichten hörten sich plausibel an.

Nach einer weiteren Eingabe zeigte die Suchmaschine auf dem Laptop an, dass es eine Webseite gab, die zu diesem Thema einige Videos und Filme anbot, die teilweise sogar schon im deutschen Fernsehen gezeigt wurden.

Auch Herr Waldbusch versuchte, einen Monsterjäger zu finden. Aber seine Möglichkeiten waren eher bescheiden und begrenzt, da er keinen Computer besaß. Er setzte sich mit seinem schnurlosen Telefon im Wohnzimmer in seinen Lieblingssessel und gab eine Nummer ein. Es ertönte das

Freizeichen. Er musste nicht lange warten, bis sich jemand meldete.

„Hallo, mein Name ist Waldbusch. Vor vielen Jahren hatte ich ein sehr beängstigendes Erlebnis. Jemand erzählte mir, dass damals diese Sache durch einen Mitarbeiter Ihrer Firma beendet werden konnte."

„Worum genau handelt es sich?", fragte eine freundliche Frauenstimme, deren Namen Herr Waldbusch vergessen hatte.

„Es geht um übersinnliche Dinge!"

„Was für Dinge genau?"

„Das kann ich Ihnen im Moment nicht so genau sagen. Vielleicht um Geister, vielleicht aber auch um Monster!"

„Tut mir leid, da kann ich Ihnen nicht weiterhelfen!"

Der Alte konnte nichts mehr erwidern, denn die Frau am anderen Ende der Leitung legte auf. Er glaubte, dass sie ihn für einen übergeschnappten alten Trottel halten musste. Doch er gab nicht auf und versuchte es mit einer anderen Nummer.

*****

Es war bereits zwanzig Uhr. Die Abendmahlzeit war schon längst gegessen, aber heute ohne den Jungen. Wo steckte der wieder? Es kam selten vor, dass er sich verspätete, ohne vorher zu sagen, wohin er ging. Ingrid Weber war nicht wegen des Ausbleibens ihres Sohnes besorgt, aber ungewöhnlich war es schon. Ob er bei Patrick, dem Sohn ihrer Freundin Karin, sein konnte? Es war schön, dass die beiden Jungen wie Brüder aufwuchsen und sich so gut verstanden, dass einer ohne den anderen nicht sein konnte. Vielleicht sollte sie Karin anrufen!

Bevor sie das tat, wählte sie Torstens Nummer. Als das Freizeichen ertönte, meldete er sich nicht. Sie wartete, bis ihr Anruf unterbrochen wurde. Danach tippte sie auf ihrem

Smartphon dreimal auf den Bildschirm, wartete einen kleinen Augenblick und schon vernahm sie die Stimme ihrer Freundin: „Hallo, Ingrid, schön, dass du anrufst, ich wollte dich eben auch anrufen. Was hast du auf dem Herzen?"

Ingrid Weber antwortete: „Moin, moin, Karin, ich wollte nur mal fragen, ob Torsten bei euch ist."

„Und ich wollte dich fragen, ob Patty bei euch ist, ist er also nicht?"

„Nein, ich frage mich, wo die beiden stecken. Hat Patty dir nicht gesagt, was sie vorhaben?"

„Soviel ich weiß, nicht! Warte mal, ich frage Ronny, vielleicht weiß der etwas." Sie ging zu ihrem Mann und Ingrid Weber hörte die Freundin im Hintergrund mit ihm reden. Langsam beschlichen sie Sorgen um Torsten und Patrick. Sie wusste, dass es Karin und Ronny Niebel nicht anders erging als ihr selbst. Gerd, ihr Mann, musste bald nach Hause kommen, vielleicht wusste der, wo die Jungen abgeblieben sein konnten.

Schon hörte sie Karin Niebel fragen: „Ingrid, bist du da?"

„Ja, selbstverständlich."

„Ronny ist auch ratlos. Können wir zu Dir rüberkommen?"

*****

Stefan von der Weihl wartete voller Ungeduld auf seine Mutter, die Zeit erschien ihm unerträglich langsam zu vergehen. Er hatte sich auf einen Stuhl in der Küche gesetzt und versuchte, die Schmerzen zu ertragen, was ihm aber nicht wirklich gelang. Endlich klingelte es an der Wohnungstür. „Das kann doch nur Mutti sein", dachte der fette Riese. Schnell stand er von seinem Stuhl auf und walzte elegant wie ein Nilpferd zur Tür. Nachdem er sie geöffnet hatte, begann er vor Glück beinahe zu weinen. Seine Mutti war wieder bei ihm. Sie wusste in jeder Notlage Rat und würde ihm helfen. Überschwänglich begrüßte er sie.

„Was hast du denn schon wieder angestellt. Manchmal habe ich das Gefühl, dass du ohne mich nicht lebensfähig bist. Dein Arm sieht übel aus, du musst sofort damit ins Krankenhaus. Die kennen dich doch alle und werden dir schon helfen."

„Das bezweifel ich", meinte Stefan von der Weihl. Er erzählte, dass er ausgerechnet heute Morgen am Telefon eine Schwester abgekanzelt hatte. Als er das Gespräch annahm, meldete er sich mit seinem Namen und dem der Firma. Die Schwester grüßte und sagte: „Ich möchte für einen Patienten für heute um elf Uhr einen Krankentransport bestellen."

„Das wird leider nichts, aber ich kann Ihnen ein Fahrzeug um zehn Uhr zur Verfügung stellen."

„Nein, das geht nicht. Der behandelnde Arzt führt um diese Zeit mit ihm das Entlassungsgespräch, vorher hat der Arzt keine Zeit dafür."

„Dann sorgen Sie dafür, dass er früher Zeit hat! Wenn der Patient nicht um zehn Uhr fertig ist, bekommt er überhaupt kein Fahrzeug und muss solange warten, bis wieder eins frei ist. Aber das wird erst am Abend sein."

Die Schwester erboste sich. „Sie können doch dem Arzt keine Vorschriften machen. Der ist vorher in der Visite. Und überhaupt haben Sie nicht das Recht, unserer Klinik vorzuschreiben, wie wir unseren Job zu machen haben." Der freche Riese regte sich auf und brüllte ins Telefon. „Ich teile meinen Fahrzeugen die Einsätze zu! Wenn Sie nicht fähig sind, ihre Patienten ordentlich zu betreuen, bekommen Sie von mir kein Auto, Sie blöde Pute!".

Als er der Mutter davon erzählte endete er mit den Worten: „Ins Krankenhaus brauche ich also nicht zu gehen."

„Dann ruf wenigstens einen Arzt an!" Von der Weils Mutter hörte sich energisch an. Und Muttis Sohn tat, was sie von ihm verlangte.

In der Zwischenzeit beseitigte sie den Unrat, das tote Ungeziefer und das Erbrochene ihres Sohnes vom Fußboden des Flures. Dabei musste sich Stefan von der Weihl wenig schmeichelhafte Worte von ihr anhören. „Wie kann man nur so doof wie du sein! Du hast dich um deinen Verstand gefressen! Ein Esel ist sogar klüger als du!" Die alte Frau fand weitere Vorwürfe dieser Art, bis es an der Wohnungstür schellte.

Im Stillen wusste Stefan von der Weihl, dass seine Mutter Recht hatte, und gelobte Besserung.

*****

Sie gingen weiter. Die Taschenlampen leuchteten hell, die Jungen konnten den Stollen, in dem sie sich befanden, vor sich gut erkennen. Der Lichtstrahl reichte etwa zehn Meter weit. Die Knaben scheuchten während ihres Fußmarsches Mäuse und andere kleine Tiere auf, die versuchten, im Schutz der Dunkelheit eine Zuflucht und ein sicheres Versteck zu finden. Aber der Übermut der Kinder war dieses Mal größer, als ihre Vernunft. Sie verfolgten mit den Strahlen ihrer Taschenlampen die kleinen Tiere und liefen ihnen manchmal sogar hinterher. Doch dann knackte es erneut in einem der morschen Balken. Aber sie achteten nicht darauf. Es war beinahe so, als wenn die alten Balken begannen, leise zu ächzen und zu stöhnen. Es wurde etwas lauter und plötzlich blieben die Jungen voller böser Vorahnungen stehen. Was sollten sie tun? Fragend sahen sie sich an.

„Zurück!", forderte Torsten energisch. Schon lief er den Kellern entgegen. Patrick stürzte ihm hinterher. Sie erreichten eine kleine Kreuzung. Das Knirschen im Gebälk wurde lauter. Unsicher sah Torsten seinem Kameraden ins Gesicht. „Wohin sollen wir laufen?"

„Ich weiß es nicht!" Patricks Stimme klang ängstlich.

„War das vorhin auch schon hier?", fragte Torsten erneut und meinte damit die Kreuzung.

„Ich kann mich nicht erinnern!", klagte Patrick.

„Aber das muss doch vorhin auch schon hier gewesen sein!"

„Dann haben wir es übersehen, als wir die Viecher gejagt haben!"

Das Ächzen des Holzes um sie herum ließ nach. Die Jungen glaubten, Zeit gewonnen zu haben und beratschlagten sich in Ruhe. Sie gingen einige Schritte in den rechten Gang. Das Gebälk war daraus entfernt worden, der Tunnel war eingestürzt, das konnte also nicht der richtige Weg sein.

Sie gingen zurück und geradeaus weiter. Hier glaubten sie, einige Stellen an den Balken oder den Wänden wiederzuerkennen. Sie gingen weiter, und wie aus dem Nichts erschien es ihnen aus der Dunkelheit heraus.

Plötzlich stand es da. Weder Patrick noch Torsten konnten es richtig erkennen. Aber es stand vor ihnen. Das große Ding! Es hatte eine fast schwarze Farbe. Deshalb hatten die Kinder das unbekannte Wesen in dem Licht ihrer Taschenlampen nicht früher bemerkt.

Der Schock traf die Jungen. Leise wichen sie zurück. Patrick machte sogar seine Taschenlampe aus, weil er hoffte, dass dieses Ding ihn dann nicht sah. Aber auch er konnte mit den Augen die Dunkelheit nicht durchdringen. Wenn er vor diesem Monster sicher fliehen wollte, musste er die Taschenlampe wieder einschalten, damit er sehen konnte, wohin er lief.

Plötzlich schmatzte das Ding laut. Ratten kamen hinter ihm hervor. Es waren viele Ratten. Sehr viele!

Patrick, der jetzt an René denken musste, der von Ratten böse zugerichtet worden war, schrie gerade noch zum richtigen Zeitpunkt: „Schnell weg hier!"

Torsten war beinahe nicht reaktionsfähig und Patrick riss ihn am Arm mit sich. Das Ding folgte ihnen. Ein fauliger Gestank ging von ihm aus, der die Kinder erreichte. Sie hatten Angst, panische Angst. Die Ratten rannten dem Ding hinterher, das ihnen den Weg versperrte, weil es so breit und massig war.

Doch trotzdem lief es schneller als Torsten und Patrick. Es holte einige Meter auf, obwohl auch die Jungen schneller wurden. Für ihre Verhältnisse liefen sie einen Geschwindigkeitsrekord. In der Schule hätten sie für diese Leistung im 100-Meter-Sprint eine glatte Eins bekommen. Trotzdem musste sie das Monster gleich einholen.

Mit Geschrei liefen die Jungen weiter. Sie wussten, dass sie nicht aufgeben durften. Das Monster stank nach Verwesung. Es schlurfte und kratze hinter ihnen mit seinen Klauen über den Boden.

„Man, ist das Scheißding schnell!" rief Torsten seinem Freund überrascht zu.

„Halts Maul und lauf!" Patrick hatte Angst, dass Torsten seine Kraft sinnlos verbrauchte. Aber die Angst trieb die Jungen vorwärts.

Das Gebälk begann, erneut zu ächzen und zu stöhnen. Torsten stolperte. Im letzten Moment konnte er sich halten. Doch die Zeit, die er dabei verlor, reichte dem Monster, um bis auf Armlänge an ihn heranzukommen. Der Junge spürte einen Luftzug, der ihm entgegenkam. Der Luftzug hielt an und wurde kräftiger. Aber da war doch nichts, woher dieser Luftzug kommen konnte. Und endlich begann er, zu begreifen. Das war das Ungeheuer, das sie jagte. Es saugte alles an, was sich vor ihm befand. Auch die Kinder mussten gegen den Sog dieses Monsters ankämpfen, der almählich stärker wurde. Sie hatten nur eine Möglichkeit, um zu überleben. Sie mussten das Gebälk und somit den Tunnel zum Einsturz bringen. Und zwar so schnell es ihnen möglich war.

„Hau die Balken um, Patty!" Torsten kämpfte gegen die Panik an, die ihn befiel.

Patrick verstand, was sein Freund wollte. Aber wenn sie selbst dabei…

„Los Patty, mach schon!!!", Torstens Stimme war vor Angst schrill und überschlug sich. Das Monster konnte die Entfernung zwischen ihnen weiter verringern. Gleich musste es Torsten erwischen.

„Oh, Scheiße, Patty", schrie Torsten. Die Verzweiflung schwang in seiner Stimme mit.

Im Laufen versuchte Patrick, einen Balken umzuschlagen, aber mit wenig Erfolg. Es begann, im Gebälk zu knistern und zu knacken. Feiner Staub rieselte daraus hervor. Aber nicht ein Balken viel aus der Konstruktion heraus. Torsten und Patrick liefen um ihr Leben. Sie konnten wieder etwas Abstand zwischen sich und das Ungeheuer bringen. Das Monster schnaufte und schmatzte hinter ihnen her. Es versuchte, mit seinen Klauen Torsten zu Fall zu bringen, war dafür aber noch einige Zentimeter zu weit von ihm entfernt. Doch wie lange würde das noch so sein?

Im Laufen schlug auch Torsten nach mehreren Balken. Wieder traf er einen. Aus dem Augenwinkel heraus sah er, dass dieser nachgab. Schon jubelte der Junge in seinem tiefsten Innern glücklich und glaubte, dass sie es geschafft hätten.

Tatsächlich knackte es laut im Gebälk, Staub wurde aufgewirbelt, Torsten hörte ein ohrenbetäubendes Krachen, Holz splitterte und flog durch die Luft. Der Tunnel stürzte ein. Von seiner Decke und den Wänden stürzten Erdmassen herunter, direkt auf die Jungen zu. Aber auch das

Monster und die Ratten bekamen ihr Teil ab. Mussten sie um ihr Leben fürchten wie die Jungen auch?

Torsten bemerkte, dass ihm etwas an den Kopf flog. War es ein Stein oder vielleicht ein Holzbalken? Oder war es das Monster, das ihn doch noch erwischt hatte? Das war sein letzter Gedanke, danach wurde es Schwarz um ihn herum. Dass er stürzte und hart auf dem Boden aufschlug, bemerkte er nicht mehr ...

*****

Doktor Smollenko hatte heute einen weiteren kassenärztlichen Bereitschaftsdienst zu absolvieren. Als er das Dienstzimmer im Ärztehaus betrat, traf er auf Mathias. Beide freuten sich, wieder gemeinsam Dienst zu haben. Mathias deshalb, weil er dem Doktor viele Fragen stellen durfte, die dieser ihm gerne beantwortete. Keine Frage des jungen Rettungssanitäters erschien ihm zu viel zu sein. Die Laune des Arztes erreichte einen Höhepunkt nach dem anderen, weil er dem jungen, wissensdurstigen Mann mit seinen Antworten helfen konnte, sein medizinisches Fachwissen zu vervollständigen. Solange es solche junge Männer wie Mathias gab, die ständig darauf bedacht waren, sich weiterzubilden, brauchten sich kein Arzt und kein Patient um eine schlechte medizinische Versorgung Gedanken zu machen.

Später fuhr Mathias wieder mit dem Dienstwagen des kassenärztlichen Bereitschaftsdienstes auf einen Parkplatz vor dem Haus 23 auf dem Hans-Duncker-Platz. Kurz darauf begaben sich Doktor Smollenko und Mathias mit einem unguten Gefühl in den Fahrstuhl des Hochhauses. Mathias sah dem Arzt ins Gesicht. „In jedem Dienst bin ich bisher in diesem Haus gewesen. Irgendetwas ist hier immer los. Es ist richtig unheimlich hier!"

Doktor Smollenko ergänzte: „Wenn es hier normale Notfälle geben würde, wäre es okay. Aber in diesem Haus ist es anders. Mittlerweile ist das hier der reinste Horrorladen geworden."

Nur wenige Augenblicke später betraten sie Stefan von der Weihls Wohnung. Als Mathias den Mann erblickte, war der ihm sofort unsympathisch. Erfolgreich versuchte er, das dem fetten Mann nicht zu zeigen, aber der gute Doktor Smollenko registrierte das sofort. Er konnte den jungen Mann verstehen.

Der Kardiologe besah sich den Schaden und sagte zu Stefan von der Weihl: „Da beide Knochen gebrochen sind, kann ich hier nichts für Sie tun. Deshalb werde ich Sie in ein Krankenhaus einweisen."

Der fette Riese mit den schmierigen Haaren meinte dazu kleinlaut: „Ja, wenn es denn nicht anders geht."

Mathias hatte den Einweisungsschein und den dazugehörigen Transportschein ausgefüllt und legte beides dem Doktor zur Unterschrift vor, wofür er einen anerkennenden Blick und ein dankbares Lächeln erntete. Danach übergab er die Formulare dem Besitzer des Krankentransportunternehmens. Schnell verabschiedeten sich Doktor Smollenko und Mathias von Stefan von der Weihl und seiner Mutter und verließen mit eiligen Schritten die Wohnung.

*****

Als Gerd Weber zuhause eintraf, fand er nicht nur seine Frau vor, sondern auch Karin und Ronny Niebel. Sofort bemerkte er, dass die Stimmung bedrückt war, und fragte nach der Ursache dafür.

„Torsten und Patrick sind nicht nach Hause gekommen", informierte ihn seine Frau.

„Wie, nicht nach Hause gekommen?", fragte Gerd Weber nach.

Karin Niebel antwortete: „Patrick und Torsten sind nicht zum Abendbrot nach Hause gekommen, sie waren weder bei euch noch bei uns. Die Kinder sind verschwunden und wir wissen nicht, wo sie sind. Sie haben schon so manches Mal die Zeit verpennt, aber nicht gleich um mehrere Stunden. Das ist ungewöhnlich für unsere Jungen."

„Habt ihr die Jungs schon angerufen?" Gerd Webers Hoffnungen zerschlugen sich.

Seine Frau antwortete: „Natürlich haben wir das getan, aber wir können sie nicht erreichen. Entweder haben sie ihre Handys ausgeschaltet, oder sie haben keinen Empfang."

„Sie haben nie ihre Handys ausgeschaltet. Sie wissen, dass sie für uns erreichbar sein sollen und wir auch für sie immer erreichbar sind", erwiderte Gerd Weber.

„Haben sie dir vielleicht etwas erzählt, Gerd?" Ronny Niebel kannte die Antwort.

„Nein, ich wüsste nicht, kann mich an nichts erinnern."

„Und was machen wir jetzt? Polizei?" Torstens Mutter war ratlos.

„Nein, dazu ist es noch zu früh. Wir sollten erst ihre Freunde und Klassenkameraden befragen. Vielleicht weiß jemand von ihnen, wo Patrick und Torsten stecken könnten." Gerd Weber sah seinen Freunden ins Gesicht, die zustimmend nickten. Dann fragte er: „Wer von denen wohnt in der Nähe, vielleicht sogar in unserem oder eurem Haus?"

„In der Nähe fallen mir gleich drei ein. In unserem Haus wohnt auch einer. Der Junge, den die Ratten anfielen. René …, René Berger", sagte Karin Niebel.

„Dann sollten wir dem Jungen mal einen Besuch abstatten", meinte Ronny Niebel.

*****

Hoffentlich war ihnen nichts passiert. Das hofften die Eltern der beiden Freunde sehr. Und hoffentlich hatten sie

142

rechtzeitig herausgefunden, dass das Haus ausgegast worden war.

„Wenigstens konnte uns René sagen, was die Bengels vorhatten. Auf was für Ideen die kommen. Monster jagen, so ein Quatsch!" Ronny Niebel war wütend über den Leichtsinn der Jungs.

„Na, ja, sie sind immer noch Kinder und früher im Kinderfernsehen haben sie von Krümelmonstern gehört, oder auch von Schleimmonstern. Du kennst doch die blühende Fantasie der beiden. An solche Fantasien können Kinder manchmal so stark glauben, dass sie diese für Wahrheit halten", meinte Gerd Weber.

„Und dann versuchen, sie zu erforschen!", beendete Karin Niebel den Satz.

„Ja, dann sollten wir aufbrechen und schauen, was wir heute noch erreichen. Vielleicht kommen uns die beiden Schlawiner entgegen, wenn wir den Keller nach dieser Stahltür und dem Loch in der Wand absuchen, die ins Erdreich führen sollen", sagte Ronny Niebel.

Sie waren sich einig, die Männer wollten den Keller nach den beiden Jungen absuchen, die Frauen sollten in ihren Wohnungen auf die Kinder warten. Gegenseitig wollten sie sich über die Ergebnisse ihrer Mühen informieren. Die Herren Niebel und Weber begaben sich in den Keller des Hauses Hans-Duncker-Platz 23, ihre Frauen suchten ihre jeweilige Wohnung auf.

In den Stollen

Gerd Weber und Ronny Niebel erreichten das Kellerge-
schoß. Sie schalteten die Beleuchtung ein. „Wenn die Jungen einen Eingang gefunden haben, der unter die Erde
führt, sollten wir für alle Notfälle vorsorgen und uns mit
den nötigen Dingen ausstatten." Ronny Niebel machte sich
Sorgen um Patrick und Torsten.

„An was denkst du?" Fragend sah Gerd Weber ihn an.

„Werkzeug, Taschenlampen, vielleicht hätten wir auch
etwas zu essen und trinken mitnehmen sollen und auch
etwas Kleidung für die Jungen."

„Taschenlampen, Ja! Aber an welche Werkzeuge denkst
du?"

„Schaufel, Spaten, vielleicht eine Spitzhacke", zählte Ronny Niebel auf.

„Taschenlampen habe ich im Keller, mehrere Spaten
auch. Auf die Spitzhacke würde ich erst einmal verzichten.
Ich gehe davon aus, dass den Kindern nichts passiert ist.
Und wenn doch, dann können wir das notwendige Werkzeug immer noch holen. Dann wissen wir wenigstens, was
wir brauchen."

„Stimmt auch wieder!"

„Und auf Essen und Trinken können wir verzichten, wir
haben zu Abend gegessen. Und die Jungen können damit
warten, bis wir wieder zu Hause sind. Ein bisschen Strafe
haben sie sich verdient. Wozu unnötig Zeit damit verplem-
pern. Solange werden wir da unten hoffentlich nicht suchen
müssen. Ich glaube nicht, dass es dort so viele Gänge gibt,
dass man sich darin mehrere Stunden aufhalten kann",
meinte Gerd Weber. Aber in diesem Punkt irrte er sich.

Also holten sie sich aus seinem Keller für jeden einen Spaten und eine Taschenlampe. Danach begannen sie nach ih-

ren Söhnen zu suchen. Schnell fanden sie das Loch mit der Plane, alles andere ergab sich danach von selbst. Mit eingeschalteten Taschenlampen folgten sie der Treppe, die sie weiter ins Erdreich nach unten führte. Unten angekommen, folgten sie dem gleichen Weg, den auch ihre Söhne genommen hatten. Nach einigen Minuten erreichten sie eine Kreuzung. Eine Ratte lief ihnen über den Weg.

„Und nun? Wohin sollen wir gehen?", fragte Ronny Niebel.

Gerd Weber antwortete: „Ich bin erstaunt, was es hier unten alles so gibt. Es ist tatsächlich größer, als ich dachte. Und vor allem ist es unheimlich hier unten. Wenn unsere Jungen tatsächlich hier waren, haben wir genau hier, an dieser Stelle, eine Chance von 33,33 Prozent, dass wir den richtigen Weg nehmen. Das ist aber sehr entmutigend!"

„Wie schnell du das schon wieder ausgerechnet hast!"

„Das kannst du auch, hast doch schließlich mal studiert."

„Ja, aber keine Mathematik. Aber das ist egal, wir müssen uns entscheiden." Ronny Niebel begann die Kinder laut mit ihrem Namen zu rufen. Vielleicht erhielten sie eine Antwort.

Gerd Weber stimmte in die Rufe seines Freundes ein. Jedoch blieben diese unbeantwortet.

„Wir sollten geradeaus gehen. Ich glaube, dass unsere Kinder das auch getan haben", sagte Ronny Niebel.

„Da wir raten müssen, welchen Weg wir nehmen sollen, können wir geradeaus gehen. Vielleicht hat Ronny recht damit", dachte Gerd Weber.

*****

Er kam zu sich. Eine Taschenlampe leuchtete ihm ins Gesicht. Torsten stöhnte auf. „Was ist passiert." Doch dann fiel ihm alles wieder ein und von panischer Angst befallen richtete er sich auf und wollte aufspringen.

Doch Patrick hielt ihn zurück. „Nun warte mal und beruhige dich wieder!"

Torsten stöhnte leise und sah Patrick fragend an oder besser, er versuchte ihn anzusehen, aber wegen des blendenden Lichtstrahls der Taschenlampe konnte er das Gesicht seines Freundes nur schemenhaft erkennen.

„Wo ist das Monster?" Erneut stöhnte Torsten auf, dieses Mal, weil er sich mit einer Hand über seine Haare fuhr und dabei unversehens eine prächtige Beule an seinem Kopf schmerzhaft berührte. Ein Stück eines herabfallenden Holzbalkens hatte seinen Kopf getroffen und ihm neben einer Ohnmacht auch dieses Andenken beschert.

„Als hier alles zusammenstürzte, ist es zurückgeblieben. Wir sind vor ihm sicher, aber nach Hause zurück können wir nicht", meinte Patrick.

„Wie? Nach Hause können wir nicht?"

„Frag doch nicht so doof!" Patrick war genervt. Doch dann zwang er sich zur Ruhe. „Hinter uns stürzte alles ein. Ein Balken traf dich am Kopf und ich dachte schon, dass du das nicht überlebst. Als du so dalagst, sah ich, dass dem Ding der Weg versperrt war, ein Schuttberg hatte sich gebildet und ihm den Weg abgeschnitten. Aber auch wir kommen nicht hindurch und müssen warten, bis Hilfe kommt."

„Hast du schon versucht, zu telefonieren?"

„Die Scheißhandys funktionieren hier unten nicht. Ich habe auch schon deins ausprobiert. Wir haben kein Netz!"

„Also müssen wir warten, bis unsere Eltern uns vermissen und uns hoffentlich auch hier finden werden." Torsten hörte sich resigniert an.

„Ich hoffe doch, dass René ihnen sagt, wo wir hin wollten!"

„Aber der wird uns nicht vermissen!"

„Aber vielleicht fragen ihn unsere Eltern?", hoffte Patrick.

„Und was machen wir, wenn das Monster wieder-kommt?"

„Das kommt doch durch den Schuttberg nicht durch!"

„Aber vielleicht gibt es einen anderen Weg zu uns!"

Beide Jungen sahen sich in die Augen. Sie wussten es: Wenn das der Wahrheit entsprach, saßen sie in der Falle. Wieder überkam sie panische Angst!

*****

Die Herren Weber und Niebel suchten die Stollen unter dem Kellergeschoss ab. Wie weit sie sich unter der Erde befanden, konnten sie nicht sagen. Aber sie wussten, dass die Zeit sehr schnell verging. Ein Blick zur Armbanduhr zeigte Ronny Niebel, dass es schon Mitternacht war. Ihre Kinder hatten sie nicht gefunden. Drei Stollen hatten sie abgesucht, ohne irgendetwas Verdächtiges zu finden.

Ronny Niebel fragte seinen Freund: „Weißt du, dass es schon 12 Uhr ist?"

„Wir sollten die Suche für heute abbrechen und zu unseren Frauen zurückkehren", meinte Gerd Weber, „sie werden sich jetzt auch um uns Sorgen machen. Es reicht, wenn sie um die Kinder Angst haben müssen. Wir sollten die Polizei informieren und um Hilfe bitten. Und morgen früh suchen wir weiter."

„Ob die Kinder vielleicht wieder zuhause sind?", fragte Ronny Niebel. „Wir können sie verpasst haben, als wir einen der drei Stollen abgesucht haben. Aber vielleicht ist es doch besser, wenn wir weiter nach ihnen suchen? Es gibt ja noch mehr Stollen hier unten, wie wir gesehen haben."

Gerd Weber überlegte. „Ich weiß nicht. Beides kann richtig sein. Aber ich glaube, unsere Frauen brauchen uns auch. Sie sind alleine in der Wohnung, aber wir sind wenigstens zu zweit unterwegs."

„Also gut, dann lass' uns nach Hause gehen!"

*****

Stefan von der Weihl hatte Glück. Er wurde in die chirurgische Unfallklinik eingewiesen und nicht in das Krankenhaus seines Stadtbezirkes. Weil sie ihn nicht kannten, wurde er freundlich von den Schwestern und Ärzten behandelt. Noch am späten Abend wurde er nach Hause entlassen, der Hausarzt sollte die weitere Behandlung übernehmen.

Die Knochen seines rechten Unterarmes waren unter örtlicher Betäubung wieder in ihre richtige Position gebracht und danach mit einem dicken Gipsverband ruhiggestellt worden. Stefan von der Weihl würde in den nächsten Wochen von seinem rechten Arm nur das Schultergelenk und die Gelenke der Finger und des Daumens bewegen können.

Als der fette Mann wieder zuhause war, stellte er fest, dass seine Mutti nicht auf ihn gewartet hatte. Einerseits war er enttäuscht. Andererseits hatte er jetzt Zeit und Muße, eine ausgiebige Nachtmahlzeit zu sich zu nehmen.

*****

Als Gerd Weber zu seiner Frau zurückkehrte, brauchte er ein Bier. Nachdem er einen großen Schluck aus der Flasche getrunken hatte, nahm er seine Frau in die Arme. Sie hatten Angst um ihren Sohn Torsten. Aber auch um Patrick sorgten sie sich.

Plötzlich klingelte das Telefon. „Das werden Karin und Ronny sein", meinte Gerd Weber, als seine Ingrid zum schnurlosen Telefon griff und in den Apparat hinein hörte. „Natürlich könnt ihr zu uns kommen. Wir können jetzt sowieso nicht schlafen." Nach einer kurzen Pause sagte sie: „Okay" und legte das Gerät auf den Tisch zurück.

Fünf Minuten später läutete es an der Wohnungstür. Gerd Weber ließ Karin und Ronny Niebel herein und schweigend setzten er und seine Frau sich auf die Couch, während ihre Freunde in den Sesseln Platz nahmen.

Dann stand Gerd Weber erneut auf, ging in die Küche, und kam wenige Augenblicke später mit einer offenen Flasche Bier für Ronny Niebel zurück, die er ihm auf den Wohnzimmertisch stellte. Danach fragte er die Frauen, was sie trinken wollten. Nach ihren Antworten verschwand er und kam wenige Momente später mit einer Flasche Grauburgunder und einer Flasche Wasser, die mit Kohlensäure versetzt war, zurück. Aus der Anrichte holte er Gläser heraus, und mit geübten Griffen entkorkte er die Weinflasche. Nachdem er den Frauen eine Weißweinschorle eingeschenkt hatte, setzte er sich wieder und fragte: „Und was machen wir jetzt? Ich glaube, ich werde hier langsam verrückt! Schlafen können wir nicht, also können wir auch die Kinder suchen gehen. Du, Ronny, und ich gehen wieder in den Keller zurück und suchen einen weiteren Stollen ab, in dem wir noch nicht waren. Vielleicht sind die Jungen tatsächlich dort und brauchen unsere Hilfe."

Ronny Niebel antwortete: „Okay. Und die Frauen gehen zur Polizei. Das Revier ist ja nicht weit entfernt, nur drei Minuten von hier."

Nur wenige Minuten später betraten die befreundeten Ehepaare das übel riechende Treppenhaus und gingen mit gerümpfter Nase zum Fahrstuhl. Als sich seine Tür öffnete, trafen sie auf den alten Herrn Waldbusch, der mit seinem Shiba Inu spazieren gehen wollte. Freundlich grüßten sie ihn und traten ein.

Nachdem Herr Waldbusch den Gruß der anderen erwiderte, sagte er: „Mein Shiba will noch einmal Gassi gehen, deshalb muss ich mit ihm zu dieser späten Stunde noch einmal auf die Straße raus."

„Ach, Herr Waldbusch!" Karin Niebel resignierte. Doch hoffnungsvoll sah sie ihn an. „Vielleicht können Sie uns helfen!"

„Gerne, wenn ich es kann. Was soll ich für Sie tun? Man sieht Ihnen an, dass Sie Sorgen haben!"

„Ja, die haben wir in der Tat!", erwiderte Ronny Niebel, „unsere Jungen sind verschwunden. Und wir wissen nicht, wo sie sind!"

„Oh, das tut mir leid! Shiba ist zwar kein Fährtenhund, aber vielleicht kann er uns doch den Weg zeigen. Natürlich helfe ich Ihnen, die Kinder zu suchen."

Die beiden Ehepaare bedankten sich, als die Fahrstuhltür im Erdgeschoss aufging.

Als der alte Mann bemerkte, dass nur die Frauen den Fahrstuhl verließen, blickte er fragend in die Runde.

„Oh, bitte, entschuldigen Sie, wir sind alle etwas durcheinander. Unsere Frauen gehen zur Polizei und wir suchen in einem unterirdischen Stollensystem. Der Eingang dazu befindet sich im Keller. Das erfuhren wir von einem Mitschüler der Kinder", informierte Gerd Weber den alten Mann.

„Ach, so, ich verstehe." Herr Waldbusch blieb mit seinem Hund bei den Männern.

*****

Die Kinder hatten ein paar Kekse dabei, die sie ehrlich miteinander teilten. Allmählich beruhigten sie sich. Dass das Monster sie an diesem Ort unter der Erde aufsuchen würde, damit rechneten sie zu diesem Zeitpunkt nicht mehr. Es war doch hinter ihnen zurückgeblieben. Die Einsturzstelle des Stollens verwehrte dem Ungeheuer den Zugang zu ihnen. Aber sie waren zu müde und erschöpft, um wach zu bleiben. Bevor sie die Rufe ihrer Väter hören konnten, schliefen sie ein.

*****

Die Männer erreichten die Treppe. Sie waren mit Spaten und Taschenlampen ausgestattet. Herr Waldbusch hatte zudem seinen Hund an der Leine, der aufgeregt hin und her lief und wiederholt bedrohlich knurrte. Der alte Mann fragte sich, ob sein Shiba Angst hatte. Aber trotzdem konnte der Hund den Männern eine Hilfe sein. An seinem Verhalten, das glaubten sie, konnten sie erkennen, ob ihnen Gefahr drohte.

Meter um Meter gingen sie unbeirrt ihren Weg in das Erdreich hinein. Plötzlich kamen ihnen Ratten entgegen. Die bewegten sich mit hoher Geschwindigkeit in die Richtung, aus der die Männer kamen. Ronny Niebel fragte sich, wohin sie wollten. Er gewann den Eindruck, dass sie einem Ziel entgegen liefen. Der Hund des Herrn Waldbusch bellte aufgeregt. Er wollte den Ratten entgegeneilen, aber die Leine, die an seinem Halsband befestigt war und die der alte Mann in seinen Händen hielt, hinderten ihn daran. Die Ratten kamen ihnen näher und näher. Die Männer erkannten, dass nicht sie das Ziel der Nager waren, sie wurden von denen nicht beachtet, die liefen an ihnen vorbei. Nicht einmal den bellenden Hund beachteten sie, obwohl der versuchte, nach einigen Ratten zu schnappen. Was ging hier vor sich? Warum beachteten die Ratten sie nicht? Wen oder was suchten diese Tiere? Eigentlich waren Ratten scheu und liefen nicht auf Menschen zu, erst recht nicht, wenn diese in Gruppen auftraten. Die Ratten rannten an den Männern vorbei, als wenn sie diese nicht wahrnahmen. Fragen über Fragen! Aber die Antworten darauf erhielten sie nicht, die sollten sie erst später bekommen.

Gerd Weber und Ronny Niebel waren dem Alten für die Begleitung und Unterstützung dankbar. Nun kamen sie an die Stelle, an der sich die beiden Stollen kreuzten. Sie blieben stehen, um Herrn Waldbusch zu erklären, wohin sie gehen mussten. Dabei berichteten sie ihm, dass sie bereits am Abend längere Zeit in diesen Stollen nach ihren Kindern suchten, jedoch ohne einen entscheidenden Hinweis über ihren Verbleib zu bekommen. Danach gingen sie weiter in dieses unbekannte Stollensystem hinein, und wählten schließlich den Gang aus, den sie während ihrer ersten Suche nach den Kindern ausließen. Noch konnten sie hoffen, die Jungen zu finden.

Nach einigen Metern spürten sie, dass es kälter wurde. Ein eisiger Windhauch kam ihnen entgegen. Doch nur einen Augenblick später wurde es schon wieder wärmer. Sie drangen weiter in den Stollen ein. Dabei prüften sie mit den Augen die Holzkonstruktion, die ihn abstützte.

„Sehr vertrauenserweckend ist die Sicherung dieses Stollens nicht!", meinte Ronny Niebel.

Herr Waldbusch blieb stehen und sah sich die Balken, die die Decke abstützten, genauer an. Seine Begleiter leuchteten ihm mit ihren Taschenlampen. Der Shiba Inu, den Herr Waldbusch an der Leine hielt, blieb ruhig neben seinem Herrchen stehen. Endlich sagte der alte Mann: „Nun, ich glaube nicht, dass uns von dem Gebälk hier Gefahr droht. Die Balken sind zwar rissig und morsch, aber einstürzen werden die hier noch lange nicht. Aber je weiter wir nach unten kommen, desto mehr wird die Luftfeuchtigkeit zunehmen und somit werden auch die Balken morscher werden. Wir sollten aufpassen, dass auf uns keine böse Überraschung zukommt."

Schweigend sahen sich die drei Männer einen kurzen Moment an, nickten sich gegenseitig zum Zeichen ihres Einverständnisses zu und gingen danach weiter. Ronny Niebel und Gerd Weber waren dem Alten nicht nur dankbar, dass er sie begleitete. Im Gegenteil waren sie froh, sich auf seine Erfahrung stützen zu können, solange sie im Erdinneren mit ihm unterwegs waren. Dass der Alte ihnen einige Jahre voraus hatte, war unübersehbar, aber schon oft hatten die Kinder ihren Eltern ehrfurchtsvoll vom umfangreichen Wissen des Herrn Waldbusch und seiner Weisheit berichtet.

Als wollte er das bestätigen, begann Herr Waldbusch zu erzählen: „Früher, also zum Ende des Zweiten Weltkrieges befand sich hier ein System von mehreren miteinander verbundenen Bunkern, in die sich die Nazioberen zurückzogen, wenn die Alliierten Hamburg bombardierten." Er legte eine kleine Zwangspause ein, denn er musste husten. Nach einigen Augenblicken, in denen Gerd Weber und Ronny Niebel schwiegen, erzählte Herr Waldbusch weiter, weil er die bedrückende Stimmung der Väter der verschwundenen Kinder vertreiben wollte: „Nach dem Krieg wurden die Bunker gesprengt. Aber das ganze Ausmaß dieses Systems von Stollen und Gängen war nur den Nazis bekannt, sodass es sehr wahrscheinlich ist, dass damals nicht alles gesprengt wurde. Die anschließenden Aufräumungsarbeiten wurden nicht bis zum Ende durchgeführt. Der Boden hier lag einige Jahre brach, bis der Senat der Stadt beschloss, hier neue Wohnungen zu bauen.

Die Pläne der Bunker waren entweder in den letzten Kriegstagen verbrannt oder die Nazis hatten sie vernichtet. Jedenfalls planten die Architekten nach dem Krieg, die Bunkeranlagen teilweise als Fundament für die zu erbauenden Häuser zu nutzen. Ich glaube nicht, dass diese Gänge hier ein Bestandteil der alten Bunkeranlagen sind, aber es ist möglich, dass sie nicht fertiggestellte Bunker sind. Das erkennt man daran, dass diese Stollen manchmal abbrechen, und man vor einer Wand aus Kies oder Steinen oder einen Sandberg steht, der bis zur Decke aufgetürmt ist. Auch daran, dass der Betonfußboden endet und von einem Lehm- oder Kiesboden abgelöst wird.

Bevor die Häuser hier gebaut wurden, hat man es versäumt, dieses Labyrinth zuzuschütten, oder wenigstens war man damals der Meinung, dass das nicht notwendig sei. Aber warum hatte man in den Kellergewölben Türen eingebaut, die einen Zugang zu diesen unterirdischen Anlagen bedeuten? Und wie konnten die Verantwortlichen damals davon ausgehen, dass eine Tür neugierige Besucher abhalten würde, diese Tunnel zu betreten? Mit neugierige Jungen hatten die damals garantiert nicht gerechnet, sonst hätten sie hier nicht so einen Scheiß hinterlassen."

Gerd Weber entgegnete: „Die Frage für mich ist, warum man überhaupt eine Tür zu diesen Stollen eingebaut hat? Jeder Mensch kann sie doch öffnen."

Der alte Waldbusch antwortete: „Warum man die Stahltür eingebaut oder darin gelassen hat, entzieht sich meiner Kenntnis. Ich kann mir aber vorstellen, dass man sich später auf die eine oder andere Weise um dieses System von Stollen kümmern wollte. Aber nach einigen Jahren, nachdem die dafür Verantwortlichen in Rente gegangen waren, hatten ihre Nachfolger das vielleicht vergessen, oder andere Dinge waren wichtiger, und schließlich mag es in Vergessenheit geraten zu sein. Ich wohne schon sehr lange hier. Ich kenne die Tür, durch die wir in diesen Bereich gekommen sind. Sie war verschlossen. Nie hat sich jemand um diese verschlossene Tür gekümmert. Warum sie jetzt offen ist, weiß ich nicht. Ich fürchte, dass hier jemand gehörigen Bockmist gebaut hat."

Schweigend gingen sie weiter. Dann blieb Herr Waldbusch stehen und sagte: „Die Balken werden brüchiger, wenn wir weiter gehen wollen, sollten wir vorsichtig sein, nicht so viel schwatzen und mehr auf die Stützbalken achten!"

*****

Mit seinem linken Arm versuchte Stefan von der Weihl, sich ein „kleines" Nachtmahl zuzubereiten. Das war für ihn als Rechtshänder sehr mühselig. Er hatte sich einige tiefgefrorene Brötchen aufgebacken, die noch warm waren. Sie mit nur einer Hand aufzuschneiden, war fast nicht möglich. Die verletzte Rechte nutzte er zum Festhalten. Trotzdem war es nicht einfach, mit der linken Hand die Brötchen auf- oder Scheiben von einer Salami abzuschneiden.

Endlich konnte er eine Brötchenhälfte, die noch dicker mit Salami belegt war als sonst, verzehren. Heute hatte er für die zwei Zentimeter dicken Wurstscheiben eine Entschuldigung. Einerseits war er froh, dass er sich deshalb seiner Mutter nicht erklären musste, andererseits, dass er überhaupt etwas von der Wurst abschneiden konnte. Herzhaft biss er in das Brötchen hinein. Doch sofort verzog der Mann schmerzverzerrt sein Gesicht. Im Mund brannte es plötzlich, als wenn ihn dort jemand mit einem Brandeisen verletzt hätte.

Mit großer Kraftanstrengung zwang er sich, den Bissen durchzukauen und herunterzuschlucken. Anschließend ging er ins Bad und schaute sich mithilfe des Spiegels in den Mund. Mehrere unterschiedlich große Bläschen erkannte er. Warum hatte er die nicht schon längst bemerkt? Wie konnten die entstanden sein? Das Innere seines Mundes sah aus, als wäre es verätzt. Doch woher kam das? Doch nicht etwa vom Nachmittag, von der Ausgasung des Hauses? Unwillkürlich musste Stefan von der Weihl an die sich im Todeskampf befindliche Ratte denken, als er vom griechischen Restaurant nach Hause zurückkam. Immerhin betrat er eine halbe Stunde zu früh das Haus, obwohl er davor gewarnt wurde.

Ob er einen Arzt aufsuchen sollte? Aber nein, er konnte atmen. Es war doch nur der Mund befallen, woanders hatte er keine Schmerzen, auch nicht in der Lunge oder den

Bronchien. Also wollte er zuhause bleiben. Nach kurzem Überlegen entschied er sich, am frühen Morgen in die Firma zu fahren. Sicherlich sollte er sich vorher ein Taxi bestellen.

*****

Karin Niebel und Ingrid Weber verließen das Polizeirevier. Sie waren sehr zornig. Eine der Frauen rief verärgert aus: „So ein blödes Arschloch! Der lässt uns doch tatsächlich mit unseren Sorgen allein! Die Jungen könnten noch nach Hause kommen, sie sind noch nicht lange fort. Eine Vermisstenanzeige ist noch nicht nötig!"

„Nun beruhige dich doch, Ingrid!"

„Ich soll mich beruhigen? Unsere Kinder sind nicht nach Hause gekommen, stattdessen sind sie verschwunden und der Kerl meint, sie sind noch nicht lange genug für eine Vermisstenanzeige weg! Wie soll ich mich da beruhigen?"

Karin Niebel war ratlos. „Du hast ja recht, aber der Polizist auch, glaube ich. Der hat nun mal seine Vorschriften. Wir leben in Deutschland, der Bürokratie muss genüge getan werden. Das weißt du doch, Ingrid."

„Ja, das weiß ich. Aber es geht um unsere Kinder, ich habe Angst um sie. Ich spüre, dass ihnen etwas zugestoßen ist", klagte Ingrid Weber mit Tränen in den Augen.

„Komm, lass uns wieder nach Hause gehen. Vielleicht sind Ronny und Gerd mit den Kindern schon wieder zurück." Doch daran glaubte Karin Niebel nicht. Sie fühlte, dass die Freundin Recht hatte. Aber sie sprach weiter: „Und der Herr Waldbusch ist auch ein sehr intelligenter Mann. Der wird uns schon helfen, unsere Jungs wieder zu bekommen. Wir sollten nicht schon jetzt, nach ein paar Stunden, den Verstand verlieren."

„Du hast recht, lass uns nach Hause gehen, vielleicht sind sie schon dort."

Doch als sie nacheinander ihre Wohnungen aufsuchten, mussten sie feststellen, dass diese menschenleer und sie allein waren. Weder die Männer, noch die Kinder erwarteten sie. Gut, dass die Frauen nicht wussten, was ihnen noch bevorstand.

Der Kampf

Nach seinem Nachtmahl setzte sich Stefan von der Weihl in seinen Sessel im Wohnzimmer und las ein Buch. Es war ein alter Schmöker, ein Krimi, den er schon oft gelesen hatte. Es war ein Buch von Edgar Wallace. Diese Sorte von Romanen versprach ihm Spannung und kurze Weile. Er hatte beinahe alle Krimis von Edgar Wallace in seinem Bücherregal stehen. Wieder und wieder las er in ihnen, und wenn er sie alle gelesen hatte, begann er seine Lektüre aufs Neue.

Sein Mund brannte immer noch, der Husten, der ihn quälte, wurde schlimmer. Ein Hustenanfall schüttelte ihn kräftig durch, seine Lungen taten ihm weh. Es dauerte eine Weile, bis er sich wieder beruhigte, danach gab er sich erneut seiner Lektüre hin. Er las und las, das Buch fesselte ihn so sehr, dass er nicht bemerkte, wie schnell die Zeit verging. Als er Durst verspürte, legte er das Buch auf den Tisch und sein Blick glitt zur Küchentür.

Was entdeckte er schon wieder? Schwarze Käfer krabbelten auf dem sauberen Fußboden aus der Küche in das Wohnzimmer hinein.

Eine tote Ratte lag neben der Tür, doch die Käfer kümmerten sich nicht um dieses Tier. Sie liefen am Sessel des dicken Riesen entlang. Es schien von der Weihl beinahe, als hätten sich die Käfer zu einer Angriffsformation zusammengefunden. Die Spitze bildeten nur wenige Käfer, nach hinten verbreiterte sich ihre Formation und bildete auf diese Art eine Pfeilspitze. Und der Pfeil selbst war etwa fünf Zentimeter breit. Aber er war sehr lang.

Mit seinen Augen verfolgte der fette Riese mit seinen fettigen Haaren die schwarzen Käfer. Er wollte wissen, wohin diese verdammten Viecher krabbelten. Am liebsten würde er sie zertreten. Dabei knackte es so schön laut, wenn sie unter seine Schuhe gerieten. Automatisch sah er von den

Käfern hoch, die zur Liege an einer Wand des Wohnzimmers unterwegs waren. Als er sich das Buch aus dem Regal holte, bemerkte er mit einem Blick zur Liege seine Mutter, die es sich darauf bequem machte. Dann war sie also doch wieder zu ihm zurückgekehrt, weil er sie brauchte. Wärme stieg in seiner Brust auf. Sein Herz hüpfte darin voller Freude hin und her. Auf seine Mutti war Verlass, nie würde sie ihn im Stich lassen. Davon war Stefan von der Weihl überzeugt.

Doch dann erschrak er. Was war denn bloß mit Mutti los? Warum krabbelten so viele Käfer zu ihr hin. Was wollten diese Mistviecher von ihr, dachte er ängstlich. Seine Angst wuchs zu einer Panik an. Schnell erhob er sich aus seinem Sessel. Das war nicht leicht für den schweren, fetten Mann. Mit schnellen Schritten eilte er zu seiner Mutti und sah ihr ins Gesicht. Sein Herz gefror. Mutti lag noch auf der Liege. Ihre Haut war blassblau angelaufen, die Adern traten darauf hervor. Mutti sah aus, als schliefe sie. Aber sie konnte nicht schlafen. Die Haut sah marmoriert aus. Marmoriert wie bei einer Toten.

„Mutti, nein, bitte nicht, Mutti, oh Mutti", rief der Mann. Ein lauter, schriller Schrei drang aus seiner Brust.

Schweißgebadet erwachte Stefan von der Weihl. Er hatte einen Albtraum. Wie war er froh! Mutti lebte und es ging ihr gut. Ganz bestimmt war das so! Er holte aus seiner Hosentasche ein Taschentuch hervor. Damit wischte er sich den Schweiß von der Stirn. Noch einmal dachte er: „Gott sei Dank, Mutti geht es gut!"

Dann sah er zur Küche. Dunkle Käfer krabbelten auf dem Fußboden unter der Tür hindurch. Schnell kamen sie auf ihn zu. Es waren viele beinahe schwarze Käfer. Wo kamen die alle her, die Kammerjäger hatten doch das ganze Haus ausgegast. Diese Viecher müssten doch alle tot sein. Wo kamen sie nur her? Seine Gedanken überschlugen sich. Er hatte Angst. Was hier soeben geschah, hatte nichts damit zu tun, dass er gestern das Haus noch vor Ablauf der Frist betreten hatte, die die Kammerjäger den Mietern gesetzt hatten. Wäre er schuld daran gewesen, dass das Ungeziefer wieder in das Haus kam, hätte es hier keine Invasion von Käfern geben dürfen. Aber das hier war eine Invasion! Was sollte er tun? Was konnte er überhaupt tun?

Dass unter dem Haus ein Monster wohnte, dass sich Ratten und anderes Getier Untertan machte, es gegen die Menschen, die in diesem Haus wohnten, wie eine Waffe einsetzte, konnte Stefan von der Weihl nicht wissen. Aber in diesem Augenblick begriff er, dass es hier nicht mit rechten Dingen zuging.

Stefan von der Weihl war ratlos. In seiner Ratlosigkeit tat er, was er nicht hätte tun dürfen, wenn er sein Leben bewahren wollte, denn sein Leben war ihm heilig. Er hatte es bis zum jetzigen Zeitpunkt meist genießen können. Gutes Essen, teure Autos, diese Dinge waren es, die er wollte und die er sich gönnte. Das empfand er für sich als wichtig. Nur deshalb hatte er sich eine Firma aufgebaut, damit andere Menschen für ihn arbeiten und ihm seinen Luxus finanzieren konnten. Andere Menschen ausnutzen, das konnte Stefan von der Weihl gut. Seine Gehässigkeit gegenüber seinen Mitarbeitern war grenzenlos, aber er konnte sich an deren Arbeit laben wie an einem Rehbraten.

In Panik lief er auf die Käfer zu. Kaum hatte er sie erreicht, knackte es unaufhörlich unter seinen Schuhen. Massenweise blieben zertretene, zerplatzte Käfer tot auf dem Fußboden zurück, wo der große, fette Mann seine Füße auf den Boden stampfte.

Wie aus weiter Ferne hörte er, etwas mit einem dumpfen Laut gegen die Küchentür schlagen. Mit vor Schreck weit aufgerissenen Augen starrte Stefan von der Weihl zu dieser Tür hin. Er wollte zu ihr eilen und sie verschließen. Doch befiel ihn ein heftiger Juckreiz an seinen Unterschenkeln, der ihn daran hinderte. Deshalb blieb er stehen und schlug mit seiner linken Hand auf die juckenden Stellen ein. Die Rechte steckte im Gipsverband, zur Unbeweglichkeit verurteilt. Wieder hörte er dieses ihm schon wohlbekannte Geräusch, wenn die Käfer aufgrund hohen Druckes, der auf sie lastete, platzten. Wie wild schlug er auf sie ein. Eine böse Ahnung überfiel ihn!

Stefan von der Weihl versuchte, noch einmal zur Küchentür zu gelangen, von der ihm die bedrohlichen, dumpfen, schlagenden Geräusche entgegenkamen. Bevor der dicke Kerl die Tür erreichte, verursachten ihm einige Käfer an beiden Beinen einen unangenehmen Juckreiz. Sie krabbelten über seine Schuhe unter die Hose an seinen Beinen empor. Mit ihren Widerhaken an ihren Beinchen kratzten die Käfer über die Haut, wodurch der Juckreiz entstand. Stefan von der Weihl schlug erneut nach den Käfern. Wenn er gewusst hätte, dass er es mit Violetten Ölkäfern zu tun hatte, die über ihre Beinchen ein Gift absondern konnten, wenn sie sich bedroht fühlten, hätte er das nicht getan. Dieses Gift war tödlich, wenn es über die Haut in die Blutbahn gelangte, doch daran sollte von der Weihl nicht sterben.

Der Griff der Küchentür ruckte mehrmals nach unten. Dabei gab es immer wieder diese dumpfen Geräusche, vor denen sich Stefan von der Weihl fürchtete. Und dann gab dir Tür doch noch nach. Langsam schwang sie auf. Stefan von der Weihl konnte seinen Blick nicht davon abwenden. Am Griff, der sich auf der Küchenseite befand, hing eine riesige ausgewachsene Ratte. Ihr weißes Fell glänzte im Licht der Deckenlampe. Ihre rötliche spitze Nase leuchtete ihm sprichwörtlich entgegen. Diese Ratte hatte mit ihren Artgenossen ihr Ziel gefunden.

„Wie um Himmelswillen kommt ihr Scheißviecher hier her?", schrie der riesige, massige Mann der Ratte zu, die ihm zusammen mit vielen ihrer Artgenossen schnell entgegen lief.

Schon sprang eines der Tiere auf ihn zu. Mit einer heftigen Bewegung seines eingegipsten rechten Armes schlug er das Tier so fest, dass es gegen die Wand rechts von ihm geschleudert wurde. Die Ratte prallte hart dagegen und schrie dabei einmal kurz auf. Genauso hart wie Stefan von der Weihl sie traf, krachte sie mit ihrem Rücken auf den Fußboden. Doch schnell hatte sie sich wieder auf Ihre Beine gedreht und griff den Mann erneut an.

Durch Stefan von der Weihls Arm zuckte ein heftiger Schmerz, der ihm die Sinne nahm. Beinahe verlor er das Bewusstsein. Mit tränenerstickter Stimme schrie er auf und begann zu fluchen: „Ihr elenden verfluchten Mistviecher, ich werde euch alle erschlagen! Jawohl, alle! Alle erschlagen werde ich. In die drecksverfickte Hölle werde ich euch schicken, dahin, wohin ihr gehört! Verflucht sollt ihr sein, jawohl verflucht!"

Der Schmerz ließ ihm die Tränen in die Augen schießen. Deshalb konnte er sich nicht mehr effektiv genug verteidigen. Er schlug nach einer weiteren Ratte, die es auf ihn absah, jedoch verfehlte er sie. Nur mit äußerster Kraftanstrengung gelang es ihm, sich wieder auf den Angriff der Ratten zu konzentrieren. Er musste sich verteidigen!

Doch wieder durchzuckte ihn ein heftiger Juckreiz, dieses Mal an der Wade. Erst jetzt bemerkte er, dass seine Beine insgesamt wie irre juckten, weil die Käfer daran zu seinem Oberkörper kletterten. Dabei verletzten sie seine Haut mit feinen Kratzern, die er wie kleine, feine Nadelstiche spürte. Und danach setzte dieses heftige Jucken ein, das einen wahnsinnig werden lassen konnte. Er hatte es aufgegeben, nach den Käfern zu schlagen, weil er glaubte, dass sie für ihn keine große Bedrohung darstellten. Dabei ahnte er nicht, dass die Käfer ihr Gift auf die Haut seiner Beine absonderten, und dass ihn schon ein einziges dieser Tiere damit töten konnte.

Der große fette Mann versuchte, die Ratten abzuwehren, doch nur noch mit wenig Erfolg. Eine sprang ihn an und eilte mit nur wenigen Sprüngen an seinem Hosenbein hoch. Danach hielt sie sich mit den Krallen ihrer Füße an seinem Hemd fest. Stefan von der Weihl ahnte, was sie vorhatte. Trotzdem konnte er das Tier nicht an der Ausführung seines Planes hindern. Die Ratte biss ihm in den Bauch. Wahnsinnig machende Schmerzen jagten durch seinen Körper. Er schrie auf und sank auf die Knie. Versiegt waren seine Tränen, entschlossen kämpfte er mutig einen aussichtslosen Kampf ums Überleben. Er achtete nicht auf den Schmerz, der ihm von zahllosen Ratten zugefügt wurde. In einem Spiegel sah er sich und die ihn anfallenden hässlichen, weißgrauen Tiere. Er ekelte sich vor ihnen. Eine kam ihm gefährlich nahe an den Hals. Tapfer kämpfte er gegen diese Übermacht an Nagern und Käfern, die ihn gemeinsam umbringen wollten. Er schlug mit seinen Armen um sich. Tatsächlich gelang es ihm, die Ratte, die sich gerade in seinen Hals festbeißen wollte, zu ergreifen und von sich zuschleudern. Dabei schlug er mit seinem rechten Arm gegen den Couchtisch. Der Gips brach und erneut schoß ein gewaltiger, heftiger Schmerz in den Arm.

Zufällig sah Stefan von der Weihl in den Spiegel. Noch eine Ratte griff ihn an. Er fragte sich, wo dieses ganze Viehzeug herkommen mochte. Die Ratte war so schnell, dass er sie nicht mehr abwehren konnte. Sie rannte auf dem Fußboden zielgenau auf ihn zu. Mit einem kräftigen Sprung hob sie ab und flog ihm entgegen. Dabei gewann sie gefährlich an Höhe. Für einen Augenblick konnte der Mann, der anderen Menschen oft mit Verachtung und ohne Respekt begegnete, der Ratte in ihr hässliches, spitzes Gesicht schauen. Dabei sah er ihre schwarzen Augen und die rote

Nase, die immer größer wurden, je näher sie seinem Gesicht kam. Doch dann verlor er sie aus seinen Augen. Im gleichen Augenblick spürte er die Zähne des Tieres in seinen Hals eindringen. Ein dünner Faden hellroten Blutes spritze daraus intervallartig hervor. Die Ratte ruckte mit ihrem Kopf hin und her. Dabei riss das Gewebe am Hals des massigen Kerls auf. Der austretende Blutstrahl hatte an Umfang zugenommen!

Der Schmerz, der in diesem Augenblick von seinem Hals ausging, war unerträglich. Ehe der Kerl begriff, dass die Ratte eine seiner Halsschlagadern verletzt hatte, bemerkte er die Übelkeit, die in seinem Körper aufstieg. Würgereiz quälte ihn. Sein Blut schoß aus der Halsschlagader in hohem Bogen aus ihm heraus, auch aus anderen Wunden verließ ihn langsam, aber stetig sein Lebenselixier.

Aber die Nase des fetten Mannes funktionierte noch. Mit ihr nahm er den ekelerregenden Gestank war, der von dem Ungeziefer ausging. Er begann, zu würgen, und erbrach sich. Erbrochenes und Blut vermischten sich miteinander. Allmählich ließ der Schmerz nach. Dunkelheit umfing ihn. Sein Körper begann, zu beben. Seine feisten Wangen zitterten mächtig in seinem Gesicht, die Ohrläppchen wackelten hin und her. Noch hielt sich der Besitzer des Krankentransportunternehmens DKH auf den Unterschenkeln kniend aufrecht. Noch verließ der Saft des Lebens seinen fetten Körper. Doch dann ergriff das Zittern seinen gesamten Rumpf, sein Hintern sackte auf die Füße, dadurch verlor er das Gleichgewicht, sein Körper fiel langsam zur Seite. Mit einem dumpfen Geräusch prallte er auf den Boden. Eine riesige Blutlache bildete sich unter ihm und wo sein Blut intervallartig hin spritzte. Stefan von der Weihl versuchte angestrengt, zu atmen. Doch sein Herzschlag verlangsamte sich. Schließlich ließ das Zittern seines Körpers allmählich nach, bis es völlig erstarb.

Unerwartete Hilfe

Während Stefan von der Weihl mit den Ratten und den Käfern um sein Leben kämpfte und diesen Kampf verlor, waren die Mütter der beiden vermissten Knaben von der Polizei wieder nach Hause zurückgekehrt. Nichtsahnend standen sie vor dem Haus 26 des Hans-Duncker-Platzes. Zunächst wollten sie die Wohnung der Familie Weber aufsuchen. Der Schlüssel drehte sich im Schloss der Haustür. Danach eilten die Frauen zum Fahrstuhl und riefen ihn. Ungeduldig standen sie vor dem verschlossenen Aufzugsschacht. Scheinbar endlos verstrichen die Sekunden. Endlich schoben sich die Türen des Fahrstuhls beinahe geräuschlos auseinander. Überrascht sah Frau Niebel ihre Freundin an. „Ist der Fahrstuhl etwa repariert worden?", fragte sie verwirrt.

Dann mussten die Frauen lächeln und gingen hinein. „Selbstverständlich nicht", sagte Ingrid Weber, „wir befinden uns in unserem Haus. Euer Fahrstuhl gibt immer noch seine komischen Geräusche von sich."

Nur wenige Augenblicke später betraten sie die Wohnung der Familie Weber. „Torsten?! Gerd?!", rief Ingrid Weber in die Wohnung hinein, gleich nachdem sie die Tür geöffnet hatte. Doch eine Antwort erhielt sie nicht. Kraftlos ging sie zur Telefonbank und ließ sich darauf nieder. Tränen standen in ihren Augen.

Ingrid Weber tat ihrer Freundin leid, deren Nerven blank lagen. Sie wollte ihr etwas Trost Spendendes sagen, aber ihr fiel nichts Passendes ein. Konnte sie doch selbst Trost gebrauchen. Auch sie hatte Angst um ihren Jungen, genau wie die Freundin auch.

Manchmal kamen die Jungen zu spät nach Hause, hatten auch das eine oder andere Mal eine Mahlzeit verpasst. Aber gleich um mehrere Stunden hatten sich die Kinder noch nie verspätet. Da musste etwas Schlimmes geschehen sein, sonst hätte sich wenigstens einer der beiden bei den Eltern gemeldet, entweder telefonisch oder über eine Nachricht. Dass sie ihre Eltern absichtlich im Ungewissen ließen, konnte Frau Niebel nicht glauben. Hoffentlich waren ihre Sprösslinge wohl auf. Aber etwas hinderte sie daran, nach Hause zu ihren Eltern zurückzukehren. „Komm, Ingrid, lass uns zu uns gehen. Schreibe vorher einen Zettel an Torsten und Gerd, damit sie sich bei uns melden, falls sie zurückkommen. Ich glaube, dass es besser ist, wenn Du jetzt nicht alleine bleibst."

*****

Michel Bartsch passierte Stefan von der Weihls Wohnung, aus der dumpfe, polternde Geräusche drangen. Der junge Mann kam aus dem Kino nach Hause, in dem er mit seinem besten Freund Jemy den neuesten Star-Wars-Film gesehen hatte. Jetzt blieb er an von der Weihls Wohnungstür stehen und lauschte angestrengt in die Stille des Hauses hinein. Hatte er sich verhört, oder war alles ruhig? Achselzuckend ging er weiter. Doch erneut blieb er stehen, weil er glaubte, noch einmal ein dumpfes Geräusch vernommen zu haben, welches wie ein Aufprall klang. Michel Bartsch lauschte, aber außer seinem eigenen Atem konnte er nichts vernehmen. „Was solls, dann habe ich wahrscheinlich einen Geist gehört", dachte er und beeilte sich, zu seiner Frau zu kommen. Endlich wollte er sie wieder in seine Arme schließen. Er liebte seine Natalie mit jeder Faser seines Körpers, ein Leben ohne sie war für ihn undenkbar. Sie gab seinem Leben einen Sinn! Zusammen mit ihr wollte er ihre gemeinsamen Kinder großziehen und ihnen ein guter Vater sein, so wie sein Vater ihm stets der beste Vater war, den er sich wünschen konnte. Hätte er sich in einer Notsituation zwischen seiner Mutter und seinem Vater entscheiden müssen, hätte er das nicht gekonnt. Seine Eltern gehörten bedingungslos zu seinem Leben, auch wenn er mit Natalie verheiratet war und sie sich ihr eigenes Leben aufbauten. Sicherlich würde sie ihm auch in nicht allzu ferner Zukunft ein Kind schenken.

Natalie Bartsch saß im Wohnzimmer auf der Couch und sah fern. Es war spät. Die Uhr ging auf Mitternacht zu. Auf dem Tisch stand in einem Kühlbehälter eine geöffnete Flasche Grauburgunder, davor ein Weinkelch, gefüllt mit dem der Flasche fehlenden Inhalt.

Zunächst ging er zu ihr und umarmte sie, danach gab er ihr einen leidenschaftlichen Kuss auf den Mund. „Ich habe dich so sehr vermisst!", hauchte er ihr nach dem Kuss ins Ohr.

„Ich dich auch, mein Schatz!", antwortete sie.

Er gab sie frei und sie setzten sich nebeneinander auf die Couch. Er ergriff ihre Hand und erzählte ihr von seinem Erlebnis, das er soeben im Treppenhaus hatte und schloss mit den Worten: „Wer weiß, was ich da gehört habe, außerdem kann der Kerl in seiner Wohnung tun und lassen, was er will. Soll er glücklich werden." Dann fiel ihm ein: „Übrigens soll ich dich von Jemy ganz lieb grüßen. Er hatte sich gefreut, dass wir den Film gemeinsam sehen konnten. Der war auch ganz okay."

Seine Natalie stellte ihm zum Film einige Fragen, die er ihr beantwortete, ehe er unvermittelt fragte: „Und hast du etwas erreicht?"

„Was meinst du? Was soll ich erreicht haben?"

„Na, bevor ich zu Jemy gefahren bin, hatten wir im Internet nach einem Monsterjäger gesucht!"

„Ach so, das meinst du." Natalie Bartsch machte eine bedeutungsschwangere Pause. Sie bemerkte, dass er etwas unruhig wurde, und wollte ihn nicht länger auf die Folter spannen. „Ich habe auf einer Internetseite einen Film gesehen, den musst du dir unbedingt ansehen. Der ist nicht nur interessant, sondern am Ende des Films wurde im Abspann eine Kontaktangabe zu einem der Monsterjäger gemacht. Es war eine E-Mail-Adresse, an die ich auch gleich geschrieben habe. Aber eigentlich ist Monsterjäger nicht der richtige Ausdruck für solche Menschen. Sie heißen Forscher für unbekannte Lebensformen!"

„Ach, mein Engel, du bist nicht mit Gold aufzuwiegen!"

„Ach, erzähle nicht immer so einen Quatsch!"

Michel Bartsch überging den nicht ganz ernst gemeinten Einwand seiner Frau. „Und?"

Sie verstand ihn nicht. „Was und?"

„Ob du eine Antwort bekommen hast?"

„Weiß ich nicht, ich habe noch nicht nachgesehen. Glaubst du denn, dass der so schnell antwortet?"

„Weiß ich nicht. Aber ich würde hier wie auf Kohlen sitzen und auf seine Antwort warten." Plötzlich war Michel Bartsch aufgeregt. „Wo steht der Laptop?" fragte er, als er von der Couch aufstand und sich suchend umblickte.

„In der Küche", antwortete seine Frau und blickte ihm nach, als er schnellen Schrittes das Zimmer verließ. Kurz darauf kehrte er mit dem Gerät, das ihnen Zugang zu der ganzen Welt versprach, zurück.

Es dauerte nicht lange, bis der Rechner hochgefahren war. Michel Bartsch öffnete ihr gemeinsames Emailpostfach und tatsächlich befand sich eine ungelesene Nachricht darin. Mit einem Doppelklick öffnete er sie und las sie seiner Frau laut vor:

Sehr geehrte Familie Bartsch,

vielen Dank für Ihre Anfrage. Wenn es mir möglich ist, werde ich Ihnen gerne helfen. Jedoch benötige ich weitere Informationen, um diesbezüglich eine Entscheidung zu treffen. Ich bitte Sie, mich morgen im Laufe des Tages anzurufen und mich über die Ereignisse, die sich in Ihrem Hochhaus zugetragen haben, genauer aufzuklären. Danach werde ich überlegen, ob und wie ich Ihnen in Ihrem Fall helfen kann.

Mit freundlichen Grüßen
Phil Neumann
Forscher für
unbekannte Lebensformen

Michel Bartsch suchte die Telefonnummer, die im Text nicht angegeben war, und fand sie gemeinsam mit dem Namen und der Anschrift in der E-Mail-Signatur.

Das junge Paar sah sich gegenseitig lächelnd ins Gesicht. Mit so einer schnellen und vor allem positiven Antwort hatten die beiden nicht gerechnet. Er war aus dem Häuschen. „Das ist ja toll!"

„Sei doch bitte etwas leiser, die Nachbarn schlafen bestimmt schon, es ist bald Mitternacht. Du weißt doch, diese Hochhäuser sind ziemlich hellhörig", mahnte die junge Frau sanft, aber verständnisvoll.

*****

Der Lichtstrahl seiner Taschenlampe suchte die nähere Umgebung ab. Da er nicht mehr schlafen konnte, wollte er in Erfahrung bringen, wohin es sie verschlagen hatte. Vielleicht half es, wenn er mit der Taschenlampe die Gegend absuchte, um sich zu orientieren. Vielleicht fand er etwas, das ihm bekannt erschien. Das konnte er zwar nicht glauben, weil sie nach seiner Überzeugung noch nie hier waren, aber sie mussten sich etwas einfallen lassen, wie sie nach Hause zurückkehren konnten. Vielleicht gab es dafür irgendwo hier einen Hinweis.

Sein Kopf schmerzte stark, seine Abenteuerlust war verschwunden. Trotzdem zwang er sich, mehr widerwillig als gewollt, einen Ausweg zu suchen, mit dem sie sich aus ihrer misslichen Lage befreien konnten.

Patrick schlief entspannt, darum beneidete Torsten ihn. Der Strahl seiner Taschenlampe erfasste etwas, das schnell wieder aus dem Lichtkegel verschwand. Konzentriert leuchtete Torsten wieder zurück. In der Wand befand sich eine kleine Öffnung. Vielleicht war sie die Lösung zu ihrer Rettung. Er wollte nachsehen, was das für ein Loch in der Wand war.

Noch einmal leuchtete er mit seiner Taschenlampe zu seinem Freund Patrick. Der schlief tief und fest. Gleichmäßig ging sein Atem. Torsten beschloss, ihn schlafen zu lassen. Erneut richtete er den Lichtkegel seiner Taschenlampe auf das Loch in der Wand. Was war das für eine Öffnung? Und warum hatten sie die nicht schon früher entdeckt? Vielleicht war es ihre Rettung?

Torsten hielt es nicht mehr an seinem Platz. Vorsichtig erhob er sich und machte sich zu dieser ominösen Öffnung in der Wand auf den Weg. Je näher er diesem Loch kam, desto unruhiger wurde er. Was erwartete ihn dort? Tatsächlich die Rettung oder vielleicht auch nichts? Oder etwa das Gegenteil von dem, was ihre Rettung bedeuten könnte, nämlich ihr Verderben?!

Endlich war der Junge an diesem Loch angekommen. Ein übler Geruch strömte ihm entgegen. Torsten leuchtete mit der Taschenlampe hinein. Was er sah, drehte ihm den Magen um!

*****

Patrick schlief immer noch. In seinem Unterbewusstsein bemerkte er, dass irgendetwas nicht stimmte. Er hörte ein alarmierendes Geräusch. Jemand würgte und hustete. Es erschien ihm, als wenn sich jemand übergab. Patrick schlug die Augen auf und hörte immer noch dieses erschreckende Geräusch. Dann begriff er, dass er nicht träumte, sondern von Torsten das Würgen und Husten ausging. Jetzt war er hellwach. „Was ist los, Torte? Wo bist du?"

Husten, danach würgen und dann ein plätscherndes Geräusch.

„Torte?"

„Ja, hier bin ich, warte, ich komme gleich zu Dir!" Torsten hörte sich an, als würde er leiden. Er erbrach sich. Patrick hörte schlurfende Schritte und den Freund aufstöhnen, dann kam ein Lichtkegel auf ihn zu. Torsten setzte sich zitternd neben ihn.

„Was ist los, Torte? Bist du krank?", wollte Patrick wissen.

Als Torsten nicht antwortete, fragte er weiter: „Torte, was ist denn los? Was hast du gesehen?"

Patricks Freund kam langsam wieder zu sich. Er schüttelte sich, als wenn er fröre. Wenn es nicht beinahe stockfinster wäre, hätte Patrick ihm ins Gesicht sehen und darin den ihn quälenden Ekel erkennen können. Noch einmal bohrte er nach: „Nun sage doch, was du gesehen hast?"

Torsten keuchte und dann sagte er leise und sehr langsam: „Einen Toten! Und mehrere Skelette! Sie sehen aus, als wenn sie zerrissen worden sind. Ich glaube, sie waren alle einmal lebende Menschen. Der Tote kann noch nicht lange hier sein. Sein Gesicht ist fast noch heil, bis auf eine Schramme, die er auf der linken Seite hat. Aber er ist fast nackt. Und von seinen Knochen hängt das Fleisch herunter!"

Je länger Torsten erzählte, desto mulmiger wurde es Patrick. Er war nicht fähig, Torsten etwas zu fragen. Deshalb schwieg er, obwohl ihm viele Fragen durch den Kopf gingen. Dann hörte er Torsten sagen: „Der Tote ist ein Mann,

Patty, ein junger Mann, nur ein paar Jahre älter als wir. Ich habe Angst, Patty, große Angst!"

*****

Da Michel Bartsch am heutigen Tage dienstfrei hatte, ging er zum Bäcker, um frische Brötchen zu kaufen. Danach wollte er Rührei nach einem Rezept von seiner Großmutter zubereiten, weil seine Natalie das Rührei auf diese Weise sehr mochte. Als er den Fahrstuhl verließ und dem Ausgang des Hauses entgegenging, sah er beim Vorbeigehen auf das Schwarze Brett, das neben den Briefkästen an der Wand hing. Seinem Blick entging nicht, dass eine neue Nachricht darauf angeschlagen war. Also wendete er sich kurz entschlossen dieser zu. „Vielleicht gibt es etwas Wichtiges, von dem wir wissen sollten", dachte er.

Er begann die Nachricht, die mit einem Laserdrucker ausgedruckt wurde, zu lesen:

Liebe Mitbewohner,

wir bitten Sie um Ihre Hilfe. Seit gestern, nach der Ausgasung unseres Hauses vermissen wir unsere miteinander befreundeten Söhne. Ihre Namen sind Patrick Niebel und Torsten Weber, der im Haus 26 mit seinen Eltern wohnt.

Wer hat unsere Jungen zuletzt gesehen? Oder weiß jemand, wo sie sind? Ihr gemeinsamer Freund und Mitschüler René Berger teilte uns mit, dass Patrick und Torsten gestern eine halbe Stunde vor der Ausgasung des Hauses durch die Kammerjäger durch das Kellergewölbe in ein unterirdisches Stollensystem gegangen sind. Sie wollten dort nach Tieren suchen, von denen sie glauben, dass die vielleicht für die unerfreulichen Ereignisse in unserem Haus, die in den letzten Wochen geschehen sind, verantwortlich sind. Seither fehlt jede Spur von unseren Kindern.

Wer kann uns über den Verbleib unserer Kinder Auskunft ge-
ben? Über jede Hilfe bei der Suche sind wir sehr dankbar.

Ingrid und Gerd Weber   Karin und Ronny Niebel

Der Inhalt dieser Nachricht ging Michel Bartsch sehr nahe. Er fühlte sich, wie man sagt, wie vom Donner gerührt.
Trotzdem fasste er sich schnell wieder und ging zum Bäcker. Dort traf er auf Herrn Waldbusch, der seinen Shiba
Inu bei sich hatte. Freudig wedelte das brave Tier mit seinem Schwanz und wollte zu ihm laufen, um ihn zu begrü-
ßen. Doch die kurze Leine verhinderte das. Der alte Mann
gab dem Hund mehr Leine, damit der sich von Michel
Bartsch streicheln lassen konnte. Da nach Herrn Waldbusch
drei weitere Kunden an der Reihe waren, bevor der junge
Mann seine Brötchen kaufen konnte, bat er den alten Mann,
auf ihn zu warten. Gerne erfüllte ihm dieser seinen
Wunsch.

Vor dem Geschäft trafen die beiden erneut aufeinander.
Bereitwillig erzählte der Ältere dem Jüngeren, was er von
Torstens und Patricks Verschwinden von deren Eltern
wusste und von der gemeinsamen Suchaktion mit den Vätern im Stollensystem unter dem Hochhaus. Michel Bartsch
hörte aufmerksam zu und als der Alte endete, war der junge Mann sprachlos. Unter dem Hans-Duncker-Platz ein unterirdisches Stollensystem. Unfassbar! Das musste er unbedingt seiner lieben Natalie erzählen. Ebenso sollte der
Monsterjäger davon Kenntnis erhalten.

Doch dann erzählte Michel Bartsch dem alten Mann vom
Erfolg seiner Frau bei der Suche nach einem Monssterjäger.
Darüber war Herr Waldbusch sehr erfreut, aber trotzdem
beschloss er, weiter nach einem Kollegen des Herrn
Neumann zu suchen, falls dieser ihnen nicht helfen konnte.

175

„Wenn sie nichts Besseres vorhaben, können wir doch gemeinsam frühstücken und dabei Natalie alle Neuigkeiten erzählen. Sie waren doch bei der Suche nach Patrick und Torsten dabei. Und danach rufen wir den Herrn Neumann an. Was halten sie davon, Herr Waldbusch?"

Der Angesprochene war mit dem Vorschlag einverstanden. Als sie den Fahrstuhl verließen, um zur Wohnung der Familie Bartsch zu gehen, begeneten ihnen zwei Männer mit einem großen Leichensack, den sie auf einem fahrbaren Untergestell abgelegt hatten. Sie kamen aus Stefan von der Weihls Wohnung und schoben den Leichensack zum Fahrstuhl.

Die Tür zur Wohnung des großen fetten Mannes stand offen, vor der schluchzend und gramgebeugt eine alte Frau stand, die ihnen hinterher schaute. Fragend sahen sich die beiden ungleichen Männer in die Augen und gingen schweigend weiter. Als sie die alte Frau erreichten, blieb Herr Waldbusch stehen, sah ihr ins Gesicht und fragte leise: „Was, um Himmels Willen, ist denn passiert?"

Die Alte weinte leise und als sie sich beruhigt hatte, sagte sie: „Mein Sohn ist tot. Er wurde von einem Tier in den Hals und Bauch gebissen. Und Käfer hatte er am ganzen Körper, aber besonders an den Beinen. Alle tot. Die hat er wohl erschlagen, bevor er starb. Der Arzt meinte, dass er von Ratten angefallen wurde und die Käfer sollen unter seiner Hose an ihm hochgekrabbelt sein. Dabei wurde das Haus doch erst ausgegast. Es hätte also kein Ungeziefer in der Wohnung sein dürfen." Erneut schluchzte Stefan von der Weihls Mutter.

„Das tut mir leid, bitte nehmen Sie mein aufrichtiges Beileid entgegen", sagte Herr Waldbusch mitfühlend.

Michel Bartsch war blass bei den Worten der Frau geworden, auch er schloss sich Herrn Waldbuschs Worten an. Die offene Tür ermöglichte den beiden Männern einen freien Blick in die Wohnung. Die riesige Blutlache, die von Stefan von der Weihls verlorenen Kampf mit den Ratten und Käfern zeugte, war auf dem Fußboden angetrocknet. So viel vergossenes menschliches Blut auf einmal hatte weder Herr Waldbusch noch Michel Bartsch, dem auf der Stelle übel wurde, jemals gesehen. Der unfreundliche Riese musste beinahe ausgeblutet sein. So einen schrecklichen Tod wünschten die beiden neuen Freunde nicht einmal ihrem ärgsten Feind. Sie verabschiedeten sich von der alten Frau und wandten sich von dem grauenvollen Ort ab, denn plötzlich hatten sie es eilig, weiterzugehen. Die Männer wollten die Frau schnell verlassen.

*****

Zunächst tranken sie Kaffee, die Brötchen mussten noch warten. Weder Herr Waldbusch, noch Michel Bartsch und dessen junge Frau konnten etwas essen. Der unfreundliche, ungepflegte Riese war ihnen zwar unsympathisch, um den tat es ihnen nicht leid, aber so einen grausamen Tod hatte niemand verdient, auch der fette Mann nicht. Das hatte ihnen den Appetit verdorben. Außerdem brachte dieser schreckliche Vorfall dem alten Mann und dem jungen Ehepaar die unumstößliche Klarheit: Der Einsatz der Kammerjäger löste das Problem mit der Ratten- und Ungezieferplage nicht! Das würde auch in Zukunft nicht anders sein. Eine andere Lösung musste gefunden werden, um die Menschen in diesem Haus davor zu schützen.

Deshalb informierten sie sich zunächst gegenseitig über die letzten Ereignisse in ihrem Haus. Doch dann stellte sich der Hunger doch noch ein und Michel Bartsch bereitete seine Rühreier nach Omas Rezept zu. Herr Waldbusch lobte die Kochkünste des jungen Mannes, der vor Stolz seine Brust herausstreckte. Der alte Mann amüsierte sich darüber und lächelte, aber er verstand seinen Nachbarn, denn er hatte noch nie solche guten Rühreier gegessen.

Nach dem Frühstück verabschiedete sich Herr Waldbusch von seinen Gastgebern. Jetzt telefonierten Michel und Natalie Bartsch mit Herrn Neumann und erzählten ihm von den Vorkommnissen, die sich in den letzten Tagen in ihrem Hochhaus zugetragen hatten. Nur zwei Stunden später, also gegen Mittag, fuhr Phil Neumann mit seinem Auto auf einen freien Parkplatz in unmittelbarer Nähe zum Wohnblock des Hans-Duncker-Platzes. An der Klingelleiste des Hauses 23 suchte er den Namen Bartsch. Nur drei Minuten später, nachdem er ihn gefunden und den dazu gehörenden Klingelknopf betätigt hatte, saß er in einem Sessel der Familie und begegnete dem prüfenden Blick Natalie Bartschs.

Vor ihr saß ein attraktiver Mann, der etwa Mitte dreißig sein mochte und mit einer blauen Jeans, einem auffälligen roten Hemd und ebensolchen auffälligen, roten Schuhen bekleidet war. Er hatte mittellange dunkelblonde Haare, die er gepflegt nach hinten gekämmt hatte. Michel Bartsch holte Kaffee aus der Küche und goss ihn in die dafür bereitstehenden Tassen. Danach setzte er sich neben seine Frau auf die Couch und ergriff ihre Hand.

Phil Neumann begann das Gespräch und fasste noch einmal die ihm zugetragenen Einzelheiten der Geschehnisse der letzten Wochen zusammen Danach fragte er, ob sein Bericht der Wahrheit entsprach.

„Im Wesentlichen ja", stimmte Natalie Bartsch zu.

Phil Neumann fragte: „Wissen Sie, ob die Eltern der Kinder jetzt erreicht werden können und auch der alte Mann, von dem sie erzählten?"

„Die Väter werden sicherlich auf der Suche nach ihren Söhnen sein, aber die Mütter sind bestimmt zu Hause. Herr Waldbusch hatte gestern Abend die Väter der Jungs begleitet, aber auch der wird vermutlich zu Hause sein", sagte Michel Bartsch.

„Würde es Ihnen etwas ausmachen, sie hierher zu holen?" Phil Neumann sah das Paar an.

Darauf erwiderten Michel und Natalie Bartsch wie aus einem Munde: „Warum sollten wir etwas dagegen haben?" Aber der junge Mann sprach weiter: „Ich versuche, sie zu erreichen."

Er griff nach seinem Handy, welches auf dem Tisch lag, und ging zu einem Sideboard, dem er ein Telefonbuch entnahm. Danach blätterte er in dem Buch, bis er die richtige Seite fand und führte nacheinander zwei Gespräche, die inhaltlich ähnlich verliefen. Danach erklärte der junge Mann seinem Gast und seiner Frau: „Frau Niebel, Frau Weber und Herr Waldbusch werden in wenigen Minuten bei uns sein."

Natalie Bartsch stand auf, um nochmals in der Küche Kaffee zu kochen und für die zu erwarteten Neuankömmlinge drei Tassen ins Wohnzimmer zu bringen. Als es an der Wohnungstür klingelte, öffnete Michel Bartsch und brachte Herrn Waldbusch mit. Er bot ihm an, sich einen Platz auszusuchen, solange noch Plätze frei seien. Kurze Zeit später erschienen Karin Niebel und Ingrid Weber.

Nach der Begrüßung fragte Frau Weber allgemein in die Runde: „Sehe ich das richtig, dass Sie uns bei der Suche nach unseren Kindern helfen wollen?"

Phil Neumann antwortete: „Wenn es sich hier tatsächlich um übernatürliche Kräfte handeln sollte, werde ich mich nach besten Kräften bemühen, das zu tun. Da Sie beide ohne Ihre Männer zu uns gekommen sind, vermute ich, dass die wieder nach den Jungen suchen?"

Mit Tränen in den Augen bestätigte Frau Niebel das und ergänzte scheinbar gefasst: „Ja, nachdem es gestern und in der Nacht keinen Sinn mehr machte, weiter nach den Jungs zu suchen, kehrten sie schließlich zurück. Herr Waldbusch war so freundlich, bei der Suche zu helfen. Aber schon heute Morgen um sechs Uhr sind unsere Männer mit Werkzeug wieder in das Stollensystem aufgebrochen. Einer der Stollen war eingestürzt und sie wollten versuchen, die Trümmer wegzuräumen, sodass sie die Stelle passieren können."

„Glauben Sie denn, dass die Kinder sich hinter der Einsturzstelle befinden?", fragte Phil Neumann.

Nun übernahm Herr Waldbusch das Wort: „Ja, das glauben wir", danach wandte er sich dem Gastgeber zu, „sehen Sie, Herr Bartsch, ich bin noch gar nicht dazu gekommen, Ihnen das zu erzählen. Es ist ja auch immer wieder etwas anderes geschehen." Jetzt schaute er den anderen Anwesenden nacheinander ins Gesicht. „Also, wir, Herr Niebel, Herr Weber und ich, gingen gestern am späten Abend bis zur Einsturzstelle. Herr Weber erzählte mir, dass er und Herr Niebel die übrigen Gänge bereits erfolglos nach Hinweisen auf den Verbleib der Jungs abgesucht hatten. Die Einsturzstelle ist frisch. Alle Spuren deuten darauf hin, dass die Balken erst vor kürzester Zeit zusammenbrachen. Wir vermuten, dass die Kinder bereits diese Stelle passiert hatten, als es geschah."

Frau Weber ergänzte: „Wir sind uns sicher, dass Patrick und Torsten nach Hause gekommen wären, wenn sie es gekonnt hätten. Da dort unten keine Handys funktionieren, konnten sie uns nicht anrufen. Die Einsturzstelle wird unseren Kindern den Weg zurück versperren."

Phil Neumann räusperte ich, ehe er sich an Herrn Waldbusch wendete. „Sie waren gestern mit dort unten und kennen sich aus?"

„Auskennen ist zuviel gesagt. Ich war nur einmal da, das aber gestern am Abend. Es ist noch nicht so viel Zeit vergangen, dass ich mich nicht mehr erinnern könnte. Wenn ich Ihnen helfen kann, begleite ich sie gerne", antwortete der alte Mann.

„Ich kann auch mitkommen. Wenn es darum geht, einen Schuttberg zu beseitigen, kann jede hilfreiche Hand gebraucht werden", sagte Michel Bartsch.

„Das können Sie gerne tun, aber ich weise Sie beide darauf hin, dass, wenn übernatürliche Kräfte hier ihr Unwesen treiben, es für alle Beteiligten gefährlich werden kann. Das muss Ihnen bewusst sein!"

„Ja, sie haben Recht, aber es geht um zwei Kinder. Wie könnte ich tatenlos zusehen, wenn ich helfen kann." Als Michel Bartsch schwieg, sah er zu seiner Frau, die ihn anlächelte und zustimmend nickte.

Aufgelöst vor Rührung ging Karin Niebel auf Michel Bartsch zu und ergriff mit ihren Händen seine. Mit Tränen in den Augen sagte sie: „Wie soll ich Ihnen das nur danken. Sie sind selbst noch sehr jung und haben eine sehr schöne junge Frau, die sich um Sie große Sorgen machen wird. Und sie wollen sich in Gefahr begeben und nach unseren Kindern suchen. Vielen lieben Dank schon jetzt für alles, was Sie für unsere Kinder tun werden." Als sie das sagte, drückte sie immer wieder voller Dankbarkeit seine Hände. Danach ging sie zu Wilhelm Waldbusch und bedankte sich auch bei ihm mit ähnlichen Worten, aber genauso herzlich und gestenreich. Ingrid Weber stellte sich neben ihre Freundin und nickte zustimmend zu ihren Worten. Nach Karin Niebel nahm auch sie Michel Bartschs Hände in ihre, drückte sie sanft und sagte: „Auch ich möchte mich bei Ihnen bedanken. Wenn ich einmal etwas für Sie tun kann, sagen Sie es mir bitte. Ich werde dann für Sie genauso da sein, wie Sie jetzt für unsere Kinder." Danach erwies sie auch Herrn Waldbusch ihre Dankbarkeit.

Nach diesem Gespräch suchte Phil Neumann sein Auto auf, um seine Ausrüstung zu holen. Mit Michel Bartsch und

Herrn Waldbusch wollte er sich in fünf Minuten an den Briefkästen treffen.

Der verschüttete Stollen

Schon am frühen Morgen waren Ronny Niebel und Gerd Weber aufgebrochen, um ihre Söhne zu suchen. Mit Spaten waren sie bereits am Vortag unterwegs gewesen, heute hatten sie zusätzlich eine Spitzhacke und eine Säge mitgenommen. Sie waren am vorherigen Abend bis zur Einsturzstelle gekommen und hatten nach den Jungen gerufen. Doch eine Antwort bekamen sie nicht. Entweder war der Tunnel auf einer etwas längeren Strecke eingestürzt, oder die Kinder waren in ihrer Verzweiflung weitergezogen, um einen Ausweg zu suchen. Beide Möglichkeiten gefielen den Männern nicht. Bei der ersten würde es heißen, dass sie vielleicht Tage oder Wochen nach den Kindern graben mussten, um sie zu finden. Das wiederum bedeutete, dass sie ihre verunglückten Kinder mit ziemlicher Sicherheit nicht mehr lebend wiedersehen würden. Daran wollten die Männer nicht denken. Im zweiten Fall konnte es sein, dass Patrick und Torsten schliefen, sodass sie die Rufe ihrer Väter nicht hörten. Ein möglicher Unfalltod ihrer Kinder war für die beiden Freunde unmöglich und kam für sie gar nicht erst infrage.

Endlich erreichten sie die Einsturzstelle des Stollens. Wie sollten sie beginnen, ihn freizulegen, ohne dass er weiter einstürzte? Ronny Niebel untersuchte den Gefahrenbereich und meinte: „Wenn wir Glück haben, können wir den Tunnel freilegen, ohne ihn abzustützen. Aber es kann auch das Gegenteil eintreten. Was wollen wir tun?"

Gerd Weber überlegte kurtz und antwortete: „Wenn ich es mir recht überlege, glaube ich, dass wir kein Risiko eingehen sollten. Und außerdem wissen wir nicht, was uns dahinter erwartet", er zeigte auf den Schuttberg und sprach weiter, „und vor allem, wie viel Zeit wir haben."

„Die Frage ist auch, wenn wir ihn abstützen wollen, wie bekommen wir das dafür notwendige Material hier her?"

„Also gut, Ronny, alleine können wir hier nichts abstützen. Dann sollten wir keine Zeit verlieren und einfach beginnen, den Schutt wegzuräumen." Doch dann rief Gerd Weber doch noch einmal nach Torsten und Patrick. Ronny Niebel tat es ihm gleich.

*****

Phil Neumann wechselte am Auto seine Schuhe. Außerdem benötigte er einige Geräte, auf die er keinesfalls verzichten wollte. Alles Wichtige war griffbereit in einer großen Tasche verstaut, die er sich an einem Lederriemen über die Schulter hängen konnte.

Wie verabredet, traf er **Herrn Bartsch** und Herrn Waldbusch im Eingangsbereich des Hauses an den Briefkästen. Auch Michel Bartsch hatte sich eine Tasche über die Schulter gehängt. Der Shiba Inu des Alten lief um die Beine seines Herrchens herum. Herr Waldbusch zeigte auf den Hund, als er Phil Neumann sah und sprach: „Den nehmen wir mit. Er kann uns da unten vielleicht von Nutzen sein. Vielleicht kann er die Spur der Kinder aufnehmen."

„Das ist eine gute Idee! Na, dann mal los!", erwiderte Phil Neumann.

Auf dem Weg zum Stollensystem nahm der junge Herr Bartsch aus seinem Kellerraum einen Hammer, große Nägel, Schraubzwingen und einen tragbaren Scheinwerfer mit. „Vielleicht können wir das gebrauchen. Wenn die Stollen mit morschen Holzbalken abgestützt sind, kommen Hammer und Nägel zum Einsatz, vielleicht auch die Schraubzwingen. Man kann ja nie wissen, was alles passieren kann. Und der Schweinwerfer ist leicht und mit starken Akkus und LED-Lampen ausgestattet. Der kann gut 200

Meter weit diese Stollen ausleuchten", sagte er, als er wieder zu seinen beiden Gefährten zurückkehrte.

Die drei Männer gingen mit schnellen Schritten zum Ende des Kellerganges und kletterten durch das mit der Plane abgedeckte Loch. Herr Waldbusch nahm dabei gerne Michel Bartschs Hilfe an. Danach passierten sie die Stahl- und Holztür und über die Treppe drangen sie in das Stollensystem ein. Da er sich hier schon ein wenig auskannte, führte Herr Waldbusch das Trio an.

*****

Torsten **erholte** sich **schnell wieder**. Trotzdem steckte ihm der Schock tief in den Knochen. Bisher hatte er noch nie in seinem Leben einen Toten gesehen, aber heute musste er gleich einen ganzen Friedhof finden, auf dem die Leichen noch nicht einmal beerdigt waren. Auch Patrick hatte mit seiner Taschenlampe in das Loch geleuchtet und noch weitere Skelette entdeckt. Außerdem erblickte er etwas sehr Schreckliches, das auch ihn in Schockstarre versetzte: Eine vollständig bekleidete Person hing an zwei Balken. Die Beine waren ihr auseinandergerissen und mit den Kniekehlen wie Haken dazwischen gehängt worden, wobei der obere Balken die Beine am unteren einklemmte. Die Größe und die zierliche Figur ließen erkennen, dass es sich um ein Kind handelte, um einen Jungen, der in Torstens und Patricks Alter sein mochte. Er konnte noch nicht sehr lange tot sein, denn sein Gesicht und seine Hände wiesen keine Verletzungen auf und der Verwesungsprozess schien noch nicht, begonnen zu haben.

Nachdem Patrick und Torsten ihren ersten Schock über den grausamen Fund überwanden, beschlossen sie, diesen Ort des Todes zu verlassen. So schnell sie konnten, gingen sie in die einzige Richtung davon, die ihnen möglich war. Zügig kamen sie voran.

Sie ahnten nicht, dass sie für die nächsten Stunden an dem Ort, an dem sie übernachtet hatten, bis zu ihrer Rettung durch ihre Väter sicher gewesen wären. Aber für die beiden Schüler war dieser schreckliche Ort ein Friedhof. Hier wollten sie keinesfalls länger bleiben. Nur die Trümmer des eingestürzten Tunnels hätten ihre Väter beseitigen müssen, um sie in ihre Arme nehmen zu können. Weil die Jungen aus verständlichen Gründen diesen schlimmen Ort verlassen hatten, was ihnen später niemand zum Vorwurf machte, sollte sich alles anders entwickeln …

*****

Auf ihre Rufe bekamen sie auch dieses Mal keine Antwort, denn die Kinder hatten ihren Platz hinter den Trümmern längst verlassen.

Verzweifelt sahen sich Gerd Weber und Ronny Niebel gegenseitig in die Augen. Ronny Niebel meinte: „Ich bin mir sicher, dass die Jungen hier waren und jetzt irgendwo hinter diesem Schuttberg einen Ausweg suchen."

„Wir haben alles abgesucht, jedenfalls alles, was wir absuchen konnten. Soweit ich es weiß, waren wir in jedem verdammten Stollen, den wir hier unten gefunden haben. Ich hoffe, dass wir keinen Stollen und keine Kreuzung übersehen haben. Du hast recht, sie sind mit Sicherheit dahinter!" Gerd Weber zeigte auf den Schutthaufen, der sich vor ihnen auftürmte und sprach weiter: „Es gibt keine andere Möglichkeit. Komm, lass uns keine Zeit verschwenden und anfangen. Wir müssen wenigstens soviel Schutt wegschaffen, dass wir durch ein Loch, das für uns groß genug ist, hindurchklettern können."

Mühsam arbeiteten sie, schafften Holz und Lehm, auch Sand und Steine beiseite. Nach einigen Stunden stellte Gerd Weber resigniert fest: „Scheiße, wir arbeiten und arbeiten, schaffen so viel Mist weg und doch sind wir nicht einen Zentimeter vorangekommen."

„Und das Wichtigste haben wir vergessen. Wir hätten uns Handschuhe und Verbandsmaterial mitnehmen sollen. Ich habe schon mehrere Blasen an meinen Händen", antwortete Ronny Niebel.

Sie machten eine Pause, um etwas zu trinken und einen kleinen Happen zu essen. Ronny Niebel wollte gerade einen Schluck aus seiner Wasserflasche nehmen, als er innehielt, weil er ein Geräusch vernahm. „Hast du das auch gehört?", fragte er Gerd Weber voller Sorge.

„Das habe ich", antwortete der und leuchtete mit seiner Taschenlampe, die wie Michel Bartschs Scheinwerfer mit LED-Lampen ausgerüstet war, in den Stollen hinter sich hinein. Nur erreichte seine Taschenlampe längst nicht die Reichweite **eines Scheinwerfers**. „Es nähern sich uns drei Personen, Ronny. Wer die wohl sein mögen?" Nachdem er erkannte, wer sie aufsuchte, lächelte er: „Weißt du, wer uns besuchen kommt? Herr Waldbusch und zwei andere Männer."

Ronny Niebel lächelte seinem Freund zu: „Da bekommen wir also wieder Hilfe! Das ist doch toll, ich freue mich!"

Nur ein paar Sekunden später stand Herr Waldbusch vor ihnen, der, wie es Ronny Niebel angekündigt hatte, zwei weitere Männer mit sich führte, die ihnen fremd waren.

„Darf ich vorstellen?", fragte Herr Waldbusch die Väter, dabei zeigte er auf einen der ihn begleitenden Männer und sprach, ohne eine Antwort abzuwarten, weiter, „dieser Mann hier ist Phil Neumann, seines Zeichens ein Forscher für unbekannte Lebensformen! Aber in Wirklichkeit ist er ein Monsterjäger!" Daraufhin sah er zu Phil Neumann und sagte: „Und diese beiden Herren sind Gerd Weber und Ronny Niebel, die Väter der beiden vermissten Jungen."

187

Die Männer reichten sich die Hand und Ronny Niebel sagte: „Schön, dass Sie uns helfen wollen. Hilfe können wir gut gebrauchen. Vielen Dank dafür!"

Dann zeigte Herr Waldbusch auf seinen zweiten Begleiter und sagte: „Und dieser junge Mann ist unser neuer Nachbar, Michel Bartsch."

„Auch Ihnen vielen Dank für ihre Hilfe, Herr Bartsch. Das werde ich Ihnen nie vergessen", sagte Ronny Niebel, als er ihm die Hand reichte. Auch Gerd Weber bedankte sich, der sich danach an Phil Neumann wendete: „Sie sind ein Monsterjäger? So etwas gibt es tatsächlich?"

Phil Neumann antwortete: „Niemand glaubt an Geister oder böse Wesen, die aus der Hölle kommen. Aber glauben Sie mir bitte, dass es Dinge auf dieser Erde gibt, die wir wissenschaftlich nicht erklären können. Immer wieder werden unbekannte Tiere gefunden, ob tot oder lebendig oder als Fossil. Und nicht alle von ihnen sind oder waren gefährlich. Aber einige sind es doch. Und diese können nicht immer mit herkömmlichen Mitteln gezähmt oder bekämpft werden. Und da kommen wir zum Einsatz. Da wir solche unbekannten Tiere erforschen, nennt man uns eben Forscher für unbekannte Lebensformen. Aber Monsterjäger ist ein kürzerer Begriff und schneller auszusprechen."

Doch jetzt ergriff Michel Bartsch die Initiative. Er legte seinen tragbaren Scheinwerfer so ab, dass er einen bestimmten Bereich der Barriere ausleuchtete, bewaffnete sich mit einem Spaten, und begann, den Schutt zur Seite zu schaufeln. Die anderen folgten seinem Beispiel. Auch der alte Mann packte mit an. Gerd Weber ermahnte ihn, es nicht zu übertreiben. Doch Herr Waldbusch meinte: „Freilich kann ich in meinem Alter nicht mehr so arbeiten wie ihr jungen Leute, aber ein bisschen von diesem ganzen Mist kann auch ich beiseiteschaffen."

Der Stollen war groß genug, dass die fünf Männer auf engstem Raum konzentriert arbeiten konnten und sich dabei trotzdem nicht gegenseitig behinderten. Im Gegenteil, sie kamen gut voran, und freuten sich, in wenigen Minuten einen Durchschlupf, der sie auf die andere Seite des Schuttberges führen sollte, geschafft zu haben.

Plötzlich erzitterte der Grund, auf dem die Männer standen. Steine knirschten. Holz ächzte. Staub hing in der Luft. Der Boden unter den Füßen der Männer gab nach. Waldbuschs Hund, der nicht angeleint war, floh und suchte das Weite. Die Männer fluchten. Sie versuchten, ihre Werkzeuge und die Taschenlampen in Sicherheit zu bringen. Die Lichtkegel tanzten entweder wild durcheinander oder erloschen. Dann hörten sie einen Schrei!

So plötzlich der Boden zu zittern begonnen hatte, so plötzlich war es auch wieder vorbei. Herr Waldbusch fasste sich als Erster. „Ist alles in Ordnung?", fragte er die anderen.

Ronny Niebel richtete das Licht seiner Stablampe auf den alten Mann und antwortete: „Bei mir ja."

Michel Bartsch meldete sich: „Alles Okay, nichts passiert!" Dann schaltete er seinen Scheinwerfer wieder ein, der erloschen war.

Phil Neumann äußerte sich ebenso positiv: „Mir geht es gut. Aber Ihr Hund ist stiften gegangen!"

„Der wird wieder zu uns zurückkommen", meinte Herr Waldbusch und rief seinen Shiba Inu. Dann fragte er: „Was war das eben?"

„Phil Neumann antwortete: „Das war ein Erdbeben."

„Mein Gott", sagte Herr Waldbusch, „auch das noch, haben wir nicht schon genug Sorgen?" Dann erinnerte er sich an Gerd Weber und fragte: „Und was ist mit Dir, Gerd?"

Keine Antwort. Rufe nach Gerd Weber erschollen. Michel Bartsch leuchtete mit seinem Scheinwerfer jeden Flecken aus, den sie erreichen konnten. Doch Gerd Weber blieb verschwunden. Dafür entdeckten sie im Schuttberg ein Loch. Sie suchten die durch das Erdbeben entstandene Öffnung nach ihm ab und konnten ihn nicht finden. „Scheiße", fluchte Phil Neumann, „irgendwo muss er doch sein!"

Sie gruben nach Gerd Weber, nahmen dabei Spaten zur Hilfe. Aber Torstens Vater blieb verschwunden. Stattdessen fanden sie einen kleinen Hohlraum, in dem ein Teil des eingestürzten Stollens durch die Erdbewegung gerutscht war. Jetzt fluchten auch Herr Waldbusch und Michel Bartsch. Ronny Niebel steckte der Schock in den Gliedern. Sein Gesicht war blass geworden. Verbissen grub er nach seinen Freund, den er unbedingt finden wollte.

Nun kehrte auch der Shiba Inu zu seinem Herrchen zurück. Vor Freude bellte er einige Male, als er auf Herrn Waldbusch zulief und ihn übermütig ansprang. Der alte Mann beugte sich zu seinem Hund herab und sagte mit ruhiger Stimme: „Ist ja gut, du kleiner Schlawiner! Hast es wohl mit der Angst zu tun bekommen? Mach dir nichts draus, ich hatte die Hosen auch voll."

Nach diesen Worten machte er eine kleine Pause und sprach mit seinem Hund weiter: „Shiba, du musst Gerd Weber suchen. Er ist weg, wahrscheinlich verschüttet. Los, mein Junge, such ihn."

Als der Hund sich nicht rührte, forderte der alte Mann: „Gebt mir etwas, das Herrn Weber gehört hat."

„Vielleicht seinen Spaten?", fragte Ronny Niebel.

„Notfalls auch den, los, gib ihn schon her!" Ungeduldig streckte Herr Waldbusch die Hand nach dem Spaten aus und riss ihn Ronny Niebel förmlich aus den Händen. Den Griff des Spatens hielt der Alte dem Hund vor die Nase und sagte: „Riech, mein Lieber, riech!"

Der Shiba Inu schnüffelte an dem Griff des Spatens, bis Herr Waldbusch ihn erneut aufforderte: „Komm, Shiba, such! Such Gerd Weber!"

Der Hund verstand, was sein Herrchen von ihm wollte und begann mit gesenktem Kopf Gerd Weber zu suchen. Mit seiner Nase schnüffelte er Zentimeter für Zentimeter den Boden ab. Die Sekunden, die den Männern unendlich erschienen, vergingen. Die Menschen feuerten das Tier mit gutmütigen Rufen, aber mit großer Erregung an. Und tatsächlich begann der Hund schon nach wenigen Sekunden, mit seinen Vorderpfoten im Schutt zu graben. Er bellte und grub in einem Bereich, von dem man den Eindruck gewinnen konnte, dass er von losem Sand bedeckt sei. Jedoch befanden sich dort einige große Gesteinsbrocken, die das Erdbeben dorthin befördert hatte. Der Alte ging schnell zu seinem Shiba Inu und nahm das Tier in seinen linken Arm. Mit dem rechten richtete er das Licht seiner Taschenlampe dorthin, wo Shiba gegraben hatte. Schnell setzte er den Hund auf den Boden zurück. Er hatte eine Hand gesehen und begann nun, mit beiden Händen im Schutt zu graben. Phil Neumann und Ronny Niebel halfen ihm dabei. Michel Bartsch sorgte dafür, dass sie genug Licht hatten. Endlich fand einer der grabenden Männer den Kopf des Verschütteten. Das Gesicht wurde schnell vom Sand befreit. Aber Gerd Weber atmete nicht.

Michel Bartsch beugte sich blitzschnell zu ihm herunter, öffnete ihm den Mund und wischte ihn mit seinen Fingern aus. „Nichts drin, was ihm die Atemwege versperren könnte!", rief er den anderen zu, die Gerd Webers Oberkörper aus dem Sand zogen. **Wie um das Herz aufzuwecken, schlug Michel Bartsch dem Bewusstlosen die Faust kräftig mitten auf die Brust.** Doch nichts geschah. Jetzt begann der junge Mann mit einer Herzdruckmassage. Er forderte Ronny Niebel auf, die Beatmung zu übernehmen.

Verzweifelt versuchten die beiden Männer mehrere Minuten lang, Gerd Weber wieder ins Leben zurück zu holen. „Los, Gerd, mach die Augen auf", flehte Ronny Niebel mit bebender Stimme.

Nach wenigen Minuten löste Phil Neumann Michel Bartsch ab und führte die Herzdruckmassage nun seinerseits fort. Nach wenigen Minuten wechselten sie erneut die Plätze. Gegenseitig ermunterten sich die Männer durchzuhalten, denn so eine Herzdruckmassage erfordert sehr viel Kraft und Ausdauer. Sie wollten unbedingt ihren Freund oder Nachbarn retten. Doch nach etwa einer halben Stunde sagte Phil Neumann: „Ich glaube, er ist tot!"

Michel Bartsch und Ronny Niebel hörten mit der Wiederbelebung des Freundes auf. „Scheiße! Oh, Gerd, so eine verfluchte Scheiße, du kannst doch nicht einfach tot sein!", schrie Ronny Niebel verzweifelt. Am Ende seiner Kräfte, setzte er sich dort, wo er sich gerade befand, in den Sand. Die Arme stützte er mit den Ellenbogen auf den Knien ab und mit seinen Händen den Kopf. Tränen standen ihm in den Augen. Mehrmals wiederholte er leise das Wort „Scheiße" und schüttelte immer wieder den Kopf. Mit den Händen wischte er sich seine Tränen aus dem Gesicht und fragte: „Und was machen wir jetzt?"

Da er die Männer nicht kannte, fragte Phil Neumann verunsichert: „Weiter nach den Kindern suchen?"

Michel Bartsch antwortete leise, auch ihm stand der Schock wie eingemeißelt im Gesicht. „Herr Niebel, es mag sich für Sie doof anhören, aber ich glaube auch, wir sollten weitermachen und die Kinder suchen. Vielleicht leben sie noch. Das wollen wir wenigstens hoffen. Wenn wir jetzt Zeit verstreichen lassen, um Herrn Weber zurückzubringen, gefährden wir unnötig Patricks und Torstens Leben."

Die Speisekammer des Monsters

Ingrid Weber und Karin Niebel saßen im Wohnzimmer der Niebels auf der Couch, als das Haus plötzlich für wenige Sekunden erzitterte. Eine Tapetenbahn mitten in einer Wand erlitt dabei einen Riss.

Eher erstaunt als geängstigt fragte Karin Niebel: „Was war denn das eben?"

„Ein Erdbeben?", fragte Ingrid Weber unsicher zurück.

Plötzlich sah Karin Niebel ihre Freundin mit vor Schreck weitgeöffneten Augen an und sagte: „Oh, mein Gott, wenn das wirklich ein Erdbeben war, ist hoffentlich unseren Männern und Kindern da unten nichts passiert."

„Du musst jetzt aber auch nicht den Teufel an die Wand malen, hörst Du?"

„Nein, sicherlich nicht, du hast ja Recht. Ich glaube, ich mache uns erst einmal einen schönen starken Kaffee."

Erst jetzt entdeckte Karin Niebel den Riss in der Tapete. „So eine Scheiße! Das muss Ronny reparieren, wenn er wieder da ist!", sagte sie leise.

„Was meinst du, Karin?"

„Na, den Riss in der Tapete dort drüben an der Wand!"

*****

Phil Neumann sah Ronny Niebel mitfühlend ins Gesicht und sagte: „Es tut mir leid um Ihren Freund. Aber so etwas kann passieren, wenn es auch in Hamburg sehr selten ein Erdbeben gibt. Aber ausgerechnet jetzt musste eins ausgelöst werden. So ein Scheiß!"

Traurig antwortete Ronny Niebel: „Danke für Ihre Anteilnahme. Aber letztendlich haben wir alle gewusst, was uns hier unten erwarten kann. Michel hat recht, wir sollten

weitermachen, bevor noch mehr Unglück auf uns zukommt."

„Weiß jemand von Ihnen, wohin dieser Weg führt und ob
es dahinter vielleicht …", Phil Neumann zeigte mit dem
Zeigefinger seines ausgestreckten rechten Armes auf die
verschüttete Stelle im Stollen und sprach weiter, „vielleicht
doch eine Verbindung zu einem anderen Weg gibt, der
zum Keller zurückführt?"

Der alte Herr Waldbusch erzählte ihm die Geschichte
über die Bunkeranlagen aus dem Zweiten Weltkrieg, die er
auch schon Ronny Niebel und Gerd Weber erzählt hatte
und endete mit den Worten: „Nichts Genaues weiß man natürlich. Möglich ist alles, auch dass dieser Gang in einen
anderen mündet, der irgendwo vor der Treppe raus-
kommt."

„Also gut", sagte Phil Neumann, „dann lassen Sie uns
den armen Herrn Weber etwas zurückbringen, damit wir
den Schutt beiseite räumen können. Wir haben schon genug Zeit verloren und sollten zusehen, dass wir weiter-
kommen."

Nachdem die Männer glaubten, für Gerd Weber einen sicheren Platz gefunden zu haben, brachten sie ihn dort hin
und deckten ihn mit einer Decke zu. Danach arbeiteten sie
unermüdlich an der Einsturzstelle weiter. Nach etwa zwei
Stunden gelang es ihnen, ein Loch durch den Schuttberg zu
graben, das es ihnen erlaubte, nacheinander hindurch auf
die andere Seite zu klettern. Jedoch sicherten sie den
Durchgang mit den Schraubzwingen und einigen Nägeln,
die Michel Bartsch mitgebracht hatte. Herrn Waldbusch fiel
es aufgrund seines Alters schwer, den kleinen Durchgang
zu passieren, aber Michel Bartsch half ihm, indem er ihm
eine Hand reichte, auf die sich der alte Mann abstützen
konnte. Außerdem zog der junge den alten Mann mehr
oder weniger durch das Loch hindurch. Kaum waren sie

wieder zusammen, konzentrierten sich die Männer auf ihren Weg und ihre neue Umgebung. Dabei entdeckten sie, wie Patrick und Torsten vor ihnen, die Leichen, die sich das Ungeheuer als lebende Menschen geholt hatte und die ein grauenvolles Martyrium erlebt haben mussten.

Phil Neumann sah sie als Erster. „Oh, mein Gott", entfuhr es ihm, „die armen Menschen!"

Ronny Niebel erlebte einen nie dagewesenen Würgereiz, als der Lichtstrahl seiner Stabtaschenlampe die Toten erreichte. Michel Bartsch stellten sich im Nacken alle Haare auf, sein Gesicht wurde blass. Er musste sich beherrschen, damit er sich nicht an Ort und Stelle erbrach. Herr Waldbusch meinte erschrocken: „Hoffentlich bleibt uns allen dieses Schicksal erspart."

„Sehen Sie das Kind dort?", schrie mit überschnappender Stimme Ronny Niebel.

„Beruhigen Sie sich!", rief Herr Waldbusch ihm energisch zu, „es ist nicht Torsten, und auch Patrick nicht!" Danach herrschte der alte Mann seinen Hund an, der laut bellend und aufgeregt zwischen den Toten und den Lebenden hin und her lief, als wüsste er nicht, an wen er sich wenden sollte. „Komm zu mir, Shiba! Komm her!" Der Hund gehorchte und ließ sich von seinem Herrchen schwanzwedelnd beruhigen.

Gleichzeitig rief Ronny Niebel zurück: „Aber doch ist es ein Kind!".

„Ja, das ist es", sagte Michel Bartsch leise. „Anstatt hier unten wie ein Schwein tot aufgehängt zu sein, sollte dieser Junge lieber auf der Straße mit seinen Freunden Fußball spielen!"

„Das Ding, das das angerichtet hat, ist sehr gefährlich. Wir müssen es finden und zur Strecke bringen. Sonst werden die Menschen in diesen Häusern hier nie zur Ruhe kommen", damit meinte Phil Neumann den Hochhausblock auf dem Hans-Duncker-Platz. Ihm war bewusst, dass er jetzt die Führung über die kleine Gruppe übernehmen musste. Doch zunächst wollte er sie von diesem Ort des Grauens wegführen. Er befürchtete, dass die Wut der Männer auf das unbekannte Monster die Suche nach den Kindern gefährden könnte, weil sie unachtsam wurden. Doch spätestens jetzt war ihre volle Aufmerksamkeit notwendig, weil davon das Leben aller Anwesenden abhängen konnte. Es konnte auch über das Leben oder den Tod der Kinder entscheiden.

Die Jäger

Patrick und Torsten gingen einen unbekannten Stollen entlang. Seit sie am Morgen verunsichert aufgebrachen, war ihnen nichts Schlimmes widerfahren. Nichts und niemand war ihnen begegnet, nur die Erde hatte einmal kurz geruckelt. **Aber** das Gebälk, das den Stollen noch vor dem Einsturz bewahrte, hatte gehalten.

Aber wie es so oft ist, dass Dinge gerade dann kaputt gehen oder nicht mehr funktionieren, wenn sie am dringendsten gebraucht werden, wurden die Batterien in Torstens Taschenlampe **schwach und ihr Licht mit ihnen. Doch ohne** Licht konnten sie hier unten nur umherirren. Wenn sie in der Finsternis ihre Umgebung nicht mehr erkannten, wussten sie nicht, wohin sie liefen, weil sie sich ohne ihre künstlichen Lichtquellen in völliger Dunkelheit befanden. Dann wären sie auf ihr Gehör angewiesen, um eventuelle Gefahren erkennen zu können. Vielleicht hätte ihnen ihr Tastsinn geholfen. Aber, wenn das Ungeheuer sie wieder bedrohen würde, wäre auch der keine Hilfe für sie. Torsten fragte: „Patty, hast Du noch Batterien für die Taschenlampe?"

„Nein, ich habe meine letzten schon vor einer Stunde gewechselt."

„Scheiße, meine Lampe gibt den Geist auf und ich habe keine Batterien mehr. Lange macht sie nicht mehr mit."

„Mach dir mal noch keine Sorgen, meine wird schon noch eine Weile durchhalten."

„Und wenn wir von irgendwelchen Viechern angegriffen werden?"

„Bis jetzt ist doch alles gut gegangen, vielleicht haben wir, als der Stollen einstürzte, dieses ganze Ungeziefer hinter uns gelassen", meinte Patrick.

„Aber wir können nicht nach Hause zurück, weil wir den Schuttberg nicht beseitigen können. Und dieser Stollen hat uns, glaube ich, bisher nur vom Keller weggeführt. Wenn der wenigstens etwas ansteigen würde, aber nichts passiert hier."

„Dass nichts passiert, ist mir immer noch lieber, als wenn wir von dem Ungeheuer gejagt oder von Ratten angefallen werden."

Plötzlich wurde der Lichtstrahl von Torstens Taschenlampe schwächer und schwächer, bis sie ganz erlosch. „Scheiße, meine Lampe ist ausgegangen, ich hoffe, deine hält noch durch."

„Bestimmt noch etwas, aber trotzdem sollten wir versuchen, schnell einen Weg nach Hause zu finden."

Da auch Patrick keine Batterien mehr hatte, um die verbrauchten in seiner Taschenlampe austauschen zu können, war es nur eine Frage der Zeit, wann sie wieder, wie bei ihrem ersten Besuch in diesen Stollen, im Dunklen stehen würden. Als sie sich daran erinnerten, stellte sich ihre alte Angst wieder ein.

„Sollen wir meine Lampe vielleicht auch ausmachen, und uns im Dunklen vortasten und sie nur anmachen, wenn uns eine Gefahr droht? Dann haben wir wenigstens noch etwas Licht, wenn etwas passieren sollte", fragte Patrick.

„Prima Idee, Patty, dann ist es hier so dunkel wie in einem Bärenarsch und wir sehen überhaupt nichts mehr! Dann verpassen wir vielleicht noch einen Stollen, der zum Keller zurückführt."

„Hast du eine bessere Idee?"

„Nein! Patty, wenn ich ehrlich sein soll, ich habe Angst!", gab Torsten zu.

*****

Frau Weber und Frau Niebel machten sich große Sorgen. Seit über einem Tag waren ihre Kinder verschwunden. Wo mochten sie nur stecken? Ging es ihnen gut? Sie würden

Hunger und Durst leiden. Konnten ihre Jungen in der Nacht einen Platz finden, auf dem sie schlafen konnten? Ihnen war hoffentlich nichts Schlimmes geschehen. Und zur Sorge um die Söhne gesellte sich nun auch die Sorge um ihre Ehemänner hinzu.

Zum wohl tausendsten Male stellten sie sich die gleichen Fragen. Und jedes Mal beantworteten die Freundinnen sich ihre Fragen selbst. In ihrer Angst um die Jungs erzählten sie sich Geschichten, die sie in der Vergangenheit mit ihnen erlebt hatten.

*****

„Torte, ich habe Hunger! Hast Du noch etwas zu Essen dabei?"

„Nein, Patty, alles was ich hatte, haben wir schon aufgegessen!"

„Scheiße, ich habe auch nichts mehr! Und mir ist schon ganz schlecht vor Hunger", klagte Patrick. Dann fragte er: „Und hast du noch etwas zu trinken?"

„Viel nicht mehr, aber ich habe auch Durst. Komm, lass es uns ehrlich teilen."

Torsten hielt Patrick seine Trinkflasche hin, die noch zu einem Viertel gefüllt war. Dankbar nahm er sie entgegen, trank einen Schluck daraus und gab sie zurück.

„Aber du hast gar nicht viel getrunken."

„Vielleicht sollten wir uns noch etwas für später aufheben."

Nachdem auch Torsten einen kleinen Schluck getrunken hatte, gingen die Kinder schweigend weiter, bis sie zu einem weiteren Stollen gelangten, der von ihrem nach rechts abging.

„Ob wir den nehmen sollen?"

„Ich weiß nicht, vielleicht ja." Patrick leuchtete in den Stollen hinein. „Wenigstens steigt der Weg hier etwas an."

„Was nichts zu sagen hat, denn er kann später wieder abfallen."

„Trotzdem sollten wir diesen Weg nehmen, glaube ich."

Die Freunde waren sich einig. Weder Torsten, noch Patrick ahnten, dass ihre Väter sie suchten. Auch gab es das Ungeheuer, welches in diesem Stollensytem sein Unwesen trieb! Das konnte die Knaben abfangen, genauso wie die Väter nicht vor ihm sicher waren!

*****

Mit Bestimmtheit sagte Phil Neumann: „Ich kann Sie sehr gut verstehen! Aber dieses Kind ist tot! Ich verstehe Ihre Gefühle, bitte, glauben Sie mir, aber Torsten und Patrick leben und brauchen unsere Hilfe nötiger, als dieses Kind hier. Wir müssen handeln!"

Die anderen Männer sahen ihn an und Herr Waldbusch nickte: „Er hat recht. Lasst uns weitergehen. Wir müssen Patrick und Torsten finden."

Phil Neumann holte einen Gegenstand aus seiner Tasche heraus. Dieser sah aus wie der Schaft eines Gewehrs. Aber er sah klobiger aus als bei einem normalen Gewehr. Danach förderte der Geisterjäger einen 60 Zentimeter langen Lauf hervor, den er auf den Schaft aufsetzte. Es klickte leise und schon war der Lauf am Schaft befestigt. Jetzt fehlte nur noch das Magazin, das er aus seiner Tasche nahm und von unten in die Waffe einsetzte. „Sollten wir dem Monster begegnen, wird es sein blaues Wunder erleben. Mit dem Ding hier brenne ich ihm einen auf seinen Pelz. Die Waffe sieht für den Laien vielleicht komisch aus, ist aber sehr wirksam", erklärte Phil Neumann, „denn damit kann ich Raketenprojektile verschießen!"

„Raketenprojektile? Wie funktionieren die?", wollte Michel Bartsch wissen.

Phil Neumann erklärte die Funktionsweise seines Gewehrs. „Es wird Munition vom Kaliber Zwölf mal 99 verwendet. Diese Waffe ist speziell für unser Institut entwickelt worden. Jeder Mitarbeiter im Außendienst, also jeder Monsterjäger, wurde mit solch einer Waffe ausgestattet." Michel Bartsch und Herr Waldbusch hörten ihm aufmerksam zu. Auch Ronny Niebel lauschte den Ausführungen des Monsterjägers. „Dabei handelt es sich um Projektile mit einem Miniaturraketenantrieb. Durch einen elektrischen Impuls wird im Inneren des Geschosses eine Zündstrecke aktiviert. Gleichzeitig wird das Projektil durch Druckluft aus dem Lauf befördert. Direkt nach Verlassen des Laufes richten sich Stabilisatoren am hinteren Ende des Projektils auf. Erst nach etwa 3m Flug wird der Raketenantrieb aktiviert. Das ist wichtig, weil sonst der Schütze verletzt werden könnte. Die maximale Reichweite dieses Gewehrs beträgt etwa 600 Meter.

Nach dem Aufprall zerlegt sich der Geschosskopf und gibt durch den Treibsatz in Brand gesetzte Magnesiumpartikel frei, die zu inneren Verbrennungen führen."

„Na, das ist im wahrsten Sinne des Wortes eine Waffe für Monsterjäger", begeisterte sich Michel Bartsch.

„Ich will nicht unhöflich sein, bitte, verstehen Sie mich nicht falsch, aber ist das alles, was die Waffe kann, oder kann sie noch mehr?", wollte Ronny Niebel wissen.

Phil Neumann antwortete: „Auf den Lauf kann ein holografisches Laservisier montiert werden. Damit kann man zielen, auch wenn es dunkel ist. Am vorderen Ende des Schafts befindet sich eine Abschussvorrichtung für einen Taser, mit dem man ein Tier betäuben kann. In der Schulterstütze ist ein größerer Lithium-Akku eingebaut, der sowohl den Zünder als auch den Elektroschocker speist. Deshalb ist der Schaft größer und wirkt im Vergleich zu anderen Gewehren klobig. Hier an der Seite befindet sich der Sicherungshebel und ein Schalter, mit dem man auswählt, ob beim Abdrücken ein Projektil verschossen oder der Elektroschocker ausgelöst wird.

Mit diesem Repetierhebel wird das Geschoss in die Abschusskammer befördert. Ein Hülsenauswurf wird nicht benötigt, da das Projektil komplett verschossen wird."

„Na, das ist ja ein Teil", meinte Ronny Niebel bewundernd.

„Aber jetzt lasst uns bitte aufbrechen, wir wollen die Kinder finden und in Sicherheit bringen", forderte Phil Neumann die Männer auf.

Herr Waldbusch drehte sich zu seinem Shiba Inu um und sagte: „Komm, mein Lieber, komm, wir wollen weiter!"

Freudig lief das Tier mal vor ihm her, mal folgte es ihm im geringen Abstand. Und überall, wo es ihm gefiel, blieb es stehen und schnupperte, obwohl es aus menschlicher Perspektive nichts zu schnuppern gab, es sei denn, das Monster hatte eine Duftmarke hinterlassen. Wenn das Herrn Waldbusch zulange dauerte, weil der Shiba Inu zu weit zurückblieb, pfiff er leise, und schon lief das brave Tier zu seinem Herrchen zurück.

Langsam entfernte sich die Gruppe von den Toten. Unauffällig hatte sich Phil Neumann Michel Bartsch zugewandt. Er flüsterte ihm zu: „Michel, ich brauche Ihre Hilfe. Sie wissen besser als ich, dass Herr Niebel seinen Freund verloren hat. Er ist in dieser Situation einem enorm hohen Druck ausgesetzt. Einerseits macht er sich Sorgen um sein Kind, andererseits trauert er um seinen Freund. Wir müssen aufpassen, dass er keine Dummheiten begeht!"

„Herr Niebel hat sich erstaunlich gut unter Kontrolle, das können Sie mir glauben. Außerdem kenne ich ihn auch nicht. Ich bin erst vor kurzem in dieses Haus eingezogen. Aber vielleicht haben Sie Recht. Ich werde mein Bestes tun", erwiderte der junge Mann.

Die Männer kamen gut voran. Nichts passierte, alles war ruhig. Wie viel Zeit mochte bisher vergangen sein? Niemand achtete darauf. Jedoch hatte Phil Neumann den Hund nicht aus den Augen gelassen. Solange Shiba ruhig der Gruppe folgte oder vorweg lief, bestand für sie keine Gefahr. Schweigend gingen sie weiter, bis sie im Lichtstrahl von Michel Bartschs Scheinwerfer die Abzweigung erblickten, die Torsten und Patrick genommen hatten. Diese war noch ein gutes Stück von ihnen entfernt. Phil Neumann überlegte, ob sie dieser Abzweigung folgen oder geradeaus gehen sollten. Doch nun bemerkte er, dass der Shiba Inu seinen Schwanz senkte und ihn sogar zwischen seinen Hinterläufen einklemmte. Es war für den Geisterjäger offensichtlich, dass sich das Tier nicht wohlfühlte. Es begann zu knurren.

„Was ist denn los, Shiba?", fragte Herr Waldbusch seinen Vierbeiner.

Der blieb jetzt stehen und knurrte immer noch vor sich hin. Auch die Menschen blieben stehen und lauschten.

„Hört ihr das auch?", fragte Ronny Niebel.

„Da raschelt doch etwas!", meinte Michel Bartsch.

„Da fiept doch auch irgendwas", sagte Herr Waldbusch. Sein Shiba Inu stand neben ihm und begann zu winseln, einige Sekunden später bellte er laut und war sichtlich aufgeregt. Mehrmals sprang er mit den Vorderpfoten vom Boden ab, aber noch blieb er bei seinem Herrchen stehen. Herr Waldbusch versuchte, seinen Hund zu beruhigen, aber diesmal gelang es ihm nicht.

„Was hat er denn bloß?", fragte er und sah die anderen verwundert an, während er den Hund streichelte.

Plötzlich hörten sie einen Schrei!

*****

Zur gleichen Zeit hatten sich Ingrid Weber und Karin Niebel in der Küche der Niebels einen Kaffee gekocht. Sie saßen am Esstisch der Familie und hatten ihren Blick auf die Tassen gesenkt, die sie aber nicht wahrnahmen. Die beiden Frauen hingen ihren Gedanken nach.

Karin Niebel musste an ein Erlebnis mit ihrem Mann und Patrick denken. Dieses wollte sie ihrer Freundin Ingrid Weber erzählen: „Ich musste eben an eine Geschichte aus unserem letzten Urlaub denken. Soll ich sie dir erzählen?"

Ingrid Weber antwortete mit einem Lächeln im Gesicht. „Aber ja, gerne, das lenkt mich dann von meinen Sorgen um Torsten ab."

Karin Niebel lächelte zurück. „Das kann ich verstehen. Aber wenn ich dir diese Story erzähle, lenkt das auch mich von meinen Sorgen ab, die ich mir um Patrick mache. Hoffentlich ist den Kindern nichts Schlimmes geschehen!"

„Ich glaube, daran dürfen wir nicht denken. Aber los, erzähle schon die Geschichte."

Also begann Karin Niebel zu berichten. „Es war im letzten Urlaub an der Costa Brava. Patrick war ins Meer zum Baden gegangen und hatte die Strömung unterschätzt. Das abfließende Wasser der Ebbe hatte ihn abgetrieben. Als er das bemerkte, schaffte er es nicht mehr, gegen die gefährliche Strömung anzukämpfen. Er erkannte, dass er ertrinken würde, und rief um Hilfe.

Ronny hatte den Hilferuf unseres Sohnes gehört und war ihm sofort zur Hilfe geeilt. Ich habe ihn noch nie so schnell laufen und schwimmen gesehen.

Natürlich hatte es mich auch nicht mehr auf meiner Decke am Strand gehalten und bin voller Sorge und Angst um meinen Kleinen ans Wasser geeilt, von wo aus ich Ronny sehen konnte. Ich beobachtete ihn und konnte erkennen, wohin er schwamm. Patrick sah ich nirgends.

Dass Ronny sich selbst damit in Gefahr brachte, daran dachte er damals nicht. Aber meine Männer hatten Glück gehabt. Ronny war rechtzeitig zu Patrick gekommen und hatte ihn wie ein Rettungsschwimmer zurück an den Strand gebracht. Das hat die beiden noch enger zusammengeschweißt. Du kannst dir sicherlich vorstellen, wie froh ich damals über diesen Ausgang war. Und heute bin ich dankbar, dass ich meine beiden Männer immer noch habe! Zum Glück wird Patrick mir noch einige Jahre erhalten bleiben, denn er ist ja erst dreizehn Jahre alt. Bis der heiratet, ist es noch ein Weilchen hin."

Beide Frauen lachten über Karin Niebels Scherz.

*****

Aus dem Seitenstollen, der sich etwa 70 bis 80 Meter vor der Gruppe um Phil Neumann befand, brachen Torsten und Patrick in panischer Angst hervor. Die Jungen schrien wild durcheinander und blickten weder nach links noch nach rechts. Sie hatten nur Eines im Sinn: Schnell davonlaufen. Deshalb bemerkten sie die Erwachsenen nicht, obwohl Michel Bartsch seinen tragbaren Scheinwerfer auf sie gerichtet hatte. Auf den reagierten die Kinder nicht, sie liefen in die falsche Richtung. Anstatt sich den Männern zu zuwenden, liefen sie von ihnen weg. Wovor die Knaben davonliefen, war den Männern bewusst.

Ronny Niebel rief so laut er konnte Patrick und Torsten hinterher: „Kinder, kommt zu uns, schnell! Dreht um und kommt zu uns!"

Doch es war zu spät. Ehe die beiden sich umdrehen konnten, stürzte ihnen aus dem Seitenstollen ein fremdartiges Wesen hinterher. Es war sehr schnell und groß. Aus der Entfernung konnten die Männer es nicht richtig erkennen, denn dieses Etwas wechselte scheinbar in schneller Folge die Gestalt. Das lag an den Lichtverhältnisse in der Ferne, die trotz des Scheinwerfers bescheiden waren. Dazu kam, dass das fremde Wesen beinahe ein schwarzes Äußeres hatte und deshalb kaum zu erkennen war. Der Lichtkegel des Scheinwerfers tanzte hin und her, weil Michel Bartsch das Gerät vor Nervosität kaum stillhalten konnte. Die Konturen des riesigen fremdartigen Wesens veränderten sich durch den Wechsel von Licht und Schatten ständig. Mit seinem Erscheinen verbreitete sich außerdem ein sehr unangenehmer Geruch.

Das Ungeheuer war zwar schlecht zu erkennen, aber dafür gut zu riechen. Nein, das war schon kein Geruch mehr, sondern purer Gestank, was von ihm ausging. Es roch nach Tod und Verderben.

Als sei es ebenso wie die Menschen überrascht, stand es unbeweglich zwischen den Kindern und den Männern, so, als müsse es sich entscheiden, wen es zuerst angreifen sollte.

Als die Männer das fremde Wesen erblickten, fuhr ihnen der Schock in die Glieder. Niemand sprach ein Wort. Dazu war keiner von ihnen fähig. Nicht einmal Phil Neumann konnte etwas sagen, obwohl er in seiner Tätigkeit als Monsterjäger schon sehr viel gesehen und erlebt hatte. Die fremdartigsten Wesen hatte er kennengelernt und bekämpfen müssen. Einige von ihnen mussten außerirdischen Ursprungs gewesen sein, davon war Phil Neumann überzeugt. Aber so ein riesiges Monster hatte auch er noch nicht gesehen.

Die Stille hielt an, aber nur für wenige Augenblicke. „Oh, mein Gott", sagte Ronny Niebel kaum hörbar, „jetzt ist das Ding zwischen uns. Wir müssen es von den Kindern ablenken." Den Jungen rief er zu: „Patrick, versteckt Euch und wartet auf uns. Wir versuchen, zu Euch zu kommen!"

„Das kann kein irdisches Wesen sein!", glaubte Phil Neumann.

Der alte Waldbusch handelte als Erster. Er beugte sich zu seinem Shiba Inu herunter und sagte ihm nur ein Wort ins Ohr: „Fass!"

Michel Bartsch rief ihm zu: „Nein! Der Hund hat doch keine Chance gegen dieses Ding! Was soll das denn?!"

Doch wieder war es zu spät. Der Hund lief schon davon. Als wenn er wüsste, dass es einzig von ihm abhing, dass die Jungen gerettet werden konnten, stürmte der etwa kniehohe Hund dem unbekannten Wesen, das bestimmt zwei Meter groß war, mutig entgegen. Während Shiba dem Monster entgegen jagte, bellte er es angriffslustig an.

Doch Phil Neumann ärgerte sich jetzt, dass er nicht schon längst auf das Monster geschossen hatte. Es war ihm bewusst, dass der Hund sterben musste. Aber vielleicht konnte er das noch verhindern, wenn er noch schneller als der brave Vierbeiner des Herrn Waldbusch war. Blitzschnell hatte er sein Gewehr auf das unbekannte Wesen gerichtet und zielte. Als er abdrücken wollte, erschien der Hund im Fadenkreuz.

„Scheiße, muss das denn sein?", rief er wütend, denn den Hund wollte er nicht töten, sondern das Monster, das schon so viele Opfer gefordert hatte. Phil Neumann war sich bewusst, dass er vorsichtig sein musste, weil sich hinter dem Untier die Kinder befanden, die es zu beschützen galt. Sobald der Hund aus der Bahn war und er freies Schussfeld hatte, betätigte der Geisterjäger den Abzug. Leise gab der Lauf das Projektil frei, das dann den Raketenantrieb zündete und fauchend auf das Monster zu raste. Die Männer konnten es mit den Augen verfolgen, da es eine Leuchtspur hinter sich herzog. Dort wo das Wesen stand, endete die Leuchtspur und verschwand.

Nur einen Augenblick später schrie das Monster auf. Was es ausstieß, war ein unheimlicher und grauenvoller Schrei, sehr laut, aber auch sehr unirdisch. Woher mochte dieses

Wesen kommen? Warum oder wie war es hierher geraten? Diese Fragen zu beantworten, konnte für die Menschheit lebenswichtig sein.

Phil Neumann, Michel Bartsch, Ronny Niebel und Herr Waldbusch beobachteten den Hund, der vom Boden absprang und dem schreienden Ungeheuer, das um sich schlug, entgegenflog. Die Männer hörten den Vierbeiner nicht mehr knurren, dazu war er zu weit von ihnen entfernt. Doch dann geschah es. Anstatt dem Monster entgegenzufliegen, wurde der arme Shiba Inu kraftvoll zurückgeschleudert. Er prallte vor Herrn Waldbusch hart auf den Boden. Das arme Tier winselte, doch dann blieb es vor dem alten Mann bewegungslos liegen.

*****

„Oh, Shiba, was machst du bloß?", fragte Torsten sich, als er sah, was der brave Hund vorhatte. Der Junge wusste, dass der kleine Hund des Alten gegen das Monster machtlos war. Er machte sich Sorgen um das Tier, das er liebte und mit dem er in der Vergangenheit oft herumgetobt hatte. Herr Waldbusch war ein netter, alter Herr, der es den Kindern erlaubte, seinen Shiba zu verwöhnen oder mit ihm zu spielen. Manchmal durfte Torsten auch mit ihm ausgehen, wenn es Herrn Waldbusch gesundheitlich nicht gut ging oder der keine Zeit hatte, mit dem Hund seine Runden zu drehen.

Dann sah der Junge einen Lichtstrahl, der in das Monster eindrang. Den Schrei, den es ausstieß, würde der Junge sein ganzes Leben nicht mehr vergessen. Er stupste Patrick an, der, wie er selbst, gebannt auf die Szene starrte.

„Sie greifen das Biest an, um es von uns abzulenken!", rief Patrick Torsten zu. Die Freunde sahen sich für einen kurzen Moment fragend in die Augen, was bedeuten sollte: „Was sollen wir jetzt machen?"

„Verschwinden?", fragte Torsten.

„Uns in Sicherheit bringen!", sagte Patrick.

„Aber wie, Patty?"

„Weg von dem Vieh!" Mit diesen Worten zog Patrick seinen Freund hinter sich her, der jetzt mit ansehen musste, was dem armen Shiba widerfuhr.

„Oh, nein, Shiba, nein", rief Torsten aus.

„Was ist los?", wollte Patrick wissen.

Torsten antwortete: „Das Mistvieh hat Shiba weit weggeschleudert. Ich glaube, der arme Shiba ist tot."

*****

Wilhelm Waldbusch sank erschrocken vor seinem Hund auf die Knie, streckte seine Rechte nach ihm aus und als er den Hund berührte, sagte er mit tränenerstickter Stimme: „Mein Shiba ist tot. Dieses Mistding hat ihn umgebracht!" Der alte Mann zog ein großes Kochmesser aus der Innentasche seiner Jacke.

„Was wollen Sie damit?", fragte Ronny Niebel besorgt.

„Es dem Ding heimzahlen!", rief Herr Waldbusch laut, seine Wut ließ ihn nicht denken.

„Das können Sie im Moment vergessen, es ist nicht mehr da", sagte Phil Neumann energisch, „außerdem richten Sie mit dem Kochmesser gegen das Ding nichts aus, Sie gefährden damit nur sich selbst! Sie sehen doch, was es mit ihrem Hund gemacht hat, obwohl ich es getroffen habe!"

Herr Waldbusch sah zuerst dorthin, wo vor wenigen Augenblicken noch das Monster stand, doch als er es nicht wahrnahm, blickte er zu Phil Neumann. „Wo ist es hin?"

„Wenn ich es richtig gesehen habe, verschwand es im Seitenstollen dort vorne, wo es vorhin herauskam."

„Dann können wir die Kinder zu uns holen", meinte Ronny Niebel hoffnungsvoll.

Phil Neumann richtete seine Augen dort hin, wo er die Kinder vermutete. „Lasst uns vorsichtig zu ihnen gehen."

Langsam schritt er voran, seine Waffe im Anschlag haltend. Er wollte sich von dem unbekannten Wesen nicht überraschen lassen.

*****

Torsten rief voller Enthusiasmus und mit großer Hoffnung: „Patrick, das Mistvieh ist weg. Es ist in den Seitenstollen verschwunden. Jetzt können wir zu unseren Vätern laufen."

„Ich weiß nicht, vielleicht sollten wir warten, bis sie uns holen kommen oder uns sagen, dass wir zu ihnen kommen sollen."

Trotzdem verließen sie ihr Versteck, in dem sie sich vor dem Monster verborgen hielten. Schon bekamen die Jungen eine Anweisung von Phil Neumann: „Bleibt, wo ihr seid. Wir kommen zu Euch!"

Die Kinder gehorchten. „Wer ist denn das?", fragte Torsten.

„Keine Ahnung!"

„Hast du meinen Vater gesehen?"

„Nein, meinen habe ich auch nicht gesehen, nur gehört!"

„Hoffentlich ist meinem Papa nichts passiert!", erwiderte Torsten, Unheil ahnend.

*****

Schritt für Schritt gingen die Männer vorwärts. Dabei ließen sie den Seitenstollen nicht eine Sekunde aus den Augen. Jederzeit konnte das Monster daraus hervor kommen und den Männern entgegen eilen. Sollte das tatsächlich geschehen, wollte Phil Neumann es gebührend empfangen. Die Anspannung konnte man den Männern von ihren Gesichtern ablesen. Immer wieder blickte sich Phil Neumann aufmerksam um. Aus den Erzählungen der anderen wusste er, dass sich das unbekannte Wesen des Ungeziefers bediente, welches sich in seiner unmittelbaren Nähe befand. Er wollte beispielsweise kein Opfer eines Rattenangriffes werden. Ebenso sollte den Männern nichts geschehen, die er begleitete.

Phil Neumann war ein vorsichtiger Mann. Er glaubte zwar an keinen Gott, aber er glaubte daran, dass es Dinge auf dieser Welt gab, die man nicht wissenschaftlich beweisen konnte, die aber trotzdem auf das Leben der Erde ihren Einfluss ausübten.

Seine eigenen Erfahrungen zeigten ihm, dass es durchaus unerklärliche Phänomene gab. Was anderes ist Magie? Die Bezeichnung als weiße und schwarze Magie war genauso richtig oder falsch wie die meisten und besser als etliche andere.

Auch glaubte Phil Neumann daran, dass es Tiere gab, die aus einer anderen Zeit oder einer anderen Dimension auf die Erde kamen. Er war davon überzeugt, dass er es hier mit einem Besucher aus einer anderen Dimension zu tun hatte. Er hatte es mit seiner Waffe getroffen und ihm Schmerzen zugefügt. Deshalb glaubte er, dass er dieses Wesen töten konnte. Aber dazu musste es ihm eine Gelegenheit geben. Es würde nach seiner Verletzung nicht wieder so unvorsichtig sein, sich den Menschen ungeschützt entgegen zu stellen.

Niemand sprach ein Wort. Die Nerven der Männer waren bis zum Zerreißen gespannt. Keiner von ihnen wollte kurz vor dem Ziel die Rettung der Kinder gefährden und sie der Gefahr aussetzen, von dem Monster verletzt oder getötet zu werden.

Der starke Verwesungsgeruch wurde intensiver. Das fremde Wesen musste also in ihrer Nähe sein. „Hoffentlich macht der alte Waldbusch keine Dummheiten, wenn wir es aufspüren", dachte Phil Neumann. Jetzt war er so froh wie noch nie am heutigen Tag, dass Michel Bartsch seinen tragbaren Scheinwerfer mitgenommen hatte, der den Stollen vor der Gruppe weit ausleuchtete. Den Eingang zum Seitenstollen konnte er gut erkennen. Sollte das Ding mal jetzt dort herauskommen, das würde ihm nicht gut bekommen. Der Monsterjäger vernahm leise Geräusche. Er glaubte, etwas rascheln zu hören. Auch ein Stöhnen, als wenn jemand Schmerzenlaute von sich gab.

Er schaute sich um. Der Stollen war nach seinen Erfahrungen ziemlich groß, man konnte etwa 100 Meter weit sehen, erst danach verschwand er hinter einer Kurve. Für einen Stollen war er an dieser Stelle ziemlich breit, ungefähr drei Meter, an einigen Stellen vielleicht sogar fünf Meter. Er glich eher einer lang gezogenen, unterirdischen Halle.

„Wo nur steckt dieses Ding?" dachte Michel Bartsch. Irgendwo hier musste es doch sein. Allmählich erreichten sie den Seitenstollen, aus dem die Kinder vorhin herausstürmten und aus dem heraus das Ding sie verfolgte.

Phil Neumann spähte in den Gang hinein, konnte keine Gefahren erkennen und signalisierte Ronny Niebel, mit den Kindern zu reden. Das tat dieser gerne. „Patrick, Torsten, kommt jetzt zu uns. Seid vorsichtig."

„Ja, Papa", antwortete einer der beiden Jungen. Nur wenige Augenblicke danach sah Ronny Niebel seinen Sohn hinter einigen felsartigen Steinen hervorkommen. Bei ihm war sein Freund Torsten, mit dem er gemeinsam aufwuchs. Die Kinder winkten den Erwachsenen erleichtert zu. Sie liefen nicht, weil sie keinen unnötigen Lärm verursachen wollten. Jedoch schritten sie zügig aus, um die Männer zu erreichen. Als sie nur noch wenige Meter von Ronny Niebel und den anderen Männern entfernt waren, hörten sie ein lautes Zischen. Phil Neumann zielte mit seiner Waffe auf den Eingang des Seitenstollens. „Schnell, Jungs, kommt zu uns, lauft!"

Mit vor Schreck weitgeöffneten Augen liefen die Jungen los. Am Eingang zum Seitenstollen blickten sie in diesen hinein. Was sie sahen, konnten sie nichts Bekanntem zuordnen. Aber etwas hatte sich dort bewegt. Es war schwarz wie die Nacht, sehr groß und sehr schnell. Phil Neumann rief: „Los, alles zurück!"

Michel Bartsch ergriff Torstens Hand und zog den Jungen hinter sich her. „Komm, mein Junge, komm schnell!"

Torsten beeilte sich und lief so schnell er konnte. Aber Michel Bartsch war in seinem Alter auf dem Zenit seiner Leistungsfähigkeit. Torsten konnte ihm nicht folgen. Doch der junge Mann hielt die Hand des Kindes eisern fest. Damit sorgte er dafür, dass der Junge sein Bestes gab. Für Torsten war dieser Spurt eine Quälerei, weil Michel Bartsch ihm wehtat. Aber er wusste, dass er ohne die Hilfe des jungen Mannes in diesem Moment sterben konnte. Das Monster war hinter ihnen her! Es grunzte, fauchte und zischte hinter ihnen. Schon wieder mussten sie fliehen. Aber jetzt waren die Erwachsenen bei ihnen, die auf sie aufpassten. Konnten sie sich retten?

Trotz der Schmerzen, die Torsten erlitt, weil der junge Michel Bartsch an seinem Arm zog und riss und er über Steine stolperte und mit einem Bein an einen größeren Felsbrocken stieß, war der Junge für Michel Bartschs Hilfe dankbar. Ohne sie hätte er nicht den erforderlichen Abstand zwischen sich und das Monster gebracht, der erforderlich war, um nicht ein Opfer dieses schrecklichen Geschöpfes zu werden, das ihn verletzen oder gar töten konnte. Das Zischen und Fauchen des Ungeheuers wurde lauter. Das wiederum führte dazu, dass der Junge seine letzten Kraftreserven mobilisierte.

So wie sich Michel Bartsch um Torsten kümmerte, kümmerte sich Ronny Niebel um seinen Sohn Patrick, dem es daher ähnlich erging wie seinem Freund.

Und der fremde Mann schoß mit dem eigentümlichen Gewehr auf das schwarze Ding.

Plötzlich hatte Herr Waldbusch wieder sein großes Kochmesser in der rechten Hand. „Aber jetzt bist du fällig!", rief er und drehte sich für seine Begleiter völlig unerwartet um. Schnell lief er auf das Monster zu. Niemand hätte ihm zugetraut, so schnell zu sein. Für die anderen Männer war er zu schnell, weil er sie überrascht hatte. Niemand konnte damit rechnen, dass der alte Mann sich dem Monster allein in den Weg stellte. Warum tat er das? Phil Neumann hatte ihn davor gewarnt. Wollte er seinen Hund rächen oder die Gruppe beschützen? Oder war Herr Waldbusch des Lebens überdrüssig, weil er plötzlich und unerwartet ohne seinen Hund vollkommen allein war?

Phil Neumann rief ihm hinterher: „Kommen Sie zurück, Herr Waldbusch! Das ist zu gefährlich!" Etwas leiser, sodass Herr Waldbusch ihn nicht mehr hören konnte, die anderen aber sehr wohl, setzte er wütend hinzu: „So ein blödes Arschloch, soll ich ihn jetzt auch erschießen?!"

Der alte Mann antwortete nicht und setzte unbeirrt seinen Weg fort. War es ihm egal, dass er sich zwischen dem Monster und Phil Neumann befand, dem er das Schussfeld versperrte?

Michel Bartsch fluchte ebenso erschrocken wie der Monsterjäger: „ So ein blöder Kerl, wie kann der denn jetzt bloß so doof sein! Das Mistvieh bringt den noch um!"

Als der Alte in Reichweite des Ungeheuers war, schleuderte er das Messer auf die Kreatur, das so von einem Küchenutensil zu einer Waffe wurde. Wilhelm Waldbusch sah, wie sein Kochmesser in den Körper des Ungeheuers eindrang. „Da hast du es, du elendes Monster!", rief er aus.

Danach gab es ein dumpfes Geräusch. Herr Waldbusch wurde bis an die Decke des Tunnels gehoben. Er gab keinen Ton von sich. Sein Körper hing schlaff in der Luft. Plötzlich wurde er seinen Kameraden entgegen geworfen. Sein lebloser Körper traf genau vor Phil Neumann auf den Boden auf. Vor Panik zu keiner Handlung fähig, ließen sich Patrick und Torsten von ihren Beschützern führen.

Phil Neumann feuerte jetzt gleich zwei Mal hintereinander auf das Ungeheuer, das getroffen aufbrüllte und zurückblieb.

Automatisch richteten die Menschen ihre Taschenlampen auf Herrn Waldbusch. Sie ahnten, was sie zu sehen bekommen würden. Was sie aber tatsächlich sahen, übertraf ihre schlimmsten Befürchtungen. Das Wesen musste über gewaltige Kraft verfügen, um einen menschlichen Körper derartig zuzurichten. Dass Herr Waldbusch tot sein musste, war ihnen bewusst, er selbst wollte offensichtlich sterben. Daran hatten die Männer keinen Zweifel. Die Kinder waren schockiert und zu keinem Gedanken fähig. Aber alle waren froh, dass Herr Waldbusch nicht leiden musste, der Tod hatte ihn schnell ereilt. Trotzdem waren die Männer ziemlich überrascht. In Herrn Waldbuschs Brust befand sich ein großes Loch! Dass das Monster ihn vom Boden hob, hatte er nicht mehr bemerkt, zu diesem Zeitpunkt muss der alte Mann schon tot gewesen sein.

Torsten und Patrick schrien panisch, Michel Bartsch und Ronny Niebel drückten die Gesichter der Jungen an ihre Körper, damit sie den grauenvollen Anblick, den der alte Waldbusch ihnen lieferte, nicht länger ertragen mussten. Immer noch war das Fauchen des fremden Wesens leise zu vernehmen.

„Wir müssen Herrn Waldbusch mitnehmen. Das Vieh frisst ihn sonst noch auf!", meinte Michel Bartsch.

„Das kann gut möglich sein", erwiderte Phil Neumann.

„Wie wäre es, Herr Bartsch, wenn wir ihn abwechselnd tragen würden? Die Jungs können doch jetzt alleine weitergehen", sprach Ronny Niebel.

„Ich kann doch auch helfen", meinte Phil Neumann.

Michel Bartsch antwortete: „Nein, Sie sollten ihr Gewehr in Schussbereitschaft halten, falls uns das Monster wieder verfolgt, damit Sie rechtzeitig schießen können."

„So machen wir es!", bestimmte Ronny Niebel. Nachdem sie Herrn Waldbuschs Leichnam provisorisch verbunden hatten, damit dieser die Männer nicht mit seinem Blut besudelte, wenn sie ihn trugen, sagte Ronny Niebel zu Patrick und Torsten: „Ihr beide geht voran, bleibt aber bei uns! Auf geht's!"

Damit beugte sich Michel Bartsch zu Herrn Waldbusch herunter. Ronny Niebel half ihm, sich den alten Mann über die Schulter zu legen.

Doch dann kam der Moment, den Patricks Vater gefürchtet hatte. Torsten sah zu ihm auf, dann zu Patrick. Der Mann wusste, was in dem Jungen vorging. Und schon stellte der Knabe ihm die ängstlich erwartete Frage. „Ronny, wo ist mein Vater? Warum ist Papa nicht mit Euch gekommen?"

Die Männer sahen sich gegenseitig an. Phil Neumann nickte Ronny Niebel unauffällig zu, was so viel heißen sollte wie: „Sage ihm die Wahrheit." Auch Michel Bartsch nickte ihm aus demselben Grunde zu.

Ronny Niebel räusperte sich. „Dein Vater war bei uns, Torsten. Er hat uns begleitet und wollte nach Dir suchen, so wie ich nach Patrick."

Torsten spürte förmlich, wie er blass wurde. Plötzlich wusste er, was geschehen war. Die Tränen stiegen ihm in die Augen, leise begann er zu weinen. Ronny Niebel nahm ihn in seine Arme, der Junge ließ es geschehen und hörte die weiteren Worte, die Ronny Niebel leise aussprach. „Es tut mir leid, mein Junge, dass ich Dir nichts Besseres sagen kann. Dein Vater ist an der Einsturzstelle des Tunnels verschüttet worden, als die Erde gebebt hatte."

„Nein, Papa", Torsten schluchzte laut auf. „Oh, nein, Papa, das wollte ich nicht! Ich bin an seinem Tod schuld! Und an Herrn Waldbuschs Tod auch!"

„Aber nein, Torsten, das darfst du nicht denken!", widersprach Ronny Niebel dem Kind seines toten Freundes. „Dein Vater ist verunglückt und das hat nichts mit dir zu tun, aber auch gar nichts. Und Herr Waldbusch wusste, was er tat. Er alleine hat sich dem Monster gestellt. Wir wollten ihn daran hindern. Das hast du doch gehört!"

„Aber wenn wir nicht hierher gegangen und verschüttet worden wären, hättet ihr uns nicht suchen müssen!", klagte Torsten. Auch Patrick überkamen Schuldgefühle. Sein Gesicht war wie versteinert. Deutlich konnte man darin lesen, was der Junge dachte. Seine Gedanken ähnelten denen seines Freundes. Auch er fühlte sich für beide Tode verantwortlich. Aus diesem Grunde sagte er: „Papa, Torte hat aber recht, wenn wir …".

„Das hat damit doch nichts zu tun, Jungs", unterbrach Ronny Niebel seinen Sohn, „das Erdbeben war ein Unglück, das deinen Vater getötet hat, Torsten. Nicht ihr habt das getan. Das müsst ihr verstehen. Es ist nicht Eure Schuld, was deinem Vater zugestoßen ist, Torsten!", ermahnte Ronny Niebel beide Jungen nachdrücklich. Er drückte Torsten an sich und streichelte ihm über seinen Schopf. Auch Patrick zog er zu sich und nahm ihn ebenso in seine Arme wie Torsten. Dabei sprach er weiter beruhigend auf die Kinder ein, einmal zu Torsten und das andere Mal zu Patrick: „Ihr habt überhaupt keine Schuld, ihr Lieben, das ist einfach nicht wahr. Dass du traurig bist, Torsten, ist verständlich, dass auch du traurig bist, Patrick, verstehe ich genauso gut, aber euch trifft wahrlich keine

Schuld. Das dürft ihr nie vergessen, Kinder! Und wenn Du jemanden zum Reden brauchst, Torsten, komme gerne zu mir. Ich bin immer für dich da, hörst du?"

Torsten nickte. Auch Patrick nickte zu den Worten seines Vaters. Dann schob Ronny Niebel die Knaben ein kleines Stückchen von sich, sah ihnen abwechselnd in die Augen und sagte: „Aber jetzt müssen wir weiter. Es ist im Moment das Wichtigste, dass wir nach Hause kommen. Hört ihr? Eure Mütter warten auf euch und sie machen sich große Sorgen um euch!"

Wieder nickten die Kinder. Sie zögerten noch ein bisschen, aber dann gingen sie weiter. Zuerst sehr langsam, doch dann allmählich schneller werdend.

Dabei sagte Ronny Niebel zu den Kindern: „Ihr habt doch bestimmt seit gestern nichts gegessen. Und Durst müsst ihr doch auch haben!"

„Oh, ja, und wie!", antwortete Patrick und Torsten bestätigte das.

„Dann kommt zu mir", forderte Ronny Niebel die Jungen auf.

Die ließen sich das nicht zweimal sagen. Ronny Niebel reichte beiden eine Doppelscheibe Brot, die mit Käse belegt war und gab Torsten eine Trinkflasche aus Plastik, in der sich eine klare rote Flüssigkeit befand. Dazu sagte er: „Den Saft müsst ihr euch teilen!"

Torsten und Patrick bedankten sich artig und begannen zu essen. Ihr Hunger war so groß, dass sie es in null Komma nichts verschlangen. Das Getränk teilten sie sich ehrlich. Dankbar gab Torsten die Flasche Ronny Niebel zurück.

Auf dem weiteren Weg überlegte dieser, wie er mit Torsten umgehen sollte, wenn sie die Einsturzstelle des Tunnels erreichten. Dort lag Torstens Vater und sein bester Freund Gerd Weber vor dem Monster versteckt. Auch Ronny Niebel war es schwer ums Herz. Auch er trauerte um seinen Freund. Es wollte ihm nicht in seinen Kopf hinein, dass er Gerd Weber nicht mehr wiedersehen sollte, nie wieder mit ihm reden konnte. Nie wieder würden sie gemeinsam ein Bier trinken gehen, oder sich über ihre Probleme austauschen.

Wie sollte er der Frau seines besten Freundes, die auch seine Freundin war, unter die Augen treten? Was sollte er ihr sagen? Hätte er nicht mehr für Gerd tun können? Das fragte er sich immer wieder. Und doch wusste er, dass es nichts gab, was er für seinen Freund hätte tun können. Plötzlich bebte die Erde und als das vorbei war, war der Freund bereits verschüttet. Mehr als nach ihm suchen und ihn finden, konnten sie nicht.

Die nächste Frage, die sich Ronny Niebel stellte, war, ob er Torsten erlauben sollte, seinen toten Vater zu sehen? Wie würde der Junge sich danach verhalten? Torsten hatte zu seinem Vater stets ein gutes Verhältnis gehabt. Sie waren nicht nur Vater und Sohn, sie waren auch gute Freunde gewesen.

Ronny Niebel befürchtete, dass der Junge die Kontrolle über sich verlieren könnte, wenn er seinen Vater sah. Andererseits fragte er sich, mit welchem Recht er dem Jungen verbieten konnte, seinen Vater zu sehen und sich von ihm zu verabschieden. Je länger er darüber nachdachte, desto mehr war er davon überzeugt, dass er das Torsten nicht verwehren durfte. Er würde dem Jungen in diesen schweren Minuten beistehen. Überhaupt wollte er für den Sohn seines Freundes zu jeder Zeit da sein, wenn dieser das zuließ.

*****

Am Vormittag saß Ingrid Weber immer noch in Karin Niebels Küche. Die Frauen hatten sich ein Frühstück zubereitet, das sie aber nicht genießen konnten. Die Sorgen um die Kinder und um ihre Männer waren für sie zu groß. Vielmehr aßen sie aus Gewohnheit und sicherlich auch, weil sie Hunger hatten. Dem Magen war es egal, was das Gehirn dachte.

Karin Niebel kaute lustlos auf einem kleinen Stück Brötchen herum, als es klingelte. Dankbar über diese Störung stand sie auf und ging zur Eingangstür ihrer Wohnung. Als sie diese öffnete, stand Natalie Bartsch vor ihr und wünschte ihr einen guten Morgen.

Karin Niebel erwiderte den Gruß und bat die junge Frau herein. „Frau Weber ist auch hier. Wir sind gerade dabei, zu frühstücken. Möchten Sie mit uns einen Happen essen?"

„Nein, danke, machen Sie sich keine Umstände", antwortete Natalie Bartsch, „ich wollte nur wissen, ob es etwas Neues von den Kindern und unseren Männern gibt."

„Umstände sind es nicht, die Sie uns bereiten, und leider gibt es auch keine neuen Nachrichten", sagte Karin Niebel.

In der Küche angekommen, begrüßten sich Ingrid Weber und Natalie Bartsch. Karin Niebel holte aus einem Schrank eine Tasse und einen Teller sowie ein Besteck und stellte alles vor Natalie Bartsch auf den Tisch, an den diese sich gesetzt hatte. „Jetzt langen Sie schon zu, Frau Bartsch, das macht uns nicht ärmer. Ich bin Ihrem Mann ohnehin sehr dankbar, dass er unsere Männer bei der Suche nach unseren Jungs unterstützt", meinte sie.

„Das macht Michel doch gerne", antwortete Natalie Bartsch. Mehr als Höflichkeiten konnten die Frauen zunächst nicht austauschen, sie kannten sich kaum. Aber sie fühlten sich zu einander hingezogen. Michel Bartsch war ein sympathischer und hilfsbereiter junger Mann. Kaum jemand würde in ein unbekanntes Stollensystem hinab steigen, in dem vielleicht viele Gefahren auf ihn warteten, um fremde Kinder zu retten, so dachte Karin Niebel.

Nach dem Frühstück gingen die Frauen ins Wohnzimmer, um sich Bilder von den Kindern anzusehen, die Frau Niebel in ein Fotoalbum einsortiert hatte. Als Natalie Bartsch den Riss in der Tapete entdeckte, blieb sie stehen und fasste sich mit beiden Händen an den Mund und fragte: „Wie ist das denn passiert?"

„Das Haus hat sich geschüttelt", meinte Frau Weber scherzhaft.

Natalie Bartsch antwortete: „In den Nachrichten im Radio habe ich gehört, dass es ein Erdbeben in Hamburg gegeben haben soll. Ich hoffe, dass unseren Männern dort unten nichts geschehen ist."

„Nun male nur nicht den Teufel an die Wand", sagte Karin Niebel erschrocken.

„Um Himmels Willen, bloß das nicht", meinte Ingrid Weber angstvoll.

Die Gejagten

Niemand in dieser Gruppe hätte vorher ahnen können, wie lange sie in diesem unterirdischen Tunnelsystem unterwegs sein würden und was sie hier erleben mussten. Ihr Bedarf an negativen Dingen war gedeckt. Sie hatten jetzt nur noch ein Ziel: Alle sollten unbeschadet nach Hause zurückkehren. Die Leiche des alten Herrn Waldbusch trugen Michel Bartsch und Ronny Niebel abwechselnd. Sie wollten den alten Mann nicht als Futter für dieses fremde Wesen zurücklassen.

Aber daraus ergab sich eine weitere Schwierigkeit. Wie sollten sie die Leiche Gerd Webers von der Einsturzstelle mit zurücknehmen? Nur ungern hatten sie diese nach dem Erdrutsch dort liegen lassen, auf dem Rückweg wollten die Männer sie mitnehmen. Aber zwei Leichen konnten sie nicht transportieren, auch deshalb nicht, weil Gerd Weber deutlich mehr Gewicht hatte als der alte Waldbusch.

Phil Neumann achtete auf den Weg und auf eventuelle Gefahren, die das Monster für sie heraufbeschwören konnte. Ständig war er bereit, seine Waffe zum Einsatz zu bringen. Doch bisher kamen sie unbehelligt voran. Was mochte sie noch erwarten? Phil Neumann hoffte, dass sie ohne weitere Verluste an Menschenleben diese Stollen verlassen konnten. Zwei Tote waren zwei zuviel!

In der Ferne hörte er es rascheln und schaben. Darauf machte er die Männer aufmerksam. Die beiden Knaben schickte er zu Ronny Niebel, der erst vor wenigen Minuten die Leiche des Alten an Michel Bartsch übergeben hatte. Patrick und Torsten waren froh, dass sie endlich in Begleitung der Erwachsenen waren, die sie einerseits beschützten und ihnen andererseits sagten, was sie tun sollten. Patrick blickte zu Torsten und sagte: „Gut, dass wir nicht mehr alleine sind. Das Geräusch eben hätte ich nicht gehört."

„Passt auf, irgendetwas kommt uns entgegen", teilte Phil Neumann den anderen mit. Nervosität breitete sich in der Gruppe aus. Die Kinder bekamen erneut Angst. Phil Neumann, der das bemerkte, versuchte sie zu beruhigen: „Egal, was es ist, es wird uns nicht gefährlich, nur unangenehm. Es sind kleinere Tiere. Also nur keine Angst."

Tatsächlich verloren die Männer und auch Torsten und Patrick ihre Anspannung. Phil Neumann gab das Zeichen, stehen zu bleiben. Jetzt konnten alle sehen, was ihnen entgegenkam: Käfer, Mäuse und anderes Kleingetier befand sich in Sichtweite der Gruppe. Insbesondere die Mäuse griffen die Menschen an. Doch mit einigen Tritten konnten sie die Tiere verscheuchen. Der Weg war wieder frei. Langsam gingen sie weiter. Plötzlich seilten sich von der Decke viele Spinnen ab. Torsten erschien es, als hätten die Spinnen auf sie gewartet.

Dicke, fette Wolfsspinnen schwebten von der Decke auf die Menschen herab. Patrick konnte ihre Fäden im Gesicht spüren. Ekel überkam ihn. Mit den Händen versuchte er, die Spinnenfäden aus seinem Gesicht zu wischen. Eine Wolfsspinne hatte sich auf seine Nase gesetzt. Er stöhnte angewidert auf und schleuderte sie von sich fort. Torsten erging es nicht anders. Auch die Männer waren den Spinnen ausgesetzt. Doch Phil Neumann forderte seine Gruppe auf, den Weg fortzusetzen. „Die Spinnen können uns nichts Schlimmes anhaben", erklärte er. „Es reicht, sie zu verscheuchen, die lassen uns dann schon in Ruhe!"

Patrick und Torsten hatten, wie die Männer auch, noch einige Minuten mit den Spinnen zu kämpfen. Mehrere dieser Tiere ließen dabei ihr Leben. Aber auch das ging vorbei und die Gruppe konnte sich wieder auf den Weg konzentrieren.

„Gut, dass Herr Waldbusch nicht sehr schwer ist. Sonst hätten wir ihn nicht alleine tragen können. Aber vor den

Spinnen konnte er mich nicht bewahren", sagte Michel Bartsch zu Ronny Niebel.

Es sollte ein Scherz sein, aber Ronny Niebel war nach Scherzen nicht zu Mute. Trotzdem verstand er Michel Bartsch und war ihm ob seines missratenen Witzes nicht böse. Er nickte bestätigend mit dem Kopf und meinte: „Es war in der Tat schon sehr eklig. Wenn wir Pech haben, bekommen wir Herpes!"

Dann forderte Ronny Niebel: „Sie haben Herrn Waldbusch jetzt lange genug getragen, geben Sie ihn mir. Helfen Sie mir, ihn über meine Schulter zu legen!"

Nachdem Michel Bartsch die Leiche an Ronny Niebel übergeben hatte, gingen sie weiter. Phil Neumann führte die Gruppe an. Hinter ihm folgten die Kinder und nach denen Michel Bartsch und Ronny Niebel, der jetzt den alten Waldbusch trug. Michel Bartsch achtete auf die beiden Jungen.

Ohne weitere Zwischenfälle erreichten sie die Einsturzstelle. Auf den ersten Blick stellte Phil Neumann fest, dass der Durchgang auf die andere Seite immer noch vorhanden war. „Wir werden jetzt dort durchgehen und eine Pause machen. Hier an der Speisekammer des Monsters möchte ich mich nicht ausruhen. Auch müssen wir überlegen, wie wir unsere beiden toten Kameraden mitnehmen können. Also lasst uns weitergehen."

Sie gingen an die Einsturzstelle heran. Nochmals inspizierte Phil Neumann diese und sagte: „Wir sollten uns beeilen, das droht hier bald einzustürzen."

Zuerst ging Michel Bartsch durch die Öffnung. Von allen Seiten rieselte der Sand von der Decke und den Wänden auf ihn herab. Nach ihm folgten Torsten und Patrick. „Schnell, beeilt euch", ermahnte Michel Bartsch die Jungen.

Als sie bemerkten, dass mehr und mehr Sand herab rieselte, kletterten sie, so schnell sie konnten, durch die Öffnung zur anderen Seite der Einsturzstelle. Nun half Michel Bartsch Ronny Niebel, Herrn Waldbusch durch die Öffnung zu bringen. Es ertönten die ersten Geräusche von aufeinander reibenden Steinen. Holz ächzte und splitterte! Ein dröhnendes Geräusch ertönte. Sand und Steine lösten sich aus der Decke und den Wänden des Stollens und fielen laut krachend zum Boden.

Phil Neumann erkannte, dass er von seinen Gefährten abgeschnitten würde und ihnen nicht mehr folgen könnte, wenn er sich jetzt nicht beeilte. Alleine hätte er kaum noch eine Chance, das Tageslicht wiederzusehen. Er presste seine Waffe eng an den Körper und rannte in den Steinhagel hinein. Holzbalken brachen krachend und stürzten von allen Seiten auf ihn hinab. Mit einer Hand versuchte er, seinen Kopf zu schützen. Mit der anderen hielt er das Gewehr. Blind rannte er den anderen hinterher. Plötzlich bemerkte er eine Hand an seinem rechten Arm, die kräftig an ihm zog. Er verlor das Gleichgewicht und stürzte. Ein Holzbalken traf ihn am linken Unterschenkel. Augenblicklich breiteten sich Schmerzen in ihm aus. Noch einmal wurde an seinem Arm kräftig gezogen. Eine zweite Hand ergriff ihn und zog gemeinsam mit der ersten an seinem Körper. Ein weiterer Stein traf seinen Kopf. Das laut dröhnende Geräusch wurde intensiver, Steine, Holz und Sand lösten sich scheinbar überall um ihn herum und brachen über ihm zusammen, um danach schmerzhaft auf seinen Körper zu prasseln. Ein weiterer kräftiger Ruck erschütterte Phil Neumanns Körper. Krachend stürzte der Stollen über ihm ein. Resigniert schloss er mit seinem Leben ab. Als er einen Stoß bekam, fluchte er laut, und fühlte, dass er über etwas hinweg rutschte.

Endlich konnte er wieder die Augen öffnen. Verwirrt sah er sich liegend um. Staub hing in der Luft, er begann, zu husten. Sein Blick richtete sich zur Einsturzstelle. Aber die von ihnen geschaffene Öffnung gab es nicht mehr. Sie war durch den erneuten Einsturz des Stollens wieder verschlossen.

Phil Neumann sah sich weiter um und bemerkte, dass es deutlich dunkler als vorhin war. Dann endlich sah er Michel Bartsch ins Gesicht, danach Ronny Niebel, Torsten und Patrick. Endlich begriff er, was geschehen war.

„Ist alles mit Ihnen in Ordnung?", fragte Michel Bartsch.

„Ja, ich glaube schon. Mein linker Unterschenkel tut etwas weh, aber ich glaube, das ist nichts weiter", antwortete Phil Neumann.

„Gut, dass Sie so schnell reagiert haben, sonst wären Sie jetzt entweder tot oder auf der anderen Seite zurückgeblieben", meinte Michel Bartsch, und fügte hinzu, „aber ab jetzt sind wir auf unsere Taschenlampen angewiesen. Mein Scheinwerfer hat den Einsturz nicht überlebt".

„So ein Mist", sagte Phil Neumann, „das gute Stück hat uns so wertvolle Dienste geleistet."

Dann sah er gerührt die Männer und Kinder an. Langsam und umständlich erhob er sich vom Boden und untersuchte seinen linken Unterschenkel, der ihn zwar schmerzte, aber nicht gebrochen war. Phil Neumann war froh, weitergehen zu können. „Ihr habt mir eben das Leben gerettet! Wie kann ich euch dafür nur danken?"

„Sie haben Ihr Leben für uns aufs Spiel gesetzt, also haben wir Ihnen zu danken", antwortete Ronny Niebel.

„Also gut, bevor hier jeder jedem für irgendetwas dankt, lasst uns weitergehen. Mit meinem Bein scheint alles in Ordnung zu sein, also gibt es keinen Grund, hier weiterhin faul herumzulungern." Phil Neumann hatte ein schiefes Grinsen im Gesicht. Doch dann wurde er wieder ernst und sprach: „Scheiße, dass der Scheinwerfer kaputt ist, der wird uns echt fehlen. Aber dann muss es jetzt eben ohne ihn gehen. Wir schaffen das schon."

Sie rafften sich auf und gingen einige Hundert Meter weiter, bis sie in einer Nische die Leiche von Torstens Vater erreichten. Sie mussten sie auf dem Hinweg zurücklassen und glaubten, dass der Ort sicher war.

Ronny Niebel legte Torsten eine Hand auf den Arm, zeigte mit der anderen auf die Nische und sagte: „Da liegt dein Vater. Aber bevor du zu ihm gehst, möchte ich lieber erst nach ihm sehen. Vielleicht …", er brach ab und nach kurzem Zögern sprach er weiter, „Na, ja, du weißt schon, was ich meine. Schließlich gibt es hier genug Mistviecher, die sich an ihm …", erneut brach er ab.

Es war nicht notwendig, dass er den Satz vollendete, Torsten verstand, was Ronny Niebel ihm sagen wollte. Zum Zeichen seines Einverständnisses nickte der Junge.

Ronny Niebel beugte sich zu seinem toten Freund herunter. „Was bekomme ich wohl zu sehen?" fragte er sich. Zögernd hob er die Decke von Gerd Webers Körper und erschrak. Die Augenhöhlen waren leer, das Gesicht von Tieren angefressen. Welche Tiere das waren, erkannte Ronny Niebel nicht. „Nein, mein Junge, du solltest dir deinen Vater nicht mehr ansehen!", sagte er.

„Aber warum nicht?", fragte der Junge ängstlich.

„Glaube mir, es ist besser so", antwortete Ronny Niebel. Als er die Decke bereits wieder sinken ließ, huschten mehrere Spinnen und Käfer unter ihr hervor. Doch diese konnten den Schaden an dem toten Freund nicht verursacht haben. Trotzdem trat er nach ihnen und tötete sie.

Phil Neumann sagte leise: „Ich glaube, es ist besser, wenn wir ihn hier zurücklassen. Lasst uns weitergehen."

Ronny Niebel stimmte ihm zu. Danach sah er Torsten in die Augen und sagte: „Es tut mir sehr leid, mein Junge, dass wir deinen Vater hier zurücklassen müssen. Aber wir sorgen dafür, dass er von hier abgeholt wird und ein ordentliches Begräbnis bekommt. Das verspreche ich dir."

Torsten stiegen die Tränen in die Augen, er nickte zustimmend. Der Junge tat Ronny Niebel leid. Der Mann zog ihn in seine Arme und sagte: „Weine ruhig, mein Junge, es hilft dir sicherlich. Du musst dich deiner Tränen nicht schämen!" Mit diesen Worten streichelte er dem Sohn seines verstorbenen Freundes über die Haare.

Auch Patrick war traurig. Es tat ihm leid, dass Torsten so viel Kummer hatte, den er, Patrick, mitverschuldet hatte. Das, wenigstens, glaubte der Junge. Er fühlte sich schuldig. Schuldig am Tode Gerd Webers und auch schuldig am Tode des Herrn Waldbusch.

Phil Neumann drängte: „Also los, lasst uns bitte weitergehen. Wir sind bald am Ziel und ich traue diesem Ding nicht über den Weg. Je näher wir dem Kellergeschoss kommen, desto besser ist es für uns."

Die anderen waren einverstanden. Michel Bartsch hob sich Herrn Waldbusch auf die Schultern. Er sollte nicht auch noch zurückbleiben müssen und von Tieren angefressen werden.

Zunächst kamen sie ohne Probleme und unbehelligt voran. Sie erreichten die Tunnelkreuzung, von der der Weg zur Treppe abzweigte, die zum Kellergeschoss hinaufführte. Die Gruppe glaubte sich bereits am Ziel, besonders die Kinder, die davon überzeugt waren, bereits alle Gefahren hinter sich gelassen zu haben. Sie zeigten ihre Erleichterung, dem Monster entkommen zu sein. Das war für Phil Neumann Grund genug, die Gruppe zu ermahnen: „Bleibt bitte achtsam. Ich glaube erst, dass wir in Sicherheit sind, wenn wir die Kellerräume erreicht haben!"

Kaum hatte er die Worte ausgesprochen, als es geschah. Niemand hatte das unbekannte Wesen gesehen. Die Taschenlampenbeleuchtung der Männer, die nur einen kleinen Bereich des Stollens unzureichend ausleuchteten, war zu dunkel. Deshalb bemerkte Phil Neumann das Monster nicht früher. Plötzlich hörte er ein kratzendes Geräusch. Danach brüllte das Wesen auf und stürmte ihm entgegen. Geistesgegenwärtig feuerte Phil Neumann seine Waffe auf das Monster ab. Trotzdem war es zu spät.

Phil Neumann wusste nicht, ob er das Ungeheuer getroffen hatte. Es war immer noch sehr schnell, obwohl er es vorhin schon einmal angeschossen hatte. In diesem Augenblick hatte es ihn überrascht und verletzt. Eine Klaue schlug ihm gegen die linke Schulter, die dabei mehrfach brach. Er stieß einen Schmerzensschrei aus, verlor das Gleichgewicht und wurde nach hinten geschleudert. Schwärze umfing ihn, zum Glück nur für wenige Augenblicke. Gerade noch schnell genug konnte er seine Sinne wiedererlangen, um zu erkennen, dass sich das Monster, das sich immer noch vor ihm befand, den anderen Gruppenmitgliedern zuwandte. Sie hielten sich nur einen Meter hinter Phil Neumann auf, da sie ihm helfen wollten, auf die Beine zu kommen.

Ohne zu zögern, schoss er erneut – nun jedoch mit der rechten Hand und ohne zu zielen – auf das fremdartige Ungeheuer. Diesmal war er sich sicher, dass er es getroffen hatte. Das Monster brüllte auf. Phil Neumann erkannte, dass es sich ihm zuwandte, und schoß noch einmal. „Los, schnell weg von hier!", rief er den anderen zu und rappelte sich so schnell auf, wie ihm das seine schwere Verletzung erlaubte. Wo war das Monster geblieben? Es musste noch hinter ihm sein.

Es gab nur einen Fluchtweg, nämlich den, der sie erneut von den Kellerräumen fortführte. Michel Bartsch hatte vor Schreck Herrn Waldbusch von seinen Schultern fallen lassen und ergriff die Flucht. Jetzt hörte er das Monster hinter sich schnaufen. Ab und zu stieß es einen Schrei aus. Für den jungen Mann hörte es sich an, als seien es Schmerzenslaute. Und doch verfolgte es ihn und seine Gefährten. Aber Michel Bartsch glaubte, dass das Ungeheuer ihm nicht näherkam, sondern sich eher von ihm entfernte. Trotzdem war Vorsicht geboten, denn niemand konnte sagen, wie stark das Ding noch war, auch Phil Neumann nicht, der ebenfalls von Schmerzen geplagt immer wieder aufstöhnte.

Torsten und Patrick waren mit ihren Nerven am Ende. Beide Jungen befiel eine panische Angst. Wie oft mussten sie heute schon vor dem Monster fliehen? Sie hatten gesehen, wozu es fähig war. Sie hatten den aufgehängten Jungen und die anderen Toten, von denen teilweise nur noch das Skelett übrig war, an dem „Ort des grauenvollen Todes" gesehen. So nannten sie den Friedhof, der die Speisekammer des Ungeheuers war. Sie hatten erlebt, was es mit Herrn Waldbusch und seinem süßen Shiba Inu getan hatte. Und jetzt hatte es sogar auch noch Herrn Neumann verletzt, auf dem ihre Hoffnungen lagen, unbeschadet das Kellergeschoss ihres Hauses zu erreichen. Ob sie das immer noch schaffen konnten? Ihre Hoffnungen schwanden. Nur die Angst trieb die Jungen an, weiter zu laufen, weg vom Keller. Torsten konnte nicht mehr an sich halten, die Angst wollte aus ihm heraus. „Scheiße, ich kann nicht mehr, ich hab die Nase voll!" Er begann, zu weinen.

Patrick erging es kaum anders, Tränen standen in seinen Augen, die er mit den Händen wegwischte. Jedoch beherrschte er sich und stieß keine Flüche aus, auch klagte er nicht, wie sein Freund das tat.

Phil Neumann konnte sich kaum auf den Beinen halten. Er fiel zurück. Langsam entfernte sich die Gruppe von ihm, aber er spürte, dass das Monster auch zurückblieb. Es verfolgte sie zwar, war aber offenbar nicht mehr fähig, sie einzuholen. Ronny Niebel und Michel Bartsch bemerkten, dass Phil Neumann den Anschluss nicht mehr halten konnte. Erst jetzt begriffen sie, dass er sich bei dem Angriff des Monsters verletzt haben musste. Deshalb bedeuteten sie

Patrick und Torsten, weiter zu laufen, und eilten zu ihm, um ihm zu helfen.

„Nehmen Sie mir die Waffe ab, ich bin verletzt!", bestätigte der Monsterjäger ihre Vermutung.

„Also hat das Ding Sie doch erwischt!", stellte Ronny Niebel fest.

„Schnell, machen Sie schon!", rief Phil Neumann.

Michel Bartsch hatte ihn als Erster erreicht und nahm ihm das Gewehr ab, das Phil Neumann ihm bereits entgegenhielt. Das setzte in dem verletzten Mann neue Kräfte frei. Trotz seiner kaputten und schmerzenden Schulter und des ebenso malträtierten Armes hielt Phil Neumann mit seinen Begleitern mit, indem er seinen kranken Arm mit dem gesunden festhielt und somit verhinderte, dass dieser an seinem Körper unkontrolliert hin und her schwang. Es linderte die Schmerzen etwas, die von seinem gebrochenen, linken Oberarm in seinen Körper ausstrahlten.

Aber noch immer verfolgte sie das Ding. Es raschelte, kratzte und stöhnte hinter ihnen. Aus den Jägern wurden von einem zum anderen Augenblick Gejagte, die ihres Lebens nicht mehr sicher waren.

Das Ende

Unbeachtet und verstreut lagen die Fotos von Patrick und Torsten auf dem Wohnzimmertisch der Niebels. Je mehr Zeit ins Land ging, desto nervöser wurden die Frauen. Ihre Nerven wurden in ihrem gesamten Leben noch nie einer so harten Prüfung unterzogen wie an den letzten Tagen. Sie konnten sich nicht mehr auf die Familienbilder konzentrieren. Die Sorgen um die Kinder und um die Männer beherrschten ihr Denken. Vor einem Tag verschwanden gegen Mittag Patrick und Torsten. Das erfuhren sie jedoch erst abends von René Berger, einem Klassenkameraden ihrer Söhne, der im gleichen Haus wie die Niebels wohnte. Seither suchten die Väter nach den Knaben und bekamen dabei von Herrn Waldbusch und seinem Hund Hilfe. Später schlossen sich ihnen der junge Michel Bartsch und ein sogenannter Forscher für unbekannte Lebensformen an, bei dem es sich in Wahrheit um einen Monsterjäger handelte.

„Aber wenn es tatsächlich Monsterjäger gibt und dieser Herr Neumann einer ist, dann frage ich mich, warum Ihr Mann und Herr Waldbusch den gebeten haben, uns zu helfen? Es gibt doch keine Monster!", meinte Frau Niebel.

„Sie gehen davon aus, dass da unten etwas ist, das wir nicht kennen und für das es keine wissenschaftliche Begründung gibt", antwortete Natalie Bartsch.

Ingrid Weber kam ihr zur Hilfe: „Ob dieser Monsterkram nun Quatsch ist oder nicht, auf jeden Fall kann es nicht schaden, dass Herr Neumann unseren Männern hilft. Jede Hilfe kann nur gut für uns sein und ist willkommen."

„Aber wenn ich daran denke, wie lange sie schon fort sind! Ihnen wird doch nichts passiert sein! Ich habe solche Angst!", gab Karin Niebel zu.

„Ich weiß, Karin, mir ergeht es nicht anders", erwiderte Ingrid Weber leise, „ob wir vielleicht nachsehen, wo sie sind?"

*****

An der Kreuzung wandten sich die Gejagten nach links. Phil Neumann raunte Michel Bartsch, der neben ihm in den Seitenstollen verschwand, ins Ohr: „Wir sollten hier warten, bis das Ding auftaucht und es sofort beschießen!"

Ronny Niebel schob Torsten und Patrick in den Eingang ihres Fluchtstollens hinein und hörte Phil Neumanns Worte. Da er am Ende seiner Kräfte war, setzte er sich an einer Wand auf den Boden und forderte die Knaben auf, es ihm gleichzutun. Sie folgten seiner Aufforderung, Patrick ließ sich an seiner linken, Torsten an seiner rechten Seite nieder. Beide Jungs waren von den massiven Aufregungen des letzten Tages völlig erschöpft. Die Angst, die sie empfanden, ließ sie Schutz bei dem Erwachsenen suchen. Gerne legte der Mann den aufgewühlten und erschöpften Kindern seine Arme um die Schultern und beruhigte sie auf diese Weise, die sich bei ihm, wenn auch nicht in Sicherheit, aber geborgen fühlten.

„Hoffentlich geht alles gut aus", dachte Ronny Niebel mit Blick auf die Jungen. „Schlimm genug, dass Gerd, Herr Waldbusch und sein Hund tot sind und Herr Neumann verletzt ist. Unser Bedarf an Unglück ist damit mehr als gedeckt. Wie soll ich Ingrid nur beibringen, dass Gerd nicht zurückkommt?"

„Hoffentlich verschwindet dieses Ding wenigstens in den richtigen Tunnel, falls es den Feuerstoß überleben sollte, damit wir nach Hause können", meinte Michel Bartsch an Phil Neumanns Seite.

„Ja, das können wir nur hoffen!", antwortete der Angesprochene.

Die Geräusche, die das näherkommende Monster verursachte, wurden lauter. Ronny Niebel versuchte immer noch, die angespannten Jungen zu beruhigen.

Phil Neumann forderte seine Mitstreiter auf, sich ruhig zu verhalten. Anschließend riet er Michel Bartsch: „Bewahren Sie die Ruhe und schießen Sie erst, wenn Sie sich sicher sind, dass Sie das Monster treffen. Noch eine weitere Chance, die so gut ist wie diese, werden wir kaum bekommen. Zuviel Kraft hat uns diese ganze Sache sowieso schon gekostet. Und ich möchte hierbei niemanden mehr verlieren!" Nach einer kurzen Pause sprach er weiter: „Prüfen Sie lieber noch einmal, ob das Gewehr entsichert und auf Schießen gestellt ist. Wir wollen das Monster nicht mit dem Taser betäuben! Es soll scharfe Projektile in seinen Wanst bekommen und von innen verbrennen." Phil Neumann ließ seinen verletzten Arm los und gab einen unterdrückten Schmerzenslaut von sich. Mit dem gesunden Arm zeigte er auf den seitlich am Schaft angebrachten Sicherungsschalter, danach auf den Schalter, mit dem man zwischen Taser und Projektil wählen konnte und erklärte: „Der Umschalter muss auf Projektil zeigen."

Michel Bartsch prüfte die Waffe, bevor es dafür zu spät wurde. Auch er spürte, dass das Monster nicht mehr sehr weit von ihnen entfernt sein konnte.

Phil Neumann kramte mit seinem gesunden Arm in seiner Tasche und holte daraus das holografische Laservisier hervor. Das übergab er Michel Bartsch und zeigte ihm, wie er das Gerät auf die Waffe aufsetzen musste, damit er bei vollkommener Dunkelheit etwas sehen und sich orientieren konnte. Danach sagte er leise: „Und jetzt machen wir alle unsere Taschenlampen aus und vertrauen darauf, dass das Ungeheuer in der Finsternis nicht besser sehen kann als wir und dass Herr Bartsch das Ding rechtzeitig erkennt."

„Papa, ich habe Angst!", sagte Patrick zu seinem Vater, machte aber seine Taschenlampe aus.

„Ich weiß, mein Junge", antwortete Ronny Niebel leise, „glaube mir, ich auch. Es ist gut, wenn man Angst hat, sie bewahrt uns vor Fehler. Ich bin mir sicher, dass wir es schaffen, nach Hause zu kommen!"

„Papa und Herr Waldbusch haben dieses Glück leider nicht", antwortete Torsten, „und Shiba auch nicht!"

Ronny Niebel drückte ihn an sich, streichelte ihm über die Haare und erwiderte ebenso leise wie vorhin: „Das tut mir auch sehr weh und leid. Ich weiß gar nicht, wie ich das deiner Mutter beibringen soll."

Währenddessen kam das Monster immer näher, die Geräusche, die es dabei verursachte, wurden lauter und lauter. Wachsam sah Michel Bartsch durch das holografische Laservisier in die Dunkelheit hinein. Er war sich nicht sicher, ob er etwas erkennen konnte. Die Geräusche, die das Monster erzeugte, verstummten.

Torsten und Patrick saßen je auf einer Seite neben Ronny Niebel, der die Jungen liebevoll in seinen Armen hielt. Sie verhielten sich still, wie auch Michel Bartsch und Phil Neumann, die gemeinsam die Gruppe beschützten.

„Was heckst du Mistvieh jetzt wieder aus?", fragte sich Phil Neumann sorgenvoll. Er war sich nicht sicher, ob Michel Bartsch der Aufgabe gewachsen war. Würde er im richtigen Moment das Feuer auf das Monster eröffnen? Würde er nicht den gleichen Fehler machen wie er selbst das vor einigen Minuten tat? Er verließ sich auf seine Erfahrungen, darauf, dass er das Ungeheuer rechtzeitig sah. Dabei dachte er nicht daran, dass das Auge in einer finsteren Umgebung dunkle oder schwarze Wesen erst sehr spät wahrnahm. Deshalb versagte er vor einigen Minuten und wurde verletzt. Er selbst konnte seine Waffe nicht mehr bedienen, musste sich auf fremde Hilfe verlassen, auf die Hil-

fe dieses jungen Mannes, der auf dem Gebiet der Monster-
jagd keine Erfahrungen besaß.

Phil Neumann ahnte, dass der Augenblick, der über das
Leben und den Tod dieser ihm anvertrauten Menschen entschied, nicht mehr fern war. Bis es soweit war, handelte es
sich nur noch um wenige Sekunden. Seiner Verantwortung
wurde er seit seiner Verletzung nicht mehr gerecht, die gab
er an Michel Bartsch ab. Würde dieser tapfere und verant-
wortungsbewusste junge Mann die Aufgabe erfüllen, die er
selbst hätte erfüllen müssen? Der Monsterjäger hoffte es in-
brünstig. Trotzdem fragte er sich für einen Moment, ob es
nicht besser gewesen wäre, Ronny Niebel die Waffe anzu-
vertrauen. Aber dann wusste er, dass es besser sei, wenn
sich der Vater eines der Jungen um die Kinder kümmerte,
weil er sie besser kannte als Michel Bartsch.

Der junge Mann fragte sich, wer von ihnen den längeren
Atem haben würde. Das Monster, das schon so oft im
Kampf gegen die Menschen als Sieger hervor ging? Oder er
und seine Gefährten? Die Kinder mussten leben, sie waren
zum Sterben viel zu jung, hatten im Grunde noch gar nicht
richtig gelebt. Sie sollten, wenn es nach Michel Bartschs
Willen ging, sicher nach Hause kommen. Außerdem wollte
er, dass Ronny Niebel gesund und munter zu seiner Frau
zurückkehrte und Phil Neumann die medizinische Hilfe
bekam, die dieser dringend benötigte. Auch er selbst wollte
überleben. Ihm war es bewusst, dass das Leben der Kameraden von seinem eigenen Überleben abhing.

Die Sekunden verstrichen und nichts geschah. Diese fünf
Menschen, die das Schicksal zusammengeführt hatte, waren auf alles gefasst, selbst auf den Tod. Die Sekunden
vergingen äußerst langsam, Ronny Niebel kam es vor, als
würden Minuten oder gar Stunden vergehen. Worauf
mochte Michel Bartsch warten? Warum schoß er nicht auf
das gefährliche Untier, das sie alle töten wollte? Sollten sie

ausnahmslos hier sterben müssen? Das konnte und wollte er nicht glauben.

Patrick schwor sich, dass er diese Stollen nie wieder betreten wollte, wenn er heil aus diesem Abenteuer herauskam. Ein Abenteuer, welches er mit seinem Freund Torsten alleine erleben wollte und das dann anders verlief, als er es geplant hatte. Aber er war sich bewusst, dass sie ohne die Hilfe der Erwachsenen ein Opfer des Monsters geworden wären, das noch immer ihr Leben bedrohte. Ähnliche Gedanken hatte auch Torsten.

Plötzlich brüllte das Monster laut auf. Ein menschlicher Schrei folgte. Für einen Moment glaubte Ronny Niebel, an den Wänden die Silhouetten von Michel Bartsch und Phil Neumann zu sehen. Aber das war unmöglich. Es folgte ein schlurfendes Geräusch, danach war es totenstill.

Torsten und Patrick erschracken bei dem Schrei des Monsters. Ihre Körper zuckten zusammen und gegen ihren Willen entwich auch ihnen wegen ihres Schreckens ein Schrei. Ronny Niebel drückte die Jungen an sich und machte: „Scht!" Dann sprach er ganz leise mit abgesenkter Stimme auf die Kinder ein: „Ruhig, meine Lieben, es ist nichts passiert. Es ist alles gut!"

Patrick und Torsten überlegten jeder für sich, ob sie eben ihren eigenen Schrei gehört hatten oder ob es der eines Anderen war? Aber schon hörten die Knaben Phil Neumann fragen: „Ist alles in Ordnung? Oder ist jemand verletzt?"

Michel Bartsch antwortete als Erster. An seiner Aussprache erkannten seine Gefährten, dass er etwas zerknirscht war: „Mir geht es gut. Ich glaube, ich hatte mich eben nur erschrocken, deshalb hatte ich plötzlich schreien müssen. Tut mir leid!"

„Also war ich doch nicht der Einzige, der vor Schreck geschrien hat!", ließ sich Patrick vernehmen, „aber ich bin auch okay!"

„Ich auch", folgte Torsten zögerlich mit etwas bebender Stimme.

„Den beiden Helden hier geht es gut, wie kann es da bei mir anders sein!", sprach Ronny Niebel, der den Jungen vor Erleichterung mit seinen Händen durch ihre Haare strich.

„Gut, dann macht bitte wieder eure Taschenlampen an, damit wir etwas sehen können", bat Phil Neumann und wandte sich an Michel Bartsch, „das haben Sie sehr gut gemacht. Sie haben lange gewartet und dann dem Ding schön einen auf den Pelz gebrannt. Das Mistvieh wusste gar nicht, wie ihm geschah! Das konnte man deutlich an seinem Verhalten erkennen! Sehr gut, Herr Bartsch, das war wirklich sehr gut!" Er lächelte den jungen Mann auf dem Boden sitzend ins Gesicht!

Michel Bartsch freute sich über das Lob. Auch er grinste Phil Neumann keck an. Und er schien erleichtert zu sein.

Patrick und Torsten sahen interessiert zu den Männern auf und fragten wie aus einem Munde: „Und wo ist jetzt das Monster hin?"

Torsten ergänzte diese Frage mit den Worten: „Ich habe es nicht gesehen, erst recht nicht, wo es hingerannt ist."

Es ist schwer verletzt geflohen", klärte Phil Neumann auf. „Das Monster lebt noch, wird uns aber sicher nicht mehr gefährlich werden. Das Geschoss hat für einige Sekunden heftig in seinem Inneren gebrannt. Es ist in den linken Stollen verschwunden. Da wir nach rechts müssen, haben wir freie Bahn. Aber wir sollten achtgeben, dass es uns nicht doch noch einmal von hinten angreift, so unwahrscheinlich das auch ist.

„Besser wäre es, wenn es tot gewesen wäre", meinte Torsten mit harter Stimme, aus der seine Gefährten seinen Hass auf das Ungeheuer heraushörten.

„Vielleicht können wir es noch fangen und dann erforschen. Wer weiß schon, woher es kommt. Und wenn nicht, muss es getötet werden, denn es wird sich erholen. Wenn seine Wunden verheilt, sind kann es wieder gefährlich werden", sagte Phil Neumann.

„Ich glaube, es wäre besser tot! Sie können uns niemals garantieren, dass Sie dieses Monster unter Kontrolle halten können", erwiderte Patrick. Ronny Niebel und Michel Bartsch stimmten ihm zu.

Erneut erreichte die Gruppe die Kreuzung, von der aus sie in den Stollen gingen, in dem sie das Monster überfallen hatte und wo sie den Leichnam von Herrn Waldbusch zurückließen. Still und schockiert fanden sie die Leiche des alten Mannes wieder, oder das, was von ihr noch übrig war. Sie war bis auf die Verletzung der Brust unversehrt, als Michel Bartsch sie verlor. Jetzt fehlte ihr der Kopf, die Bekleidung war zerfetzt und die Eingeweide hingen vor dem Bauch.

Die Knaben mussten schlucken, um sich nicht zu erbrechen, als sie den Ort des Grauens erreichten. Zum Glück war Herr Waldbusch schon tot, als das Ungeheuer ihn regelrecht aufschlitzte und ihm den Kopf abriß. Die Männer waren sich einig, dass sie ihren alten Kameraden zurücklassen mussten. Er musste später von Fachkräften geborgen werden, die dafür ausgebildet waren, wenn man dafür überhaupt ausgebildet sein konnte.

*****

Tot war das Monster nicht! Es saß in einer dunklen Ecke und leckte seine Wunden. Schmerzen quälten es. Es sah zu den Menschen hin, die sich aufmachten, ihren Weg fortzusetzen. Sie wollten den sicheren Keller ihres Hauses erreichen.

Mit gierigen Blicken und einem geifernden Maul verfolgte das Monster die Menschen, bis sie aus seinem Sichtfeld verschwanden.

Gerne hätte es noch einmal die Jagd aufgenommen, so-lange, bis auch diese Menschen zu seiner Beute geworden wären. Daraus wurde aber nichts. Diese Menschen waren gefährlicher, als es erwartet hatte. Es musste vorsichtiger agieren. Das würde es auch tun, wenn seine Wunden wie-der verheilt waren, die es sich jetzt leckte. Dabei registrierte das Monster zufrieden, dass sie bereits kleiner wurden.

*****

Fortan gab es keine unvorhergesehenen Überraschungen mehr für unsere Helden. Als sie die Tür hinter sich schlos-sen, die vom Keller zu dem unterirdischen Labyrinth führ-te, atmeten sie erleichtert auf. Doch einen schweren Gang hatten sie noch vor sich. Frau Weber musste vom Tode ih-res Mannes unterrichtet und Phil Neumann dringend in ein Krankenhaus gebracht werden. Der arme Kerl hatte starke Schmerzen in der gebrochenen Schulter.

Ingrid Weber trauerte in der darauf folgenden Zeit um ih-ren Mann, war aber dankbar, ihren Sohn wieder bei sich zu haben. Die Beerdigung ihres Mannes verlief unspektakulär.

Torsten wurde das Gefühl nicht loswerden, dass er für den vorzeitigen Tod seines Vaters verantwortlich sei. Sei-nen Schwur, nie wieder einen Fuß in das Stollensystem un-ter dem Hans-Duncker-Platz zu setzen, hielt er bis heute wie Patrick auch. In der Schule lernte er fleißig und besucht heute in Hamburg ein Gymnasium. Nach dem Abitur will er studieren.

Patrick und Torsten sind auch heute noch gute Freunde. Auch Patrick geht seinen Weg – um ihn müssen sich seine Eltern keine Sorgen machen.

Herrn Waldbuschs Leiche wurde, nachdem Phil Neumann die zuständigen Behörden benachrichtigte, eben-so wie der Leichnam von Herrn Weber geborgen und beer-digt. Von seinem Shiba Inu fehlte jede Spur, aber niemand hatte sich die Zeit genommen, wirklich nach ihm zu suchen.

Frau Niebel war froh, ihre Familie wieder beisammen zu haben, und dass sie gesund war. Sie kümmert sich gemeinsam mit ihrem Mann und ihrem Sohn sehr liebevoll um Torsten und Ingrid Weber.

Michel Bartsch liebt seine Frau Natalie über alles. Auf ihren Wunsch hin suchten sie sich eine andere bezahlbare Wohnung. Als sie nach einigen Monaten fündig wurden, zogen sie erneut um, dieses Mal in ein ruhiges Haus, in dem vier Familien leben. Eine davon ist ein etwas älteres Ehepaar, das einen Shiba Inu besitzt. Mit denen befreundeten sie sich. Auch zu ihren anderen Nachbarn haben sie ein gutes Verhältnis. Hinter dem Haus befindet sich ein kleiner Garten, den Michel und Natalie Bartsch bewirtschaften dürfen. Ihre beiden Kinder, die sie im Abstand von nur 18 Monaten bekamen, fühlen sich dort wohl und werden von den Nachbarn verwöhnt, mehr, als den Eltern lieb ist.

Mit Phil Neumann, Karin und Ronny Niebel, sowie Ingrid Weber und Torsten und Patrick sind sie bis zum heutigen Tage befreundet. Sie treffen sich mit ihnen in regelmäßigen Abständen zum Plauschen.

Ronny Niebel schloss sich Phil Neumann an und wurde beruflich wie dieser ein Monsterjäger. Im Telefonbuch aber steht, dass er ein Forscher für unbekannte Lebensformen ist.

Phil Neumann sorgte dafür, dass die Tür zum unterirdischen Stollensystem verschlossen wurde. Niemand soll sie jemals wieder öffnen! Auch das Loch im Kellergang, das mit einer Plane abgedeckt war, sollte zugemauert werden. Außerdem bat er seine Vorgesetzten, das Monster zu suchen und einzufangen, damit man es kennenlernen und erforschen konnte. Doch seine Bitte wurde abgelehnt. Sein Institut für Forschung an unbekannten Lebensformen ist der Ansicht, dass die Verletzungen des Ungeheuers, die er und Michel Bartsch ihm zugefügt hatten, tödlich gewesen seien.

Aber das Monster lebt…

Ende

Danksagung

Als ich mich dazu entschloss, dieses Buch zu schreiben, ahnte ich nicht, wie schwer es mir fallen würde, einen Horror-Roman zu schreiben. Horror ist eben doch ein anderes Genre als Fantasy, in der es um Magier, Fabelwesen und Luzifer geht, wie in meiner Fantasy-Reihe „Die Legende von Wasgo". Erst recht kann man es nicht mit dem Schreiben von wahren Geschichten vergleichen wie etwa bei meinem Roman „Die drei Freunde". Trotzdem hatte ich ganz fest daran geglaubt, dass ich es schaffen kann, diesen Roman zu einem guten Ende zu bringen.

Gespannt war ich auf die Meinung meiner Testleser und meines Mannes, Hauke Peters, der mir dieses Buch lektorierte. Ich hoffe, dass ich noch einige Bücher schreiben werde und er mir weiterhin als Lektor dabei zur Seite steht. Ich danke ihm für seine Mühe sowie für seine wertvollen Hinweise.

Aber auch meinen Testlesern Sabine und Wolfgang Ernst danke ich für ihre Hilfe. Ihre konstruktiven Kritiken an meinem Manuskript zu diesem Buch und ihre vielen wertvollen Hinweise versetzten mich in die Lage, es zu überarbeiten und zu verbessern. Auch danke ich ihnen für ihre Freundschaft.

Danke dafür, dass es euch gibt, und für mich da seid, wenn ich euch brauche!

Lutterbek, 29.11.2020   Michael Rusch